講談社文庫

小説

# 琉球処分(上)

大城立裕

講談社

〈カバー装画・琉球びんがた〉　仲村由美
〈カバー写真〉　大河内禎
〈カバー＆本文デザイン〉　中村伸二

# 小説　琉球処分（上）

## 目次

〈下巻目次〉

# 小説　琉球処分

（上）

## 物語の背景——古い沖縄になじみのうすい読者のための前置き

この小説を読むには、あるていど沖縄の歴史や、百四十年ほど前の政治、社会の制度についての予備知識をもっていただく必要がある。物語の途中で、それらの注釈をつける煩をさけるために、前もって「物語の背景」と題する特別の章を設けることにした。面倒でも、ひととおり眼をとおしていただきたい。もちろん、それらのことについて特別の復習をする必要のない読者には蛇足であり、この章を無視していただいて結構である。

歴史の要約　琉球が基本的に日本の一部分にほかならないことは、考古学、言語学、文化人類学などによって、明らかにされた。人種や文化が、南からきたものと北からきたものとがとけあってできていることも、日本本土の場合と同じである。ただ、琉球と本土とが地理的にあまりに隔絶していたので、交流も疎遠となり、島の言葉や習俗や、はては政治までが、いかにも独立の性《さが》を帯びたものにつくりあげられた。

島は、資源にきわめてとぼしかったので、おりおりの易姓《えきせい》革命で天下をにぎったほどの傑物は、いずれも鉄材や用水を確保して民心を収攬《しゅうらん》したが、民族はさらに大陸や南方との交易によって、生活の幅をひろげた。

十四世紀のなかば、明《みん》の太祖《たいそ》が中華の国の威光をもって近隣の諸国へ帰順をうながしたとき、おなじ年に、本土の足利《あしかが》将軍義満《よしみつ》と、沖縄島中央の豪族察度《さつと》とが、いずれも臣を名乗って朝貢した。琉球からの朝貢にこたえて明国は、国王交替のたびに〝冊《さっ》封《ぽう》〟ととなえて国王任命の辞令を与えた。たびたびの進貢船は、帰航にあたって、貢品より多くの見返りの品を運んだから、能ある政治家は、つとめてその派遣をふやした。冊封とは、中華の国の自己満足のために考えだされた、ほとんど形式のみのものであったから、貧しい孤島王国は、名をすてて実をとることを覚えた。だが、一部の民のこころに、自分の国が中国の属領であるかのような錯覚をうえつけたことは、一面やむをえないことであった。

ともあれ、十五世紀にはいっては、富が「やまと旅」ととなえた日本本土からもたらされることは少なくなったが、「からは旅」ととなえたジャワ、スマトラや、「唐《とう》旅」ととなえた大陸から、ゆたかに運ばれて、民生のための大土木がおこされ、政治と文化の中心としての首里《しゅり》王城や、後年日本国宝に指定されたかずかずの名刹伽藍、

王家の陵墓玉陵《たまおどん》（霊御殿）などが、そびえて輝いた。尚泰久王《しょうたいきゅう》がかかげた巨鐘の銘には、きわめて浪漫的に、

「舟揖《しゅう》を以て万国の津梁《しんりょう》となし異産至宝十方刹《せつ》に充満す」

と刻まれた。
十五、六世紀のあいだに、武器が廃され、殉死が禁じられた。のちにナポレオン・ボナパルトが、東洋に武器をもたない国があると聞いて驚いたという記録がある。
統治に人をえて、封建制度も安定した慶長年間に、薩摩《さつま》の島津《しまづ》氏が、この貿易益の横領をたくらんだ。かれは琉球に朝鮮の役への兵糧の供出を求め、応じないとみるや兵を派して武器をもたない琉球王国を容易に切りしたがえ、尚寧《しょうねい》王らを虜囚とした。いらい二世紀半、島津氏は狡猾な手段をもって琉球にたいし、鵜飼《うか》いの暴をつくした。かれはまず、表向き琉球の風俗にすべての「やまとめきたるもの」を禁じて中国の附庸国として擬装することにより、琉球の対中国貿易に名分を与えるとともに、日本国の他藩にたいして、「異民族を支配している」ようすをつくろって、威を示した。そして裏では、琉球の政庁はじめ人民にたいして薩摩を「おくにもと」と認識するよう強請し、政治万般を監視するための在番奉行を置いた。また、この支配体制を中国に知られないために、冊封の時期に薩摩の人士は身を郷村に隠した。

後年倒幕に貢献した薩摩の財力は、琉球からの搾取によって蓄えられたものとされ

ているが、琉球は二世紀半ものあいだ、その圧制に苦しまなければならなかった。この難とたたかった二大宰相が、羽地朝秀《はねじちょうしゅう》（唐名は向象賢《しょうしょうけん》）と具志頭文若《ぐしちゃんぶんじゃく》（唐名は蔡《さい》温《おん》）である。羽地は、斬新な経済政策に成功したかたわら、はじめて史書「中山世鑑《ちゅうざんせいかん》」を編んで日琉同祖をとなえ、日本趣味を士分に義務づけて誇りを保つようにつとめたが、これが玉城朝薫《たまぐすくちょうくん》の「組踊《くみおど》り」創始など独特の芸能を生みだす源ともなった。具志頭は、中国と薩摩とへの両属政治をまっとうするのに最も心をくだき、

「政道の儀は、朽手《くちた》縄《なわ》にて馬を馳せ候儀同断」

と書きのこした。

この艱難が、元来南方的な沖縄の人間の性格に、複雑な陰影をつけたのであるとされているが、かの二世紀半のあいだに、「中国への恩」「やまとへの怨み」が民の意識にくいこんだことは否めない。

幕末にいたって、米国の提督ペルリの黒船は沖縄にもたちよって人心を驚かし、島《しま》津斉彬《づなりあきら》がフランスから軍艦を購入しようと企てたことから、琉球にもひとつの疑獄がおこったが、これはきたるべき十九世紀の国際社会へ沖縄がみずから覚らずに乗りだして行こうとする、序曲のようなものであった。——そして、この物語りの時代に移っていく。

**封建制**　十五世紀の後期に、尚真王《しょうしん》が諸地方に割拠していた群雄の武装を解除し、

首里王城の周辺に集居せしめて中央集権を強化し、厳然たる琉球王国ができたが、このときできたつぎのような身分制は、十八世紀に成熟した。

大名＝王子、按司《あんじ》、親方《うえーかた》をいう。王子は、王の次男以下をいう。按司は封建以前からの地方領主。親方は、士分から役職、勲功によって封じられた最高の身分。このつぎに、大名ではないが親雲上《ぺーちん》が位し、士分が長じたときあるいは勲功が認められて、これにのぼる。以上の諸身分は、いちおう世襲だが、代をへるにしたがって、王子は按司へ、按司は親方へ、親方は親雲上へ、格を下げられる。按司の家を「御殿《うどん》」、親方の家を「殿内《とんち》」と呼んだ。

士分＝これを里之子《さとぬし》筋目と筑登之《ちくどん》筋目とに分け、前者が格は上である。若いうちはたいてい○○里之子あるいは○○筑登之と呼ばれる。長じると里之子筋目なら親雲上あるいはすこし下位の里之子親雲上となり、筑登之は筑登之親雲上まではあがれる。親方の長男は里之子↓親雲上↓親方の順でのぼり、家督をつぐ。

士、農、工、商という区分はない。士分と百姓との区別だけがある。百姓を田舎百姓と町百姓とに分けた。

行政区画は、首里《しゆり》、那覇《なは》、その他の地方で分けかたが違う。

首里三平等《ひら》＝真和志《まわし》之平等（九ヵ村）、南風《はえ》之平等（六ヵ村）、西《にし》之平等（五ヵ村）。

那覇四町＝西村、東村、泉崎村、若狭町村。

※以上は明治十二年八月現在。

久米《くめ》村　泊《とまり》村　那覇四町に一括して「那覇」と総括し、首里に対することがある。

間切《まじり》＝現代の村のこと。現代の字《あざ》を当時は村《むら》と称した。

**領有制**　親雲上以上は知行地《ちぎょうち》を有し、その地名を姓とした。だから、昇格あるいは代をへて知行の増減があれば、領地の変更にしたがって、姓の変更があった。ちなみにいえば、こういう制度であるから、同一人でも年により姓が違うし、同地名を名乗る姓氏でも、時代が違えば血統を異にすることがありうる。親方以上は一間切を領して総地頭といい、親雲上は一村を領して脇地頭といった。一間切をつごうにより二人で領有することがあったが、これを両総地頭という。この場合、姓の呼びかたを区別するため、一方を間切名、一方を同間切内の村名にした。中城《なかぐすく》王子と伊舎堂《いしゃどう》親方、あるいは佐敷《さしき》按司と津波古《つはのこ》親方など。

**行政組織**　首里城内に評定所《ひょうじょうしょ》があり、政庁とした。最高機関は摂政《せっせい》で王子がなった。その下に三人合議制の三司官《さんしかん》、これは一般士分の最高位で選挙による。その下に表《おもて》十五人衆。これらが議決機関かつ執行機関であった。表十五人中の平等之側《ひらのそば》が裁判および警察を司った。この物語によくでる機関として、このほか鎖之側《ざしのそば》＝外交、貿易の長官、那覇里主《なはさとぬし》＝那覇の長官、親見世《うぇーみし》＝昔は貿易事務所、のちに那覇の警察署。

間切行政　百姓の最高責任者が地頭代《じとでー》、その下に五人の捌理役《さばくい》、そのほか。これらを中央から派遣された士分の下知役《げちやく》が監督した。

そのほか――

久米村は特殊部落で、明代に閩《みん》からの帰化人が住みつき、みな士族。中国語を常用し、要職にのぼる者も多かった。

御内原《おうちばる》は首里城内の後宮。

辻村は那覇の遊里。

※　以上の解説は、ごく大ざっぱな基本的内容のみにとどめたので、こまかい属性や特殊な除外例については、それなりの文献を参照していただきたい。この作品を読むには、以上でほぼ足りる。

# ぼんやり王国

明治五年五月、琉球——

首里《しゆり》王城から一里ほど離れた浦添《うらそえ》間切沢岻《たくし》村から内間《うちま》村の方角へ向けて、三人の旅の男が歩いていた。五月といっても、すっかり夏で、ことに雨がかなり遠のいていたので、畑にはまだ十分にのび切ってない大豆がもう黄ばんでいて、空気がもえあがりそうな昼下がりだった。

三人の男は、その服装からしていかにも薩摩商人の商用の旅というふうにうけとれたが、ただ野良の百姓のだれもが一度ははっとしたように目をとめるのが、その断髪にした頭だった。いや、正確にいえば、先頭にたった一人だけはまだマゲを残していたが、あとの二人の頭のかっこうは、百姓たちがはじめて見るものだった。

しかし、百姓たちは、一旦見たあと、やにわに悪いものでも見たように、視線をそらした。かれらにとっては、三人が道らしい道を歩かずに、しいて畦道をたどっているらしいのも、ふしぎなことではあったが、そのようなことにかかわりあうのは、いくらの足しにもなることでなく、むしろ思いがけない災を招きがちなことをかれらは心得ていた。

断髪の二人は、沢岻の村を出るころから、議論を続けてきていた。

「七日間をつぶしてこの島の百姓の生活を見てきてその疲弊ぶりに舌をまいた君が、やはりそのようなことしか言わないのか。ぼくとしては納得がいきかねる」

いちばん後を歩いている、年かさらしいのが言った。年のころは四十を一つか二つはこしたかと思われるが、額が広いのが思慮の深さを思わせた。まんなかを歩いているのは、二つ三つは若いか、背は低いが精悍な面構えがまだ二十代の客気を残しているらしい。ひとりだけもっている杖らしい細長い棒を、大きくビュッと振ってみせてから、

「確かに貧乏には驚きます。なにか腹立たしいものも感じます。だからといって、それをすべてわが責任であるかのように、苦しむいわれはないと思うだけです。正月二十五日にこの島へ来てからずっと、首里の政庁でも調べたではありませんか。なるほど島津が琉球を収奪した。しかし、琉球の百姓をしぼりあげたのは、島津が直接にしたのではなくて、琉球政庁の役人どもだ。かれらは島津にひたすら頭を下げて苦しい苦しいといいながら、百姓と同じように苦しもうとはしなかった。自分らは、ぬくぬくと暮らした。その責任をまず問うべきですよ。それが琉球の御一新というものだ」

「皮肉をいうわけではないが、きみはやはり、封建政治をにくんだ勤王の志士奈良原《ならはら》幸五郎だ。しかしきみは、自分が鹿児島の人間だということを忘れている。見たまえ。ぼくらが自分では日本帝国の官員として琉球の人民を解放するために来たつもりでも、百姓どもは、やはりぼくらを島津の片割れとして警戒しているのだ」

「それは思いすごしだ、伊地知《いじち》さん。いや、確かに百姓たちはまだぼくらをこわがっているかもしれないが、そんなことを、いちいち気にしていたってはじまらない。ぼくらとしては、この島の産業開発と教育とに努力をかたむけること。きのう話したとおりです。いまのところ、それ以上に、ぼくとして欲はだせませんな。一体、思い出してもごらんなさいよ。ぼくらが最初首里の政庁へのぼったときの役人どもの間のぬけた顔は、どうでした。明治御一新を説明するのに、あれだけ骨が折れるとは思いませんでしたぜ。薩摩の国が鹿児島県になったのがなんだか悪いことをしたみたいで、へんな錯覚までおこしましたな」

伊地知も思わず笑いをさそわれて、

「薩摩への借金も免除してやると言ったとき、いちばん理解に苦しんだらしい。かれらのいままでの考え方からすると、そんなことは奇蹟ともいうべきものだろうから」

「あの調子では、その金で士民を救済し国本を張る資にするようにと命じたところで、その政策をうまくとれるかどうか、あてになりませんな」

「かれらが同じ質問をくりかえす。こちらも同じ答をくりかえしながら、あわれを催したな。さすがのおれも、正直にいって、かれらと平等になるんだろうか、と考えこんだ」

「与那原《よなばる》親方といいましたかね。あの三司官の下にいた男。あれが日本語をうまくしゃべるのが、まことにふしぎでしたな。なるほどぼくらは、かれらにお前たちは日本人なんだぞと言いに来たんだが、どうもときどき、自分がウソのしごとをしているような気がして……」

得意になってしゃべっていた奈良原が、ふとやめた。

農道を西の方から、十数人の百姓たちがこどもをまじえて走ってくるのを認めて、伊地知が、

「福崎君。行って何があったか、聞いてこい」

福崎と呼ばれた先頭の男は、すばやく農道へ出て群衆をとめ、二言三言かわしていたが、じきもどってきて、

「この向こうに比屋定山《ひやじよう》という丘があります。そこで、たったいま、色の白い若い神様が、威儀をただして、北のほうへ両手をついているのを、こどもたちが見て驚いて叫びましたら、神様はしずかにそっちを見てから、ゆっくりと、近くにある井戸に消えたそうです。見たところ、たいへんに偉い人らしいようすだが、どうして供も乗り

物もないのだろう、とみんな騒いでいるようです」

「ばかばかしい。狂人だろう。えてして未開の国ほど、狂人のためにまで意味をつけて騒ぎたてる。何をかいわんやだ」

奈良原が、はきすてるように言うはたで、伊地知は黙々と考えこんでいたが、ふとなにかに思いあたったようすで、眼を輝かした。

「それは瑞兆《ずいちょう》だな」

「どういう意味です」

「狂人かもしれんが、おもしろいことだ。北の方を伏し拝むというのは、日本国の天朝様に服するということで、琉球国王が、その家臣人民をひとしく陛下の赤子《せきし》としてお返し申しあげて、自らも野に下るということらしい。首里の政庁役人がぼやぼやしているうちに、百姓どもは、その霊感でもって、国の将来を占っているようだ」

「そんなもんですかな」

奈良原が走り去った群衆をかえりみたとき、伊地知は、眼の前のわりに大きな百姓家を指した。

「いい家らしいが、人の気配がないな。うちみたところ、ながく農耕から遠ざかったようすがある。のぞいてみよう」

これまでの旅でたびたびそうしてきたらしく、慣れた足どりで納屋を一べつしながら、勝手口に近づくのを、半町ほど離れたクファディーサーの樹の下でうちまもっている男があった。着物は質素な木綿ものだがこざっぱりとしていて、頭の髪刺しを見れば士族だが、背にかついでいる荷から見て、ちかごろはやりの、士族行商だと知れた。男は腰をおろして涼をとるふうに、たばこをつけた。

勝手口に近づいた三人は、まず案内を乞うた。福崎の琉球語は、わりとうまかったが、うちは留守らしく、反応がなかった。

閉じられた板戸は、手をかけると、すぐあいた。なかはかなり暗かった。三人がはいると、その暗いところで、かすかに驚く声がした。奥の板の間に初老の女が寝ていた。眼がなれると、家のなかがずいぶん散らかっていた。

「病人ですな」

福崎は伊地知をかえりみてから、女に、

「ひとりか。おやじは畑か」

と聞いた。女は起きあがって壁ぎわににじりより衿をかきあわせたが、体をふるわせて、一言も発しなかった。その坐りかたを見てとった福崎が、伊地知に耳うちした。

「士族です。主人でも帰ってきたら面倒ですから、出ましょう」

伊地知は軽くうなずいて、女へ、

「じゃましたな。悪い者ではない」

と、懐中を探って、わずかの鳥目《ちょうもく》を取り出すと床へ置いた。

出るときは奈良原が先だった。が、その奈良原が出たかと思うと、軽い気合を発して、飛びのいた。その身をかわしたところへ何者かの体が飛びこんできて、続いて出ようとした福崎を驚かした。納屋の陰にでもひそんでいたらしい若い男の手に、薪割りの斧が光っていた。

「なんだ、きさまは」

福崎がその衿首をひっつかんだとき、

「野郎！」

と奈良原が、例の杖を取りなおすと、そこに半ば抜かれた刀身が、不気味に光った。

遠くで終始見ていた行商の男が、驚いて起ちあがった。

「なるほど。話に聞いた仕込杖とはあんなものか。とんでもない奴のあとをつけたものだ」

行商は、しきりに頭をひねったあと、思いついて巨木の蔭に身を隠した。

伊地知は、心もち顔をしかめて、

「よせよ奈良原。相手はたかが百姓じゃないか」

奈良原がさすがに照れて、刀身をおさめると、

「どうも、武器のない国へ来てそんなものをひっさげて歩くきみの気もちがわからん」

「なにしろ、異国ですからな。どうも、自分の国とは思えん。落ち着けんところで。それにどうです、武器はなくても、けっこうこんな得物でやられることがありますからな」

若い男からもぎとった斧を音たてて遠くへ投げ捨てる。伊地知が笑って、

「京都寺田屋で、公武合体に反逆する過激派に集団上意打ちを敢行した奈良原幸五郎も、琉球の島のはてで、一介の百姓に斧で殺されたとあっては、運命の神も苦笑するかな」と言ったが、思いなおしたように「ところで福崎君。この男はやっぱり百姓か」

「士族でしょうな。首里や那覇で食えなくなってシマ降りした……」

「では、この家の者か」

「おい、どうだ」奈良原が杖の先で、肩をこづいて「何の恨みをもってわれわれを襲った」

若い男は、地面に尻をおろしたまま、覚悟したのか、小ゆるぎもしない。

「この家の者か」

福崎が琉球語で聞くと、男は頭を横にふった。

「わけがありそうだな。どうだ福崎君。御仮屋（在番奉行所）まで連れていこう」

「どうするんです」

「わけがあったら、聞こうじゃないか」

「それでもいいですが」

「わけを聞かずに放してやるほど、ぼくにも仏心はない。だが、いまのようすじゃおいそれと口もきくまい」

「それも一興ですな」

奈良原がまだ怒りをおさめぬようすへ、

「民情視察も、いいところで幕切れだな。お礼のつもりでていねいに扱え」

「どうていねいに扱うんです」

奈良原がしきりに興がる。

「岡っ引き根性をだすんじゃないよ。ぼくは乱暴にというい みで〝ていねいに〟と言ってるんじゃない。なにかためになることがありそうだから、連れていって話を聞こうというのだ」

伊地知はまじめであった。

やがて、縄もつけずに若い男をさきへ立てて行く一行のあとを、行商が見え隠れについて行った。

安謝《あじゃ》へおりて天久《あめく》へ——。泊高橋《とまりたかはし》に着いたころ陽はさすがにかなり傾いた。潟原《かたばる》を浜づたいに行くころ行商は「在番奉行所」ということを思いついた。在番奉行所は西《にし》村《むら》にあった。

が、上之蔵《うえのくら》の坂を登りながら伊地知は気を変えた。

「辻《つじ》へ連れていこう」


辻村では、遊びの時刻にはまだ早いし、旅姿の侍か商人かわからぬ手合いと、野良からあがったばかりのような田舎百姓の若者とが、うちとけぬふうにある玄関をはいると、さすがに妓たちも心もち眉に緊張をはしらせたが、日ごろそのような客がないわけでもないから、裏座へ通して酒肴を出すと、適当に座をはずした。

薩摩衆の三人には知れなかったが、若い男はその玄関にたったとき、仔細あるようすをひそめて、わずかに顔色を変えた。そして、廊下を折れるときその姿を遠くから見て驚いた若い妓があった。その妓は、客たちが通された座敷のとなりが自分の座敷らしく、一行に酒があてがわれるころには、すばやく板ぶすまの向こうで、息をころしていた。が、期待した会話がとなりの座敷からもれてきたかと思うと、ほとんど同時に、彼女は自分の座敷のふすまがあいて、行商ふうの男がはいってくるのを見た。

「すまんが、しばらくつきあってくれ」

驚くひまもなく、男は不遠慮なはやさで、ずかずかはいり、たばこ盆をよせて、隣座敷とをへだてた板ぶすまに背をもたせ、たばこに火をつけた。

妓がつぶらな眼をますます大きくして、あきれたように見つめると、行商は吸殻をたたきだして言った。

「お前は、何という名だ」

「マカト……」

「そうか」

それきりだった。

「お酒のしたくを」

妓は、ようやく思いついて、座敷を出た。しばらくして酒肴を用意してくると、客の男は、相変わらずの表情で、天井に煙を吹きあげていた。

（このひとも、となりの室を気にしている……）

妓は感じとった。

好都合といえば、好都合であった。妓は、適当に客の盃についでやりながら、できるだけしずかにして、となりのようすをうかがうことができた。むろん、客もそれをのぞんでいた。

となりの座敷では、はじめ伊地知が若い男に酒を飲ませようとして、やっきになった。だが、若い男は、かたくなに沈黙を守った。

「きさま、よほど不風流なやつだな。折角のもてなしにつきあわんとは」

奈良原がめんどうくさそうに盃をあおった。伊地知は、それを横目で見てから、

「では、名を聞こう。名前ぐらいなら教えてもいいだろうが」

「………」

「なるほど、まずこっちから名のるのが礼儀か。では、まずぼくは鹿児島県庁伝事伊地知壮之丞。こちらは同じく奈良原幸五郎、そっちは琉球在番奉行福崎助七だ。われら二人はことしの正月に鹿児島県からつかわされてきた」

若い男の瞳に、かすかな驚きと決意らしいものがはしった。だが、かれの表情の変化は一瞬のことで、相変わらず黙りこんだままだった。福崎がしつこく名前を聞きだそうとしたが、果たさなかった。

「では、名も聞くまい」

伊地知が相変わらず寛容に言った。

「だが、なぜぼくらを闇討ちにしようとしたか。これだけは教えてもらわんといかんな。ぼくらとしても、大事ないのちをねらわれた以上は」

伊地知は、盃をなめなめ、調子を変えずに続けた。

奈良原は、性急さがおさまりかねていた。

「きさまが、在番の侍どもにどれだけ恨みがあるかは知らん。しかし、おれたちは、もう薩摩藩の家臣ではないのだ。それに、ここらに来ている在番の小兵どもと同じように、あまく討ちとれると思ったら、大まちがいだ」

福崎が、ちょっと言葉がすぎるという顔をした。倒幕運動に参加した奈良原の威勢のよさは、当るべからざるものがあった。

「そのとおり」伊地知が、しぶい顔にいたずらっぽい微笑を浮かべた。

「な、若いの。ぼくらは、きみが察したとおりの薩摩人ではあるが、もはや島津家の家臣ではない。日本では、去年から薩摩の国というものがなくなったし、島津家は、薩摩の国のあるじではなくなった。ぼくらも、日本という大きな国の、ひとりの官員なのだ。もっともぼくらは、正直に言って、もともと島津家の家臣だったし、この琉球でぼくらの同僚だった島津家の家臣どもが、きみたちにどのようなことをしてきたか、よく知っている。だから、きみのいまもっている気もちは、よくわかっているつもりだ。しかし、その同僚の責任を、いまとれと言われると困る。ぼくらは、その責任をとる前に、ぜひ果たさなければならない国家の大事がある。むしろその新しくもってきた責任を果たすことによってあるていどきみたちへの責任をとったことになるとも考えるのだ」

隣室の行商は、いつのまにか盃をとめて、聞きほれていた。かれは、伊地知の言うことが、福崎の通訳をまたずにわかるようすであった。

「きみには、よくわからないかもしれぬが、たとえば、ぼくらがここへ来てからまずやったことは、薩摩藩から琉球藩庁へいままで貸してあった八万五千両の金を返さなくてもよい、という通達だ。なぜそんなことをするか。琉球は、もはや島津藩の属国ではなくなったからだ。琉球の人民も、もはやたんに小さな薩摩の国のために働くべきものではなくて薩摩の人民とひとしく日本国のために働くべきものになったのだ。ぼくらは正月にここへつかわされてきたが、その後ずっと、そのような事情を琉球人に納得させるためのしごとだけをしてきた」

若い男は、端坐して伊地知の腰のあたりを見つめている。その視線は物おじしていない者のそれだと伊地知は感じていた。

「おまえは士族だろう。いつから浦添に住みついたのだ」

福崎が聞いた。

「……七年まえから」

若い男が、はじめて重い口を開いた。伊地知はそれを満足な思いで聞いた。

「あの家は、おまえの身寄りの者か。あれも士族くずれと見たが」

「身寄りならどうします？」

若い男の語気が急に荒くなった。

「ともに罰しようというのではない！」

伊地知が盃を音たてて盆に置いた。それから、あとをつぶやくように、

「おおかた、察しはついている。あの家の女主人は病気で寝ているようすだった。ほかに家族がいるのかいないのかしれぬが、きみがいくらか面倒をみている家なのかもしれない……」

隣室で、妓のつぼんだ唇が軽い驚きで動いたのを、行商の男が認めた。

「ぼくらは、正月に到着していらい、在番の文書や政庁の文書を調べ、各間切間切をつぶさに見てまわった。琉球の百姓は国王のために農作物をつくっていた。いや、これは日本の諸藩でも同じだが、琉球国はその作物を薩摩にも納めた。琉球の百姓は砂糖を自らつくりながら、その一粒もなめることを許されなかった。百姓は、貢租上納の責を果たすために生きていたようなものだ。わかるかな。その責を完全に果たしきれない村々里々には、政庁から命じて下知役《げちやく》というものを置いた。ことしになってみると、琉球の諸間切で下知役を置かないところがないほど、疲れはてたようすだ。そして、下知役は、薩摩のために、血をわけた村のひとたちに鞭をあてる」

「違う！」若い男が、叫んだ。「おれの村では、そうではなかった。その下知役が鞭をもとうとしなかったために殺されたのだ」

嗚咽がもれた。

隣室で、妓が思わず起ちあがった。行商が眼でおさえた。

「落ち着け。お前の出る幕ではない」

妓が腰を落ち着けると、奈良原の激しい声が聞こえた。

「在番の役人が、その下知役を殺したというのか。その仇を、おれたちのいのちであがなおうとしたのか」

「あわてるな、奈良原」伊地知はおさえて、福崎に「在番奉行に覚えがあるか」

「わたしが赴任してから、三年と少し。その前はどうかしれませんが……」

「なるほど。御一新になってからの在番奉行では事情が少し違うわけだ」

伊地知は、憮然としたかたちで、

「どうだ奈良原。このままいくと、ボロを出すばかりだ。今夜はお客さんも飲まんようだし、引きあげてもらおうか」

「名も聞かずにですか」

「できれば、顔見知りついでに聞いてもおきたいが、教えてくれなければ、やむをえまい」

「名は申しあげます」

若い男が伊地知の顔をまっすぐに見た。

「仲吉《なかよし》です。仲吉良　春《なかよしりようしゆん》……」

「仲吉良春か。覚えておく」

「あとは、どうなさいますか」

「どうするかとは？」

「琉球人の分際で薩摩の役人に不逞な真似をした報いは、十分に覚悟しています」

「まだ話がよく通じてないとみえる。われわれは薩摩の役人ではない。また、琉球人の分際という言い方はよくない。琉球人も鹿児島人も、ひとしく天朝さまの臣民だ。すべての恩も怨も帳消しにして、改めて天朝のご恩に浴したてまつるのだ……」

この小さな島から一歩も出たことのない仲吉がそのような薩摩と琉球との新しい関係や、天朝のご恩などということを、なかなかのみこめないということは、伊地知にもよくわかっていた。しかし、そのような言い方でつくろうより、このさい仕方がなかった。まさか、わけもなしに放免してやることもできなかった。

「わかりました」

仲吉は、こころもち会釈《えしやく》するように額を下げた。

「わかったら行け」

仲吉は、起っていったが、しきいぎわで、ふりかえって坐った。

「……あの家に、許嫁がいました。その父親が殺されたのです」

「…………」

伊地知は、うなずいたが答えなかった。仲吉は、そのまま出ていった。

「あきれたことだ」

奈良原が、盃をあおって言った。

「なにが」

「なにもかもです。人間も話もです。こんなかっこうで話のケリがついたんですかい」

「しばらくがまんしろ。貸し倒れ覚悟で金を貸してやる肚でももたんと、このさいお役目がつとまらんぞ。そのかわり、今夜は、うんと遊べ」

「しかし……」奈良原は、まだ納得がいかない顔で、

「許嫁があの家にいたと言いましたな。いまはいないのですか」

「それはわからぬ」

「許嫁の父の仇を討つということでしょうか」

「ぼくは、そのようなことに関心をもちたくないと思う。なんでもなくてさえ難しくなりがちなわれわれと琉球との関係だ。許嫁の父の仇であろうとなかろうと、その許嫁がどこにいようと、ぼくらがその仇を討たれなかったのはもっけの幸いではないか。いまそんなことは、ぼくらの任務にたいして関係がない」

奈良原は、あきらめたようすで掌をならした。妓がやってきて急ににぎやかになろうとしたとき、隣室で呆然としかけていた若い妓が我にかえると、客の行商にていねいに手をついた。

「せっかくおいでくださいましたのに失礼ですが、しばらくお暇をくださいませ」

そして、行商が答えぬうちに廊下に脱け出ていた。

行商はあとを追って出た。

女は、西武門《にしんじょう》へ出て小走りに、仲吉のたどったらしいあとを追った。若狭町《わかさまち》へ出て、しばらくすると、女は追いついた。

女は、海ばたへ男をいざないながら、言った。

「なぜ、あんな大それたことをしたのです」

「きみのお母さんが病気で寝ている。そこへ無遠慮にはいっていって、出てきたときの顔を見たとき、たまらない憎しみが走り出た……」

「あなたにいくら勇気があっても、相手は薩摩の侍です。とうていかなうはずがないではありませんか」

「きみのおとうさんは、そんなことをすれば当然ひどい罰を受けると知りながら、琉球人をぎせいにしてまでは薩摩の役人に従わなかった」

「父が悪かったのです。自分が罪におちたら、あとに残ったわたしたちが苦労することを知っていたはずです」

「それを知りながらもやむにやまれない男の気もちが、女にわからないだけだ」

「それを知って、なんになりましょう。父がなくなったあと、ほんとうに百姓になりさがってしまったし、母が病気になって、上納もろくに納められなくなれば、わたしが売られなければならなかったのです。なによりも、それをさきに知らなければならないではありませんか」

「それを思えばこそ、よけいに腹がたってくるのだ。きみも売られてつらかろうが、許嫁を苦界にやったおれが、毎日毎日、きみのおかあさんの面倒をみながら、どうしたらきみを取りもどせるかと狂いそうになる気もちを、考えてみるがいい。落ち着いて考えろと言っていられるきみが、うらやましいくらいだ」

「……かんにんしてください。あきらめかけていたのがよくなかったのです」

「あきらめかけていた？」

「ごめんなさい。でも、もうあきらめない。だからこうしてあとをついてきた……」

「そうだ。きみはもう帰らなければならない。これからが客の来る時刻だ……」

「よく、私を前にしてそんなことがおっしゃれます……」

海岸は暮れていた。いつしか岩蔭にたよって、女は男の胸に肩をうずめた。あまい吐息が柔らかな海風にとけると、女はぬれたまつげをぬぐって、

「でも、よかった。あのお侍たちは、いい方ばかりだった」

「そうだ。ふしぎなやつらだった。あのひとたちの言ったことは半分しかわからなかったが、妙に頭が下がった。おれは、考えてみなければならん……」

眼に沖の漁火がうつった。その手が女の肩を押し離すのを、遠くで行商がかすかに認めた。

――行商は、名を大湾朝功《おおわんちょうこう》という。

六月になって、雨が降った。大湾朝功は、天気が続いたあいだ行商に忙しかったが、久しぶりのひまを見つけることができて、与那原殿内《よなばるどんち》を訪れた。与那原家の四男良朝《りょうちょう》は、大湾朝功と乳兄弟で、ひとつ年下であった。その縁もあって、与那原親方は、その達者な日本語や北京官話を、息子たちに授けるついでに、朝功にも授けた。朝功は、生活のために、その勉強もしばらくやすんでいたので、そのわびかたがたの訪問でもあった。

与那原親方良傑《りょうけつ》は、いくらうまい物を食べても肥らないというたちで、顔は骨ばっていたが、眼がおちくぼんで、それが、生来のひとなつこさを示すときにも、心配ごとのあるときも、眼を細めた。その表情は、ひとに接するに徳あるもので、日本語や中国語を本国人からじかに学ぶには、いかにも適当なものであろうと、ひとびとは評しあった。そして、この国ではかねてから、語学に秀でていると、重宝で徳とされた。与那原親方良傑が、この徳をつくづく不徳だと見なおす時節が、一歩一歩近づきつつあったが、この年にはまだ、その兆がひとには見えず、「陰雨は時の余り」とばかりに、学問に親しむ余裕があった。弟子たちが集まると、その太い声帯で冗談など言ったが、それを中国語や日本語でやると、勉強のたすけになった。

「下雨太多了生意好不好《シャユイタイトウオラションイハオプハオ》（雨がよく降るが商売などはどうか）」

大湾朝功は、応用をきかして答えなければならなかった。

「下雨不要緊以前《シャユイプヤオチンイーチエン》 賺的多了《チユワンダトウオラ》（降ってもかまいません。前にうんともうけました）」

「怪不得太忙没上課了《クワイプドタイマンメイシャンコーラ》（なるほど、忙しすぎて授業に出なかったんだ）」

と笑ってから、

「近来的行市我想対於買売人好《チンライダハンシーウオシヤントエユイマイマイレンハオ》（このごろの景気は商売人にはよいと思うが）……」

すると、朝功は考えこんでいたが、

「銭拿下以来老百姓太疲乏没有《チエンナーシヤイーライラオポーシンタイピーフアメイヨー》 銭《チエン》 生意上《ションイシヤン》 也影響不少《イエインシヤンプシヤオ》（金を引き下げてこのかた、百姓が疲れはてて、金がなく、商売上にも影響が少なくありません）」

与那原親方は笑い出した。

「うまいうまい、とほめてやりたいが、お金をひきずりおろしたような言い方だな。文替《もんがわ》りは、お金の値打ちを低くしたということで、官話では、『減低幣値《チエンテイピーチー》』と言うがよろしい。このばあいは、言葉の続きぐあいで、これをひっくりがえして、幣値減低《ピーチーチエンテイ》以来《イーライ》云々とする。これで、文替りいらい百姓が疲弊してという話が……」

　としゃべっているうちに、その細めていた眼が大きくなった。

「文替りで、百姓はそんなに苦しんでいるのかね」

「苦しんでいるようです。なにしろ、物価はどんどんあがっていくのに、田舎百姓が売る焼過糖《たきかとう》や買上糖の値段は昔からお上《かみ》で決められたとおりに据置きですから」

「そうかもしれんな」

「わたくしなども、お勤めがなくお役扶持にはありつけないし、商売を始めて少しは息づきましたが、このごろの商売でほんとに儲かるのは、薩摩衆の問屋だけで」

「そうかもしれんな」

「また文替りがあるということでしたが、ほんとでしょうか」

「去年からそんな話があった。評定所(政庁)では、こんどはもうお断りしたいものだと話していたが、まだ何ともないな。なにしろ、薩摩お国元のなさることは、わしら風情には見当もつきかねるのでな」

　文替りというのは、島津の貨幣政策であった。これより十年前、一八六二年に、島津家はその財政窮乏を救うために、貨幣の私鋳を企て、そのために銅の価値が高くなり、この影響が琉球にまで及び、多く流通していた鉄銭の平価切下げが物価高をもたらした。

「たびたびの文替りで、七年間に物価が三十二倍です」

「そんなになったかな。そういえば、先年物価司を置かれたが、役に立たなかったな」

与那原親方の眼は、次第にまた細くなっていた。こんどは、心配をあらわすものであった。しかし、その心配は、それ以上にのびる気配がなかった。クバ団扇を使いながら、その細い眼が書見台にとまったままであった。

大湾朝功は、これ以上こういうエライ人と話しても、しょせんむだだと知っていた。知行持ちの士族は、文替りになっても、田舎百姓から野菜やら砂糖やらを仕入れるときは、諸品定代という古い公定価格に頼ったし、なかにはその不当な公定価格で買ったものを、時価相場で売って、不当利益をかせぐ者さえいた。それに、親方部ともなれば、一間切の総地頭であり、所領の間切から年貢を現物で受け取り、労役も現物で供給させることができた。経済変動の影響を痛切に受けるのは、田舎百姓と無禄の士族とであった……。

息子の良朝が、お父さまは眠っていられるのではないかという顔で、確かめてから、

「この十数年、西洋の黒船はやってくるし、天候は不順だし、お国に大事がおこるの

ではないでしょうか」

「うん。それもはかりしれんな。薩摩の国が鹿児島県になったといって、その達しのためにお使いがみえているが、へんなことばかり言っているな。琉球は相変わらず鹿児島県に属すると言いながら、時勢というのが、実際にどういうことなのかよくわからんが、二人とも頭の髪も、毛のはげた鶏みたいに刈りこんで、たいへんな権幕だよ」

大湾朝功は、二十日ほど前に見た、伊地知と奈良原との異様な断髪姿を思い出した。

「わたしは、そのひとたちに会いました」

大湾朝功が言った。

「会った？　どこで？」

「田舎まわりをしているうちに見たのです。ついていくと、いろんな家をのぞいてまわります。そのうち、ある若い百姓がそのひとたちを殺そうとかかりました」

「殺そうとした？」

「薩摩の役人に恨みをもっているようです」

「ばかなやつだ。たいへんなことではないか。自分ひとりで事がすむと思っているのか」

「ところが、その男ひとりで、事がすんだのです」

「どうしてか」

「若い者を辻へ連れていって、説教しました。薩摩への恨みを自分らにはらそうとするのは間違っているという話でした」

「そんな説教をしたのか。虫のいい話だが、それで事が済んだものなら、いいことだ」

「たしかに、虫のいい言い草です。しかし、聞いていますと、非常に理のありそうな話で、とても感心しました」

「理のありそうなとは何だ」

「薩摩の国はもう島津のものではないし、琉球も島津のために働く必要はないそうです。それで、あのお二人は、琉球の民百姓の暮らしを楽にしてやるために渡ってこられたのだそうです」

「いきなりそんなことを言ってこられたって、どういうことなんだか、よくわからんが、そんなものかな。追い追いわかるかもしれんが」

与那原親方は、まじめに考えるようすをしたが、実のところ、こういう難しい話は、考えたってわかるものでないし、少々あきていた。息子の良朝が、わきで次第に眼を輝かした。

「時勢は、確かに変わってくるかもしれません。だから、さっきからわたしは言うのです」

与那原親方は、答えなかった。すると、良朝は落ち着いていられないようすで、朝功の袖をひいた。

「おれの部屋へ行こう。もう少しくわしく話してくれ」

もう、勉強などどうでもいいようなことになってしまった。おりよく雨があがった。ふたりは久しぶりの日光に息づいた庭へ降りて歩いた。

季節にさきがけた蟬が、庭の奥の樹で、なきたてた。雨あがりの涼味も束の間で、また暑さが急速にふくらんできた。

「そのお二人というのは、どんなひとだ、薩摩の役人ではないのか」

「鹿児島県庁の役人だと言った。島津家の家来ではなくなったらしい。だから、琉球人とのあいだには恩も恨みもこれまではなかったということなんだ」

「琉球の人間は、あの二人が来たことを喜んでいい、と言ったのか」

「しかし」大湾は良朝の顔を見た。「きみたちが喜んでいいかどうかはわからんと思う。おれは喜んでいいようだが」

「きみは喜んでいいが、おれはいけない？　それはどういう意味だ」

「鹿児島のお役人が言うには、これからさき琉球の田舎百姓が楽になるだろうというのだ。島津家がやったようなしぼりかたを、鹿児島県はしないそうだ。何万両とかの借金も棒引きにするから、それで民百姓の困苦を救ってやれとのお達しもあったとのことだ。そうだ、そのようなことなら、これからさき文替りなどもうないのかもしれない。おれには、時勢の変動というものが、次第にわかりかけてくるような気がする。これはひょっとすると良朝、おれたちにはよい時勢だが、きみたちのような領地もち、知行もちの士族にとっては、生活が苦しくなるような時勢かもしれない」

「それは、おれも覚悟しているよ。なにか、この数年ふしぎな予感がおれにも襲ってくるのだ。しかし朝功……」

良朝は、調子をかえた。

「きみは、自分の身分を、おれたちから、ずいぶん離してみて、ひとりでひがんでいるね」

「ひがんではいないさ。むしろ、これからわが天下だと喜んでいるのさ」

「それがひがみの裏返しなんだ。きみは、おれと乳兄弟だから、おれははっきり言うよ。二人は、なんでもいっしょにやっているのに、政治の話になるととたんに離れてしまう。いや、おれの方では近づこうとしても、きみのほうで離れてしまう。きみは、まだ兄さんのことが気になるのか」

「すまないと思うよ、良朝。ひがみのつもりではないのだが、政治のことを考えると、なにもかも不公平なことばかりあるような気がして、つい気がたってくるのだな」

「それは、きみの兄さんが、一番科挙《こう》にあたったのにはずされたということは、きみの一家にとって、たまらないことかもしれない。おれも、そんな習慣はよくないことだと思うよ。兄さんのかわりにとりたてられて出世した島袋親雲上《ぺーちん》だって、根が小心者だから、気に病んでいるそうだ。兄さんだって、あきらめているというじゃないか。そういう身分制度からきた運命なんだから、しかたがないじゃないか」

「その制度が、時勢で変わるかもしれないのだ」

「そうだろうか、そんなにまで変わるだろうか」

「変わると思う。おれは、あの鹿児島の二人を宜野湾《ぎのわん》で見つけたとき、ふしぎな予感がして、あとをつけた。そして、その確信がますます強くなるばかりだ」

「きみにそれで勇気がわくならいいことだよ。おれにはよくわからないけど」

良朝は泉水に小石を投じたが、その波紋が消えるころ、言った。

「喜舎場《きしゃば》さんのところに行ってみないか。朝賢《ちょうけん》さんは国王様のお側付だから、いろんなことを教えてもらえるかもしれない。お国の動きはいつでも喜舎場さんの耳にはいるんだ」

「喜舎場さんより、津波古《つはのこ》親方のほうがよいと思うよ」

大湾朝功は言った。

「そうかな。喜舎場さんは、いつも国王様のお側についていて、いろんなお国の大事を見聞しているし、それにとても話しやすいひとだからさ」

「おれの考えでは、このことは喜舎場朝賢がいかほどの俊才か知らないが、手におえないと思う。考えれば考えるほど、琉球国の内輪だけの頭ではどうにもならない大きな根がひそんでいるような気がする。津波古親方なら、古今東西の学に秀でていられるし、なにしろ、国王様の先生でいらっしゃるからな」

「きみは津波古親方にお会いしたことがあるのか」

「ない。ただ、真剣になって向かえば、恐れることはないと思う」

「相変わらずの自信家だ」

笑おうとした良朝の眼が、正門をはいってきた客の姿にとまった。

「朝功。あのひとを知ってるか」

「知らない」

「与那原村の謝敷筑登之《じゃしきちくどん》親雲上《ぺーちん》といって、船持ちだ。お父さまの気に入りなんだが、去年持ち船が行方不明になった。その船が、もともと那覇の薩摩商人から借金して作ったのだが、ひと月そこらでやられてしまったというのだから、かわいそうだ。なにしに来たんだろう」

「あの供の二人の百姓はなんだろう」

「船頭らしいようすだな……」

それからものの五分もたったかと思うころに与那原親方は、謝敷筑登之親雲上の連れてきた二人の船乗りの話に驚き始めていた。

「台湾に漂流したと言うのか、台湾に。台湾というところは、野蛮人がいると言うではないか。首を切られた者はいないか。何人帰ってきたのだ」

「昨年の秋に出かけたときは六十九人で、十二人だけ生き残ってきました」

「そうだ。さっき十二人帰ったと言ったな。首を切られたのか。いったい、どこへ流れ着いたのだ。言葉もわからんところで、よくしのいできたな」

「かいつまんで、はじめからお話しします……」

と、謝敷についてきた供の一人、仲本加那《なかもとかな》という船乗りが話した。

昨年十月十八日に、かれらの船は宮古へ向けて那覇をたった。十一月十一日正午、はるかに宮古島を見たが、北風が強く、そのまま港へはいれずに漂流、十二月五日に台湾の山が見え、翌六日陸地に近づいて座礁してしまった。端舟をおろして上陸したが、浪が荒くて三人が溺れ死んだ。本船は間もなく破れて沈み、その八遙湾という蕃地に、六十六人の船員と乗客とは上陸し、さまようた。

——まったく夢のような話が始まった。与那原親方にとっては、領民にかかわる大事件で、胸をせめられる思いで聞きいった——

最初に出会ったのは二人の中国人だった。その言うことに、西方に行くと大耳の生蕃がいて首を斬られるから、南へ行けとのことだった。むろんこれは手真似の会話である。だが、その二人の中国人は六十六人の衣類を持てるだけ奪い取った。

この二人は信用できないと思われたので、言われたことと反対に西へたどった。一行は、朝船中で一食しただけだった。夜がふけて道ばたで寝た。

翌七日、人家を見た。十四、五軒の部落で、うちの一軒で飯を乞うたら、十分腹を満たしてくれたあと、宿まで貸した。が、その夜半、片刃の刀をもった男に襲われて、二人が肌着をはがれ、残りの人も持ち物をすべて奪われた。

八日の朝、猟銃を持った五、六人の男が来て、自分らはこれから猟に行くから帰るまでこの家におれと言った。けれども一行は、なお留っているとどうなることやらと、山を下って逃げた。

少し行くと、道端に五、六軒の家がある。一軒のなかをうかがうと一人の老翁が出迎えて、きみたちは琉球人だろう、首里か那覇か、とたずねた。老翁は、僉天保という土地の有力者であった。かれが一行に食事を与えようと準備しているところへ、牡丹社の蕃人が来て、たんさくの獲物と喜び、一行の引き渡しを要求した。そこへ、さきに逃げてきた部落（高士仏社《くすくす》）の蕃人がやってきて、一行の奪いあいになり生蕃どうしの喧嘩になった。

　そこへやってきたのが、西海岸に住む楊友旺という中国人であった。かれが来たとき、相当数の漂流者が惨殺されたあとだったが、かれは蕃人とよく知りあっていたので、九人だけ命を乞われた。その後山中に逃げていた二人が出て来た。二十日ほどたって、また一人を探して救い出し、十二人が助かり、楊家で四十余日滞在した。

　事件は鳳山県当局に知れ、十二月二十五日に十二人は鳳山県に連行された。そこでも好遇を受け、木綿の綿入れをもらったりして、滞在二日、また護送され、二十九日台湾府城に到着。ことし正月十八日蒸気船で福州河口に到着して二日碇泊。のち琉球館にはいり、六月二日帰唐船に乗って福州を出帆、きのう七日に那覇の港に着いた。

……

「聞くほどに、これはたいへんな物語だ。首切り生蕃の話は、わたしも中国で聞いただけで、まだ実感はなかったが、これはひどい経験をしたものだ。でもまあ、十二人だけでも生きて帰れてよかった。でなければ、跡を葬うことも難しかったわけだ。それにしても奠さんといい、楊さんといい、さすが中国の大人《たいじん》のお情は深いものだな」

　などと言ったがしかし、この事件が将来琉球国の運命を左右しようとは、与那原親方の頭には全然思い浮かばなかった。

「楊さんには、そのうちお礼をおくりたいと思います」

仲本加那が言うと、与那原親方はひたすらにこにこうなずいた。

「それがよい、それがよい。中国と琉球とは、昔からお上も下々も、恩と義理とで結ばれたあいだがら。まごころのかぎりを尽してさしあげればそれだけのことは返してくださるほどのお国なんだから、お礼はさっそく申しあげたがよい」

「そういたします」

「きょうは、ゆっくりおやすみ。あすになったらまたおいで。評定所に行って三司官にもご報告申しあげて、お上からも中国へはできるだけのお礼をさしあげてもらうとよいからな」

ところが、翌日お上へ報告したところ、そんなのんきなものではなくなった。


与那原親方は、取り次ぎ役を買って出て、とにかく三司官に報告した。

三司官は、川平《かびら》親方、亀川《かめがわ》親方、宜野湾《ぎのわん》親方とそろって、端然と与那原親方らの報告を受けた。

「それはひどいことでした。十分にねぎらってあげなさい」

と三司官からの言葉をたまわったあと、宜野湾親方は、ひとつ思いついたことがあった。

「これは、鹿児島県にも報告申しあげないといけませんな」

「それほどのことですかな」

と言ったのは、亀川親方であった。

「琉球の船が宮古へゆく途中、暴風のおかげで台湾で災難にあった。それを中国のご恩で救っていただいた。そのことは、鹿児島県と何の関係もないはずでしょう」

「まあ、関係がないといえばいえましょう。しかしいちおう琉球国は鹿児島県の属下におかれることになったのですから、いちおう人民におこった事件としては」

「宜野湾親方」亀川親方は、不意に言葉の調子を改めた。

「鹿児島県の属下におかれることになったと言われるが、わたしにはあの狂人みたいな断髪の言うことは、信ずる気になれませんな。従来でもわたしは、薩摩より中国のほうに義理が重いと思っていた。そこへ、鹿児島県などとわけもわからんものが飛びこんできては、いよいよ話をつける気はありませんな。どうも、妙な世のなかになったものです」

川平親方が、両手をあげて、二人をさしまねいた。

「まあまあ。お二人ともおやめなさい。いつもながら、お二人のおっしゃることは、川平にはよくわかります。まあ、とにかくこの川平の意見しだいで、どちらかに片付くわけです。ところで、いかがですかな、亀川親方。ただ、報告するだけじゃないですか。国王さまに報告するような、軽い気もちで鹿児島県に……」

「国王さまに報告するような、軽い気もちでとは、何という……」

「いや、失言、失言。そう、いちいち角をたてないでということですわ」

「勝手にしなさい、川平さん」

「では、そうしましょうな。おっつけ今日は、伊地知さんなどみえることになってますから」

川平親方がなんとなく亀川親方をなだめてしまったあと、待つほどもなく、伊地知壮之丞、奈良原幸五郎がやってきた。

二人は、来琉いらいもう半年になる。琉球の高官たちに接するにも、貫禄は増してくるばかりで、その断髪ははじめ異様にうつったが、このごろでは非凡な威厳に変わったような印象があった。

この日は、前日にあらかじめ通告のあった登城である。

「鹿児島県参事（知事）から、きわめて重大な達しをもたらされたから、それを受領する席を設けられたい」

そして、その受領者を伊地知らの要求では、国王みずから出ませいということであったが、これもとやかくの議論をへたあと、摂政伊江《いえ》王子で間にあわせるということになった。

伊地知壮之丞は、伊江王子と対して正座につくと懐中に用意してきた鹿児島県大山参事からの達文を交付する前に読みあげた。

「このたび、日本国朝廷におかせられては、王政御一新の大業相成り、威光宇内に光被し候。琉球もとより日本国版図の一環として朝廷の恩儀厚く候えばこのたびの盛儀につき御祝儀且つ御機嫌伺いとして王子一人、三司官一人、ただちに上京参朝せらるべく候。なお、この儀はもとより東京朝廷よりの直命に候えば、かくの如き旨しかと心得られたく候」

朗々と読みあげたあと、

「おって、上京のための船便として、近く豊瑞丸を回航せしめられるようですから……」

と、つけ加えた。

「すると……」川平親方が、質問の先頭にたった。

「かいつまんで承りますと、明治改元の御一新になったから、琉球としても、お祝い言上にあがるようにということですか」

「そういうことです」

「これは、どうしてもあがらないといけないものですか」

「朝廷の直命です」

と、奈良原が少し声を大きくした。伊地知がそれをおさえて、

「御一新について、こないだから、なかなか納得のいかれないごようすだったから、無理もありますまいが、このたび朝廷へ参内すれば、じきじきご説明もありましょう。また、従来琉球としては、徳川幕府へ慶賀使など派遣していたわけですが、このたび以降、慶賀使を受けるのは、朝廷ご自身のほかにはあらせられませぬ。琉球は鹿児島県に属するとはいえ、これを以てみれば、いまだに一個の権威ある属領と見ていられる証拠でしょうから、ただちにお請けの上、上京なさるが得策でしょう」

「それはまあ、そういうことです。大和幕府へ慶賀にまかるのは昔からなれていることですから、わけはありますまいが、このたびはどうも少し……」

川平親方が少しとまどっていると、

「わたしは承知しかねます」

言い放ったのは亀川親方だ。

「日本国朝廷に世変《よが》わりが行なわれたということですら、わたしらには、なかなか納得いきませんのに、いきなりそれにお祝い申しあげよなどとはどうも釈然といたしかねます。それに、世変わりになったことがいいのか悪いのかもまだ決まっていませんしな」

「それでは、あんまり話が飛びすぎますよ、亀川親方」

笑いだしたのは、宜野湾親方である。

「日本国の世変わりがよいか悪いか。これは、わたしらの判断のかぎりではありますまい。よかろうと悪かろうと、わたしらは新しい日本国天皇さまの臣民としてお仕えしなければならないでしょう」

「誰がそのように決めました」

「もとから決まってるようなものです」

「それは、あなたの一存でそう決めたようなものだ。国王さまにもうかがわず、清国天朝さまにもうかがわず、われら臣下風情でそのようなことは、恐ろしいことです」

「だからさ」奈良原が業をにやしたような顔をする。

「はじめから、この席に国王さまをお迎えしておればよかったのです」

「そんなことを、いまさら言ってもしかたありません」

伊地知は、そろそろ切り上げどきだと思ったから、

「国王さまのご意向をうかがう必要が確かにありましょう。ただし、これは、上京してよろしいかどうかという問題ではありません。上京すべきことは決まっているのですから、これからは誰が行くかという問題です」

「わたしは行きません」

亀川親方が即座に言う。

「それでもいいでしょう。宜野湾親方でも川平親方でもさしつかえありません。では」

悠々と起とうとするのを、

「あ、しばらく」

と川平親方がおさえて、台湾遭難一件を報告すると、

「わかりました。三司官からとわたしたちとから二途に県庁に報告すべきが妥当でしょう」

と即座に解答が出て、そのままになった。

「そんなら、わけのないことだ」

と、事が簡単にすんだつもりで喜んだのは川平親方だが、どうでも肚のおさまらないのは亀川親方であった。

「あなたがたは、こんな大事なことがらを、うっかりし損じると国をくつがえすかもしらんのに、唯々諾々とひとのいうなりに請けるようだが……」

とひとりでいきまくのを、川平親方がなだめ役にまわりながら、午後には国王に報告の上、慶賀上京の正使を伊江王子尚健《しょうけん》、副使を宜野湾親方向有恒《しょうゆうこう》と定められた。ここで亀川親方の肚は決したもののごとく、

「これでは三司官としての責任をもちかねます」

と退官の意向を申しでると、国王尚泰は瞑目してひと言、

「やむをえない」

そして、荒々しく下城する亀川親方の後姿を宜野湾が見送って、

「度しがたい頑固者……」

まったく度しがたい——と胸のなかでくりかえしながら、宜野湾は、ふとある不安なものにかられて夕刻に津波古親方を訪れた。

津波古親方に、かれは一目置いていた。先年、国王尚泰がまだ十七歳のころにおこった牧志《まきし》・恩河《おんが》の疑獄事件で、侍講の津波古親方は狂った渦のような王府内の二派閥のなかに、よく国王に過ちなからしめた。そのときの宜野湾はけっして自主的な明を示したとはいえない。その後、和文学にたいする自信はありながらも、かれは津波古に教えを乞いたいと、ときには思う。

亀川親方との不仲は、宜野湾が三司官に就任したときの選挙のもつれからおこったことだが、その関係の通俗的なことを思いあわせると、津波古の清廉淡白を久しぶりで賞味してみたかった。

(それに、今日問題になったようなことについての話し相手には、やはり……)

ところが、津波古家には意外な先客があった。先客といっても、十七、八の書院若

衆の風情だが、

「亀川親方の嫡孫で、盛棟《せいとう》、毛有慶《もうゆうけい》という若者。詩稿を見せに来ているのです」

と紹介されたときは、なるほどこれが俊才音に聞こえた亀川の孫かと眼をみはった。それが、

「はじめて御意をえます」

と宜野湾に一礼したが、ついで、

「祖父が退官いたしましたあと、よろしく善後処理のほど、お願いいたします」

と見あげた顔に、おごりもなくわるびれもない。

「それは、皮肉ではあるまいな。そなたは亀川親方退官のいきさつを聞いているのだろうが」

と念を押すと、

「聞いております。ただ政治上の意見の相違。いよいよお国の大事にいたらんとする時節がら、三司官同士に折りあいが悪くてはかないませんから、あれでよかったかと思います。ただし……」

と聡明な額をかげらせる。

「ただし？」

「わたくしにとっては、まぎれもない祖父です。頭が古くて退官にあたいする老骨か

もしれませんが、祖父をみずからないがしろにする気にはなれません。ご諒察くださ
い」

「ふむ。それから？」

「それだけです。宜野湾親方は近いうちに大和朝廷へお使いに行かれると承りました。たしかにこれは祖父にはつとまらないことです。お国の大事、しっかりつとめていらっしゃるように、お願いします。では先生、どうもありがとうございました」

と、最後は津波古親方への儀礼をかねて、機敏に折り目正しく帰って行った。

「英才とは聞いていましたが、どうも、はっきりしたものです」

宜野湾親方があきれてみせると、津波古親方は大きく笑って、

「厄払いの必要があるなら、ウイスキーというものがありますよ。どうです。縁先で涼味を」

「ウイスキーとは珍しいものをおもちです」

「気に召しましたか。西洋の酒です。どうも、われわれは鈍ですから、西洋の理をきわめるにも、酒の味をたしなむことからはいってゆかなくてはなりません」

「ご冗談もゆかしい」

「江戸も東京ということになった由です。こんど行かれたら、御一新とやら、主上奠《しゆじようてん》都《と》とやらで、前ともかなりようすが変わっていましょう。眼や口の保養をしておいで

なさいませ。お帰りに洋酒の一本なりと土産におもちくだされば、この老書生としては重畳のことです」

「ぜひおもちします。ただ、身ひとりは、向こうへ行きまして、保養などという心のゆとりができますことやら」

「たかが、天朝のご機嫌うかがい。心を悩まされることもありますまい」

「ほんとにそれだけですむのかどうか。津波古親方のお考えをうかがいたくて、あがったのです」

「人質にでも行くようなお覚悟なんですか」

と津波古親方は笑ってすまそうとする。それを逃すまいと、

「そのようなことではありません。じつは、わたしは日本という国が好きです。それは自分が和歌をたしなんでいるせいかもしれません。が、とにかく好きです。こんど上京するのもうれしいと思います。しかし、こんど上京したら、わたしの精神はいよいよ日本のとりこになってくるのではないかという気がします。それではたしてよいのだろうかと……」

津波古親方は、瓶をとって宜野湾の前に置かれたギヤマンのグラスについだ。夏のながい夕焼けがそれに映えるのへ、眼を細めて見入りながら、

「時勢のおもむきつくすところまでは、人も国もおもむいてみなければなりますま

い」

「そのように、わたしも考えます。ただ、人によっておもむきかたが異なりましょう。わたしはわたしなりのおもむきかた。それが琉球としてよいのかどうかということです」

津波古親方は、ようやく宜野湾親方の思いつめかたがただごとでないのをさとった。

「亀川親方などのおもむきかたが、そのように気になられますか」

「自分の好みにしたがうほかないとすれば、その好みが正しからんことを願うのみです」

「津波古の愚考するところでは、宜野湾親方のお好みは正しかろうかと存じます。昨今の黒船往来、欧米諸国のおびやかしはこの国だけでもないようです。その脅威の最も強く及んでいるところは、おそらく中国ではないでしょうか。先々のくわしいおもむきはよくわかりませんけれども、昨今の日本の話、清国の話などをうかがってみまして、文献書籍に照らしてみますと、清国の未来は、たやすく信じがたい方向を示しているのではないでしょうか」

「なるほど。それをうかがって宜野湾は、ほっとするやら気になるやらです」

「お察しします。ただ、宜野湾親方のように、そのお好みの正しい向きは、それでうらやましいのです。世のなかには、自分のなかの矛盾に苦しむ者がいますから」

「とおっしゃいますと？　津波古親方が……」

「いや。老書生は、いずれにおもむこうと悠々自適の道を見いだせます。ただ、若い者がそうはいきません」

「亀川里之子のことですか」

「さきほど、宜野湾親方にほのめかしてゆきました。さだめし気にもさわられたでしょうが、ご諒察いただけようかと思います」

「秀才には、いつの世も悩みがつきもののようです。亀川親方に孫の賢明を見る眼がおありだとよいのですが」

「あの聡明な小伜。わたしの書物を借りてはいきいきしているうちに、いつのまにか己れみずからの道を見いだしつつあるようです。その発見がみずから責めるかせにならなければよいのですが」


その亀川里之子盛棟は、同じころ、二人の客、与那原良朝と大湾朝功の訪問を受けていた。与那原とは久しいつきあいで、大湾ははじめて紹介されたものだ。

「きみは津波古親方の弟子だから、紹介してもらおうというわけだ。われわれだけでは見当もつかんからな」

と与那原良朝が言った。

「津波古親方は教えてくださらんよ。おれにも自分で求めよと言われた。ただ、難しい時代になりつつあることだけがわかった。もっと勉強しなければならないと思う」

「お祖父さまは三司官をおやめになったそうだな」

「だが、おれにはまだそれを批判する資格がない……」

夕焼けがすっかり消えた。侍女が明かりを用意するなかで、亀川里之子のからだは動かなかった。

## 恩賜の「琉球藩」

九月三日、朝からの快晴に品川の港は、たいへんな人だかりとなった。

物見だかいは江戸のくせといわれる名にそむかず、この日は、琉球人がはじめて琉球の服装をもって、東京と改まった江戸にはいる姿を見ようと、集まったものである。琉球人の江戸上りそのものは例にある。国王即位の報告、将軍即位の慶賀に、琉球人はまめに江戸へ上った。ただ、その服装は中国の服装であった。島津藩主自ら先導で数百人が東海道を行くさまは、壮観ながら、明らかに切り従えられた属領という形であったが、こんどの上京は、椎原権参事《しいばらごんのさんじ》の案内で、供連れ著しく減少し、総勢わずかに三十人、それにしいて琉装を命じたことが、すでに江戸に広まったものである。

上京するがわも、気もちは改まっていた。ただそれは、島津流儀から朝廷流儀に切り替えられたことからくるとまどいのみではなかった。

携えてきた賀表（祝辞）の署名に、鹿児島で手を加えられたときに、かれらはまずがっかりした。

「琉球国中山王尚泰」とあったのを、たんに「琉球尚泰」に、「伊江王子、宜野湾親方」を「尚健《しょうけん》、向有恒《しょうゆうこう》」と、それぞれ鹿児島の検閲で改めてしまったのは、政府の内命だということであったが、

「いくさをしないうちから、敗戦の心もちですな」

と宜野湾が言えば、伊江が、

「わたしには、まだよく見当がつかない」

と答えた。

喜屋武《きやん》親雲上《ぺーちん》が、

「将軍家でもこんなことはなかったのに、朝廷とはそんなに権威のあるものなんですか」

と首をかしげた。瀬戸内海の美しい島々を眺めながら、いまのかれらには、瀬戸内海など曾遊の風景も、そろそろ新たな雰囲気を帯びて見えた。

「まず、ようすが知れるまでは、自若としていることです」

品川港で汽船を降りながら、伊江王子が、宜野湾、喜屋武らに訓戒をたれた。無表情だけは、少なくともかれらの武器であった。岸壁に群れをなす江戸の人士は、何に驚き、何にわめいているのか知らないが、なにはともあれあわてず語らぬことが、能

うかぎり権威を落とさぬことと信じられた。賀表には削られても、実質は国王の正副使であり、王子と親方であった。

沈黙していると、さすがに威厳と貫禄が備わっていた。伊江も宜野湾も白髯が光り、喜屋武は漆黒の髯がのびていた。そして、寛やかな衣服に扇子をたばさんで裾さばきしずかに、船を離れ、用意の馬車に近づくあいだ、期待と緊張との無表情が続いたが、馬車の前にたちはだかった笑顔と声とが、その平衡をやぶった。

「外務省七等出仕伊地知《いじち》貞馨《さだか》がお迎えにあがりました。どうぞお馬車を」

驚く間もなく、馬車に乗せられて、着いたところは、清潔な威容にみちた大名屋敷であった。

「毛利高謙さまのお邸です」

と伊地知が教えたとき、かれらの頭をまたひとしきり、新たな惑いが攻めた。

伊地知壮之丞が貞馨と改名したのはなんということもないが、かれが鹿児島県官吏から外務省七等出仕とかに変わっていきなり東京勤務だということがまず突飛だ。それから、従来の慶賀使ならもっぱら島津屋敷とのみかかわりがあったのを、毛利家などという、縁もゆかりもない屋敷へ泊められたのが、まるで解せない。このようすだと、壮之丞を貞馨に改めたのも、なにか深い深い制度上の因縁がありはしないか……。

かれらは、日本の明治維新について、伊地知、奈良原からいちおう言葉で説明を受けてはいるものの、その規模や厚みについて具体的な姿をまだつかんでいない。

ところで、胸のつかえるような驚きと困惑は、まださきに待っていた。

日程の話になって、使節たちは聞いた。

「あいさつは、まずどなたからで？」

「やはり、副島《そえじま》外務卿でしょう。琉球のことは、当分外務省がもっぱら面倒をみることになりますから」

「外務省といいますと？」

「維新政府に、いろいろの役所ができました。国内のことをつかさどるのが内務省、外国のことをつかさどるのが、外務省。……あ、いや、誤解しないでほしいが、琉球が外国だという意味ではない。琉球はあくまでも内国、日本の版図《はんと》です。ただ、日清両属のかたちを清算するまでは、清国その他とのかかりあいが多いと思われるので、便宜上外務省の管轄に」

「日清両属？　それがどうなるわけですか」

「いまどきの世界に両属などという体制があるものではない。これをいずれは清算して、日本の領土として世界に表明しなければなりませんからな。政府でも、この見解がさいきん固まったようです」

「政府でも？　すると、清国ともその相談はできているのですか」

「まだです。というより、必要もないでしょう。琉球が日本の版図であることは、自明の理。だからこそ、政府は台湾生蕃の事件にもことのほか熱心で、近く台湾ご征討の兵を進められる胆《はら》まで固めておられる」

「なんですって？　台湾ご征討の兵を？　ま、いま一度お坐りを……」

伊江王子は色を失った。

「台湾ご征討などとは、とんでもないことです。遭難はそれは、たしかに運の悪いことでした。しかし、難民はすでに、中国政府のご恩恵をこうむって帰還しましたことです。これ以上のことは前例にもないことで、わたしたちとしては、この上もなく喜んでいるところです。そこへもってきて台湾ご征討などということになっては、清国とのあいだがこじれることになりますから」

「いや。国際間にも理は正さなければならん。帝国日本の臣民がいやしくも生蕃ごときものに侵されて、そのまま黙っていては、ご威光にもかかわることです」

「日本国の立場もありましょうが、琉球国の立場としては、従来清国にご進貢でご恩をこうむっていることですから」

「日本と琉球と立場を別に考えられることはあるまい」

「はあ？」

「とにかく、琉球は日本なんだということを、このさいしっかり考えられるんですな。あ、そうだ。あすは、外務卿にお会いになられたら、そのまま横浜、横須賀あたりを見学にまわられるとよい。新式の軍艦やら大砲やらで、いい話のみやげにもなられましょう。わたしの方で連絡をとっておきます」

適当に話のしめくくりをつけて伊地知が引きあげてしまうと、

「宜野湾親方、これはたいへんな話を聞いたものだ。まず国許へ手紙をやらねばなりますまい」

「そうしましょう。われわれだけで専断するには荷の重いことです」

「重いも軽いも、手のほどこしようがない。外務卿とかには、いちおうお取止めのお願いだけはしてみようが」

「しかし、事態は容易ならんようですな」

「確かに容易ならん。清国にこれが知れたら、一大事なことだ」

「わたしが言うのは、もっと全般的なことです。第一、伊地知氏が琉球から帰ると、そのまま外務省に勤務がえになったということが、そもそも琉球にたいする政府のなんらかの心組みがあるのではないでしょうか」

「どういう心組みが？」

「わかりません。ただ何となく気になるものですから」

「それは気になるな。ただわからんけれども、とにかく明日になってからのことだ。そのへんを散歩してみようか、宜野湾親方」

「このたびは油断がならないから、およしなさいませ」

「よしておこうかね。では、昼寝でもするか」


翌日、一行は外務省を訪れて、副島外務卿に謁見した。副島は、つくったほどの笑いを浮かべて一行を迎え、

「ようこそみえられた。政府は万全の誠意をもって、諸君を迎える用意がある。陛下もお喜びのごようすと、もれ承る」

と言ったが、いざ椅子にかけて伊江王子が、「あのう」と台湾一件を切りだそうとすると、

「これから、帝国国防の偉容を見学に行かれるそうだな。では、わたしはこれで」

それで謁見は終わった。

「やられましたね」

外務省の門を出ながら、宜野湾親方が伊江王子に耳うちした。

「うむ。どうも、日本人があんなふうに洋服を着て、西洋たばこなどをくわえて、靴音をたてて歩いていると、怪物めいてきて、口をきくのもおっくうになるね。わたし

は、アメリカのペルリが来たときにも、二度めからはできるだけその姿を見ない工夫をしたのだからね」

「それは少し神経気味ですね。これからは、国中があんなふうになるのかもしれませんから、慣れておかれませんと」

「それもそうだ。お国のためにも、もう少し気をしっかりもたんといかんが、と自分をいましめているんだがね。それにしても、国中があんなになるとは、たいへんだ。清国でもそうかね」

「なんでも、清国へ西洋諸国がはいりこんでいるありさまは、たいへんな勢いだといいますから」

「せめて、わたしの生きているうちは、おしずかに願いたいものだ。今日は、何を見るのかね」

「ヨコハマとかヨコスカとかに国の護りを見に行くそうです」

「国の護りというのは、屋良座《やらざ》みたいに築いてあるのかね」

「よくわかりません。軍艦にも蒸汽車にも乗るんだそうですよ」

これにには、伊江王子の反応はなかった。なにを考えても、おっつけないような気がしていた。

まず、海軍省に着いた。諸器械一覧。

「フランス、オランダ、アメリカ等の諸文明をすみやかに吸収して、もはや欧米諸国と肩をならべるだけの国防力の基礎は十分ととのえてございます」

若い士官が、固苦しく突っ立って、説明した。その士官の言った国の名前は、十年ほど前に琉球に黒船をもってやってきて条約をとりかわした国々の名であることを、伊江王子はかろうじて思い出した。ただ、それらの器械を見ただけでは、それが国防力であるという実感はわかなかった。器械は、くろびかりするだけで、火を噴いていなかったのである。

見覚えのある品川港から御軍艦で横須賀まで乗った。

「台湾ご征討には、このような軍艦を五隻ぐらい列ねていくのです」

と伊地知が言った。

宜野湾親方がなにか言おうとしたが、伊江王子が袖を引いてとめた。伊江王子は、しだいに口数が少なくなっていた。ただ、ときどき神妙な顔で、舷《ふなばた》により、すさまじい勢いで流れる潮の泡を見渡した。

横須賀製鉄所一覧――

武器が、十分なる計画と精力的な速度で製造されつつあるのを見て、宜野湾親方が、

「これでどこを攻めるのですか」

と聞いた。

「どこでも、帝国にあだなす国を攻略します。清国でもロシアでも。日本はそれだけの実力ができつつあるのです」

海軍省と同じような士官の態度であった。

横須賀を見たあと、

――御軍艦ニテ横浜ニ帰リ同所上陸

――横浜巡視

――蒸汽車ニテ帰京

あわただしい一日を過ごして宿へもどると、一行の頭のなかには音をたててなにかが駈けめぐるような困惑がおこった。

「どうも、いつの間にこんなところへ来てしまったのか。夢のような気がする」

と伊江王子が、こめかみをおさえて言った。喜屋武親雲上は、

「横須賀で見た大砲は、日本にさからう国はどこにでも撃ちこむと言いましたね。台湾ご征討のことなど、下手に反対しないほうがいいかもしれませんね」

と眉をひそめた。

「日本という国は、恐れなければならないようです。わたしたちはまだ、そのほんの一部分しか見ていないのかもしれません。落ち着いて、ようすを見ましょう」

宜野湾親方は、思案ぶかそうに言った。伊江王子は、大きくうなずいた。

「とにもかくにも、十四日のお儀式が大事、献納品は虫喰いやカビなどのつかぬように、とくに気をつけなければならん。毎日一度は風に当てて、改めるようにするんだな……」

台湾征討の件を首里王府へ知らせたあと、緊張と当惑のうちに、太政大臣《だじょうだいじん》三条実美《さんじょうさねとみ》、参議西郷《さいごう》、大隈《おおくま》、板垣《いたがき》等々と、あいさつをしながら迎えた九月十四日午後一時——。

導かれた大広間には、伊江王子の神経を恐れしめる洋服着用の人士が無数にいて、琉装の三十余人が一種の雰囲気をそえることになった。琉球使節の扱いについて当局からは、「従来一独立国としての名誉を保っていた慣習を重んじなければならない」と達してあったが、かつて大蔵大輔《おおくらたいふ》井上馨《いのうえかおる》が琉球に関するある会議で、その国王のことを「酋長」と呼んだこともあって、諸官みながかつてない好奇心と緊張をいだいていた。その中央で、琉球の使節は敬意を強制されたもののように恐れながら、なにかを待っていた。

号令というものをはじめて聞いて驚き、耳慣れない奏楽に運命を思った。そのうちに、気候が暑いのか涼しいのか、わからなくなった。少し雰囲気に慣れると、天皇陛下はどこからあらわれたまうのか、と考えた。しかし、やがてある奏楽が鳴り響き、頭を下げるともなく下げていると、尚泰より若い十代の天皇は、どこからかあらわれたもうていた。

伊江王子は、時いたってうやうやしく賀表を朗読、呈上した。

「恭しく惟《おもん》みるに、皇上登極以来乾綱《けんこう》始めて張り、庶政一新、衆庶皇恩に浴し歓欣鼓舞せざるなし、尚泰盛事を聞き歓抃《かんべん》の至りに勝《た》えず、今正使尚健、副使向有恒、賛議官向維新《しょういしん》を遣わし、謹で朝賀の礼を修め且つ万物を貢す、伏して奏聞を請う。明治五年壬申七月十九日。琉球尚泰《しょうたい》謹奏」

伊江王子の賀表朗読は、琉球語なまりの読みかたであったから、多少の奇怪さをおびていたけれども、誠意は畏れとともにこもって使節の使命の第一は十分に果たされた。

使節たちにも日本の諸官とともに一応の安堵が見えた。そして一息つくと、つぎに予定どおり、天皇みずからの勅語朗読——

「琉球の薩摩の附庸たる年久し。今維新の際に会し上表且つ万物を献ず、忠誠無二、朕之を嘉納す」

使節らは、その声に驚いた。その音吐の張りと澄明さは、尚泰王にないものであった。明治維新という大業に踏みだした青年帝王の自信と闘志とが、知らず知らずのうちに、堂を圧し、使節一行に迫ってきた。それを、誰もが一様に感じた。畏れが敬意に変じ、体内に力を注ぎこまれるような興奮を感じ始めた。

天皇は、嘉納の勅語を朗読し終わると、いまひとつの勅語をとり、外務卿に手渡した。副島外務卿は使節一行を見渡すと、ゆっくり力をつけながら朗読していった――

「朕上天の景命により、万世一系の帝祚を紹《つ》ぎ、奄《おお》いに四海を有《たも》ち八荒に君臨す。今琉球近く南服に在り、気類同じく言文殊なる無く、世々薩摩の附庸たり。而して、爾《なんじ》尚泰能く勤誠を致す宜しく顕爵を予うべし。陞《しょう》して琉球藩王となし、叙して華族に列す。ここに爾尚泰其れ藩屏の任を重んじ衆庶の上に立ち、切に朕が意を体して永く皇室に輔《ほ》たれ、欽《つつし》めよ哉、明治五年九月十四日」

勅語は、朗読が終わると、使節に手交された。ところが、ここで使節一行の心中に微妙な変化がおこった。というのは、伊江王子、宜野湾親方、喜屋武親雲上ら、ともに外務卿の朗読を聞いていきながら言葉の難解にひっかかってばかりいた。琉球なまりのない日本の標準語だからかもしれぬ――はじめはそう考えた。それでもしかし、このような大事なときに勅語のいうところがのみこめないとあっては、朗読者が副島外務卿だということも手伝って、ことに伊江王子などは外務卿に最初に謁見したさいの当惑を思い出して、ひそかに苛立ち始めた。(なんとなく苦手だな……)

朝見が終わると、おびただしい献上物と下賜品の交換であった。国王、正使、副使、賛議官から、天皇、皇后、皇太子へ、織物や置物などに焼酎を加えた礼物。それに応じて、逆に下賜された日本産西洋産の什器、織物類。大広間にそれらが陳列されて、無事引き渡しがすむと、これら献上品の調達に苦労した故郷の貧乏財政を思い、かつはじめて朝廷からの下賜品を携えて帰る喜びを思って、興奮をおさえきれなかった。

が、急ぎ宿へ帰って勅語を開き、文字を追っていって、一行は顔を見あわせた。

「琉球藩というのは、聞いたことがありませんね」

「藩王というのも、はじめてですよ」

「ヤマトでは、藩主といったのですね。それが、ご一新になると知藩事というようになった」

「もう藩というのは、ないそうですよ。みんな県になって、県参事とか県知事とか……」

「薩摩藩が鹿児島県になったのだね」

「すると、待てよ……」

宜野湾親方が、思い当たったように皆を制した。

「世々薩摩の附庸たり、というのは、いままで薩摩藩の属領だったということだ。それが〝のぼって琉球藩〟というのだから、これからは朝廷直属というわけだ」

「知藩事でなしに、藩王とはどういうことです」

「これまでは、いちおう一国の王だったから、ほかの藩より重んじたのだろう」

「なるほど。顕爵とはそういうことですね」

「すると、華族というのも、いいことなんですね」

「そういう言葉は、意味はよくわからんでも、悪いことではなさそうな文字だから、いいですがね」

「最後の文句はどうです。なんじ尚泰それ藩屏の任を重んじ衆庶の上に立ち、切に朕が意を体して永く皇室に輔たれ、つつしめよや——これは宜野湾親方、中国の冊封の真似をしたんですかね」

「うん冊封ね……」

宜野湾は、また考えたが、

「いや、真似ではないだろう。日本の天朝さまみずから琉球藩王を冊封ということだろう」

「すると宜野湾親方。これはうまいことになったかもしれん」

伊江王子が、扇子で膝を叩いた。

「これからは、朝廷に進貢して薩摩とは縁が切れるのだろう。清国と日本とに同じように冊封を受けて朝貢するということだ。永く皇室に輔たれ、とおっしゃるのは、薩摩と同格に朝廷の属下だということだね」

宜野湾親方は、半信半疑のようすで、あいまいにうなずいたまま答えなかった。だが、伊江王子は苦心してひねりだした解釈にひとりで悦にいり、大方の衆もこれに和した。宜野湾親方は言った。

「あした、外務省へ行って、確かめてみましょう」

「それがいい。宜野湾親方、散歩に行こうか」

「お儀式のお疲れは？」

「なに。もういいんだ」

翌朝、一行が外務省を訪ねたとき、副島外務卿は留守であった。伊地知も留守なので、やむをえず待たされることになったが、副島と伊地知は、閣議で琉球問題の討議に列していたのであった。

「無事に盛儀をすませたことはなにより。琉球の使節たちは喜んでいるだろうか」

三条太政大臣の質問に伊地知は、

「よくわかりません。表情がありませんので」

と答えた。衆官が笑うのを副島がおさえた。

「喜ぼうと喜ぶまいと、冊封を琉球使節が尚泰に代わって受けたからには、絶対に帝国の藩属です。この上は、その体制を徹底させることが肝要――」

使節たちが、一部疑いを残しながらも、大部分が日本政府への甘い信頼にかたむいているとき、閣議では琉球の藩属体制を固めるべしとの論が進んでいた。

使節たちが数日をへて改めて副島外務卿に面会すると、早速そのことを達しられた。

「藩属体制とはなにか」

大きな疑問を生じたけれども、この疑問をなんとなく消し去った事情がひとつある。謁見のついでにかれらが、

「奄美大島——大島、徳之島、喜界《きかい》島、与論《よろん》島、沖永良部《おきえらぶ》の五つはもと琉球の属島でありましたが、慶長年間に薩摩に割譲させられたのです。王政復古ですから、あれも復古させていただければ幸いでございますが」

と懇請した。これは、なにか図にのったようなものであったが、副島はこれにたいして、あいまいな返事をした。

「同僚と相談の上で——」

とは言いながら副島は、小笠原を琉球にやろう、と付け加えたのだ。管理に面倒な小笠原など、琉球にやってしまえ——という副島らの真意を、使節たちは善意に誤解した。

領土とは奪われるものであってもらうものではない、と思っていた。大島をかすめとられた尚寧王の汚名を、このさい尚泰王が雪《そそ》ぐことになるかもしれぬ、とは一行の所感であった。

日本国へ租税を払うことぐらいはやむをえない。それも島津よりはぐんと軽くなるに違いないのだ——明治五年九月十四日の大日本帝国天皇の勅語から生まれた「藩属体制」という言葉は、かれら琉球使節に思いがけないあこがれを与えた。

「あれだけ、いろんな心配をしたのが夢のようですなあ」

宜野湾親方は、感にたえたように言った。

「あれだけの文明開化とあれだけの政治的覇気と雅量と。どうです。これからの時代は、やはり日本帝国でないと頼みがたいのではないですか」

「まったく。わたしも、今日という今日は考えた。宜野湾親方。わたしらは大手柄だよ、国運を開いた英雄だよ。今晩はどうも、眠れそうにないな。散歩に行こうか」

「もうおそいですよ」

「そんなら、飲みあかそうか。島酒はまだ残っているだろう。みんなさしあげてしまったかな」

大任は果たした。それは、いかにも満足なものだった。

その後、日本政府の閣僚たちが、琉球藩について語るとき、かならず台湾征討の可否について論じられていたことを、かれらは知るよしもなかったが、つぎつぎと打ちだされる恩恵は、みやげとして携えて行くに、大きく晴れがましいものと見えた。

——九月二十日、藩内融通のためとして新貨幣三万円下賜

——九月二十九日、尚泰のために飯田町に邸宅を賜わる

そして、十一月三日天長節。

この日吹上離宮で、御歌会が催された。両陛下は臨御にならなかったが、有栖川《ありすがわ》親王はじめ、旧大藩主、華族らの居並ぶなかに、琉球使節三名も列席の栄誉を賜わった。

宜野湾親方は、余人の知らぬ感動にふるえていた。恩師八田知紀は、八十余年の高齢をもって、この会の点者となっていた。この国家的盛儀のなかで、趣味の発揮、師弟の交歓、国使としての外交等を一挙に果たすということは琉球はじまっていらいなかったことであろうし、将来とてもまたとあるまいと思われた。これはやはり、改めて日本国帝王としての面目を明らかにした皇室の御稜威《みいつ》のしからしめるものであろうと思われた。

宜野湾は、一首を献上した。

「動きなき御代をこころの巌か根に掛けて絶えせぬ滝つしらいと——朝保」

これは、何にもまさる琉球使節としての忠誠の宣言であった。

この日があってから、日本の文人墨客が、宜野湾をたずねて足しげく毛利邸にあらわれた。

「あなたはもう、日本の宜野湾だね」

伊江王子は、わがことのように喜んだ。

「とんでもないことです。わたしは、やはり琉球の宜野湾ですよ。ただ、趣味のおかげで日本とのつながりを深くすることができてうれしいのです」

「おかげで、わたしらもうれしいよ。あなたは、いま向象賢《しょうしょうけん》というところだ」

向象賢は、二百年前に日琉同祖を唱え、日本趣味を奨励した。

宜野湾親方の心に、ふとよぎったものがあった。津波古親方と亀川親方、また亀川の孫の面影であった。これらのひとたちが、いまごろ東京の便りを聞いて、どう思っているだろうか。

「でもやはり時勢だ……」

かれは、帰郷の日まで、日に一度恩賜の短冊を出して見つめた。

「盛棟、盛棟。お前はしっかりせんといかんぞ」

一葉落ちるころ

亀川親方は外出から帰宅すると、孫が書見をしているとこへ来て、いきなりそう言った。

「いったい、どうしたのです」

盛棟は動じない。祖父を驚かせるようなことをしたおぼえはない。それに、ちかごろの祖父は少しどうかしている。三司官をやめたあと、退屈しのぎかどうか知らないが、よく評定所へ出かけて行っては、不機嫌になったりはしゃいだり、感情の動きが激しい。三司官在任中よりひどくなった。やはり、もう年なのか。

「今日、三司官あてに日本の使節たちから手紙が来ている。なんでもご使節たちは来月になったら帰るというのだが、伊江王子をはじめ、いいお使いだったと大はしゃぎのようすだ。それを三司官どもが真にうけて、お国に開闢いらいのご繁栄がくるなどと言っている。でたらめだ」

「そんなにでたらめですか」

「なに？　では、お前も三司官なみか」

「そんなにえらくはありません」

「バカ。悪い意味で言ったのだ。いまどきの三司官など……。そんなに簡単に世のなかが変わるものかとわたしが言うと、相変わらず頑固だと笑うばかりだ。浦添殿内《うらそえどんち》など、まっさきに立って笑いおる。そんなに怒ってはからだに毒だ、などとも言いおった。わたしがやめたから三司官にもなれたくせに」

「やめたら、三司官のことは三司官におまかせするのが、一般士民の道でしょう」

「ふん。わたしを一般士民にするのか」

「官を退かれたのですから」

「貢租や文替わりなどの国内問題とは違う。まかせてばかりもおれるか」

「わたしは、お祖父さまの退官なされたことをとやかく申しあげているのではありません」

盛棟は、からめ手にまわった。

「ほんとに退官なされたのですから、あとはわたしに譲るつもりでお休みになるとよろしいと思うのです。お母さまとも、いつも話していることです」

これは利いた。

親方は、不意を打たれたように孫の顔をうちまもり、それから起って庭へ降りた。庭木がよく育っていて、盆栽がいくつか並べてある。

「雨が降らないうちに冬至がきてしまったな」

「こんどの新の正月には雨かもしれませんよ」

孫は、話をうけながら、縁先に出て端居した。

「あの松、お前が生まれたときにこの鉢にとって植えたものだ。与那原殿内が寄進を申しでてお父さんが運んできた。鉢から庭に移してもあんなに丈夫に育った。お父さんは死んでしまったが、あれが丈夫に育つので、わたしはお前が亀川の家をりっぱに守り育ててくれると、念じてきた」

「だれか、亀川の家をけなす者がいたのですか」

祖父の調子の急変に、孫は少したじろいだ。

「そういうわけではないが、なんとなく、ひととつきあっていると、そんなことを考えるのだな。お前はよく勉強して、はやく中国へも留学してきて、お父さんの分までお国のために働かなければならん」

「勉強します――」

やはり祖父は、退官して孤独になったのだ、と盛棟は感じる。その孤独が、対人関係からだけでなしに、思想的な関係からもいくぶん影響していることを、おぼろげに感じる。

「しかし盛棟……」

祖父の調子がまた変わった。

「は？」

「勉強はともかく、お前も嫁をもらわなければならんな」

そのようなことも考えていらっしゃるのか——盛棟は、ふっと祖父をふびんに思う。といって、いま急に嫁の話へ返事をするわけにいかなかった。気をそらすために深い冬空の色を眺めて、

「では、お祖父さまは、世のなかはこれからどうなっていくとお考えですか」

「話をそらせるんじゃない。そんなことより、お前の嫁のほうが大事だ。もらう気があるのか」

「ええ。わかります。しかし、せっかくお祖父さまが威勢よくかついでいらっしゃったお話ですから、片をつけておきませんと」

「しいて強情なふりをするのか。はは。それでもよかろう。わたしの意見を聞きたいか。さっきも言ったとおり、世のなかは変わらぬ。お国は変わらぬ、とわたしは思う」

「世界が変わったら、どうなります？」

「世界とは何だ。中国か、日本か」

「それだけでもありません。ロシアもあります。ヨーロッパも」

「そんなところは、わたしは知らぬ。ただ、そのような外国がどう変わろうと、わが琉球のお国柄が変わるはずがない」

「変えろと言われたら、どうします？」

「だれが？　どこから？」

「どこの国からでもよいのです。要求されたらどうします？」

「そんなことは考えられぬ。中国は古来、琉球のお国柄に干渉されたためしはない。薩摩は、これ以上干渉のしようがない。日本朝廷が薩摩と肩代わりしようがしまいが、そのことは同じだ」

「東京のご使節は、変わるという便りをよこされたのですね。三司官がたもそれに同調されたのですか」

「ご使節たちは、繁栄のきざしがあると言う。だが、琉球が外国の干渉をうけて繁栄のきざしなどということは、わたしには考えられない。どうも、このごろの人士の考えていることは……」

「…………」

「そうだ。そこで思い出したのだが……。与那原親方を呼ばせなさい。あれも中国語や日本語は達者だが、どっちも達者すぎるせいか、考えかたがはっきりしない。根がのんきな男、いまに三司官にもなろうというのにあれではいかんからな。わたしからひとつ……」

「なにも、そんなことまで」

「お前にはわからん。呼ばせなさい」

「はい。では、夕飯をすませたら、わたしが自分で行きます。良朝に用もありますから」

暮れようとする庭先で、亀川親方にある思念がただよった。

(与那原殿内の末の娘の真鍋《まなび》は、よい娘だと思うが……)

亀川盛棟が、与那原殿内を訪れると、与那原親方良傑は中庭に面した縁に腰かけて、釣竿の手入れをしていた。それにあいさつをして、祖父の用を告げると、

「お話？　ああ、そうか。鉢の木をひとつさしあげる約束をしていたが、つい忘れてしまった。そのご催促だろう。それ、あそこにある梅の鉢だが、もっていかんといかんな。三良《さんらー》、三良」

と、早合点で下僕を呼ぶのが、亀川里之子にはおかしいのだが、しいてそれを打消すまでもあるまいと考え、

「わたしは、良朝に少し用があるのですが」

「奥にいるだろう。通りなさい」

「では、失礼します」

一礼して、廊下を奥へ行き、折れようとすると、

「あの……」

背後に、かすかな声を感じてふりかえると、暮れなずむ廊下に、くっきりと真鍋の白い顔が浮かんでいた。

「ああ。真鍋……」

盛棟は、一瞬間、美しい！　と思った。とっさに詩の一句が浮かびそうな気がしたほどだった。幼いころから見なれてきた顔でありながら、ふしぎなことであった。

「お兄さまのお部屋へいらっしゃるんですか」

「ええ。いないんですか」

「いいえ。いると思います。けれど……」

「なにか……」

「お願いがあるんです」

「兄さんのことですか」

「このごろ、元気がないので、お父さまもお母さまも、たいへん心配しています。わ

たくしも、なんだか気になります。里之子さまから、それとなく元気をつけてやっていただきたいのです」

「わかりました。ほかならぬ真鍋さんの願いだ。まかせておきなさい。と言いたいが、実は元気をつけてほしいのは、こっちのほうかもしれない」

「まあ、里之子さまも」

「はは。冗談です。……しかし良朝はそんなに元気がないのかな」

「元気があるのは、里之子さまがたがおいでになる、そのあいだだけです」

「それは、お互いさまかもしれない」

「は?」

「いや。……では、行ってきます」

けげんな顔をする真鍋を、そのままにして、良朝の部屋に来てみると、柱に背をもたせて腕を組んでいるので、

「なるほど言われるとおりだ」

「なにが」

「いや。日が暮れたら灯りをつけたほうがいいということさ」

と坐って、

「夕飯はすんだのか」

「まだ」

「それも食ったほうがいい」

「いやに親切だな」

「というわけでもない。自分に言いきかせているようなもんだ」

暮れると、めっきり寒がきて、亀川里之子は衿をかきあわせた。

「『海国兵談』、読んだよ」

少し間をおいて、与那原良朝がポツリと言った。

「そうか、がんばったな。どうだった」

亀川盛棟は、もう真鍋から言われたことを忘れたようであった。ともされた灯りに、眼が急に生き生きと輝いて、良朝をうながした。良朝は、すえられた食膳の箸を、無意識のようにとりあげながら、

「むずかしかったけど、やめられなかった」

「わかるな。おれもやはりそうだった。津波古親方は、おれが日本のことを知りたいと言うと、いきなりその本をよこされたのだ。日本という国がいまどんな立場にあるか――もっとも、林子平がそれを書いたころと今日とは、日本でも違うけれども、日本が欧米諸国にとり残された無力な小国であるという点では同じだ。その点をまず知れと言われたのだ。ところがおれは、海国兵談を読んで今の日本というものを知る

と、しだいにほかの、昔の日本というものを知りたくなった。それから古事記、日本書紀、万葉集……」

「宜野湾親方に以前おれが教わったとき、いきなりその万葉集、古事記からすすめられた」

「おもしろかったか」

「万葉集はまずわかるような気もして興味があったが、古事記は途中でなげた」

「やっぱり、今日のことへの疑問から出発するほうがよいのだ」

「でも、結局やっぱり、今日のことに帰ってくるのではないかなあ」

「それでいいのさ。津波古親方はいつでも言っていられるよ。われわれは、今日と将来の問題を解決するために学問をするのだと」

「津波古親方は偉いな。宜野湾親方より偉いと思う」

「しかし、おれは宜野湾親方もずいぶん偉いひとだと思うよ。いまごろ東京でどんなことを考えていらっしゃるだろうか」

「いいのかい。宜野湾親方をそんなにほめて」

「お祖父さまとおれとは別さ」

「そうとばかりも言っていられないだろう。きみのお祖父さまはきみのことばかり考えていらっしゃるということだよ、うちのお父さまの話では」

「うむ。それを思うと、少しさびしくなるんだ。でも、なんとかなるよ。……ところでね、良朝」

「なに？」

「津波古親方は、日本の立場はもっとちぢめれば琉球の立場になるとも言われたんだ」

「なるほど」

「こないだから、おれたち、いまの琉球のことなどいろんな話をしているだろう。だから、このさい、仲間で勉強会をつくって、津波古親方なんかに教えてもらったらどうだろうと思うんだ」

「賛成だな。大湾朝功も入れよう。すぐ行こうか、大湾家に」

「いいよ」

二人はもう起ちあがっていた。良朝は、起ちながらつぶやいた。

「江戸湾の水はロンドンのテームズ河に通ずる——か」

林子平の『海国兵談』の一節だった。

「おれはよそう」

大湾朝功は、少し考えてからそう言った。

「どうして？　きみもずいぶん、話しあいのときは興味をもっているじゃないか」

「興味はもっているよ。しかしそれをいくら学問でせんさくしたって、しかたがないような気がするんだ」

「それはどういうことです？」

亀川盛棟が、口をとがらして聞いた。

大湾の苦み走った顔に、意外なほどひとなつっこい微笑が浮かんだ。

「誤解しないでくださいよ、亀川里之子。学問を軽んじているわけじゃないんです。ただ、眼の前のこの暮らしを見ていると、学問もずっとさきのことのような気がして、そらぞらしくなるんです」

亀川と与那原は、なんとなく家のなかを見回した。

つい半年ほど前に結婚して分家した、手ぜまな家だった。借家住まいで、新しい家ではないが、そんなに古い家でもなく、煤の色がまだ薄かった。すると、道具らしいものがきわめて少ないのが目だった。ただ、新婚の家庭だという精神的なあたたかさだけが、なんとなく感じられた。

そのなかで大湾朝功は、二人の客が来たときちょうど、座敷いっぱいに商売の品をとりひろげて整理しているところだった。櫛やびんづけや針糸などの小間物から、薬草や煙草、はては線香、モグサのたぐいまで、田舎百姓の生活の料になる品物が雑多にあった。どれもそれほど大きな儲けになりそうでなく、いうところの数でこなすものばかりだった。下級士族のまた分家が、どれだけの資本で始めたものか、それもどうせ借金だろうが、膝のそばにひかえた算盤もいじらしく見えた。

客が来たのを見てあわてて片付けようとする手を押しとどめて、語りだしたのだった。

亀川盛棟は、この大湾家をはじめて訪問したのだが、大湾からそんなことを言われてみれば、急に学問というものが、閑人の閑事業とはいわないまでも、知行持ち階級の特有事業のような気がして、妙な錯覚にとまどった。与那原良朝は、これ以上言えば大湾がまた例の調子で身分のことを言いだすに違いないと思い、だまってしまうほかなかった。

「それに……」大湾は、少し言いよどんで、台所の妻をかえりみたが、

「こどもができたとわかってからは、官話や日本語の復習までが、ときにはおっくうになって。……だから、そのうち気が向くときまで、そっとしておいてくれませんか」

大湾の家を引きあげる途中で、盛棟がつぶやいた。

「われわれは、ひまなことをしているのだろうか」

「そんなことがあるものか！」

良朝の眼と口調がいつになくとがって、盛棟にあたった。

ちょうど同じころ、大湾朝功は、品物を大きな風呂敷に包みながら、語るともなく妻に語った。

「前田屋さんには早く清算してまた仕入れて、正月までにはまとまった稼ぎをつくらんといかんがね」


那覇西村に前田屋という薩摩商人の店がある。

主人の藤兵衛は、もと侍であった。御仮屋（在番奉行所）詰となって琉球へ渡って来たのが十余年前。在番勤務として成績がよかったのか、あるいはていよく島流しを続けられたことなのか、珍しくその間に転勤がなく、住みついてしまった。そのうちに明治維新である。維新の報が伝わると、藤兵衛はさっそく藩へもどってみた。そして、人にたずね、みずから考えて、時代の動きをかぎつけた。

「武士階級の末日だ！」

この判断からかれは、ためらいなく、官を退いて暖簾《のれん》をもった。

店をそのまま琉球にもったのがミソである。十余年の住みつきで琉球語はたくみになっていた。御仮屋の役人たちは、奉行の福崎助七をふくめてみんな後輩であったから、御仮屋御用をも達し、自然に琉球政庁からも重んじられて、たった五年のうちに、暖簾にはひとかどの貫禄がついていた。

侍であったころの前田という苗字は、捨てたつもりでもなくならず、ひとが自然に前田屋と呼んで、風聞によると、奥の座敷には、いまだに刀剣具足が用意されているという。この風聞はしょせん風聞にすぎない嘘であったが、つまり世間で、

「前田屋藤兵衛は侍商人《さむらいあきんど》！」

と唱えて、常識をかけ離れたものへの一種の畏敬をもっていたことの、あらわれに違いなかった。

藤兵衛はあるとき、出入りの大湾朝功へ言った。

「あんたも商人になったのは、生涯の策をたてたというものだ」

「そうでしょうか」

「ヤマトでは、侍は表向きいばっているだけで、みんな商人から金を借りている。いまに商人が最上の階級になる」

「琉球では、そうもいかなさそうです。わたしなど、大きな知行持ちから資本を借りているのですが」

「そのうち、逆にあんたに借りにくるようになる」

「なにか、確かな目あてがあるのですか」

大湾は、将来なにか世間に変動があるという予感だけはもっていた。伊地知壮之丞

が仲吉良春へ話すのを聞いていらいである。その予感を与那原良朝に告げたことがある。だが、あれから八ヵ月、なんらその具体的なあらわれをつかみえないのである。かれの顧客である田舎百姓は相変わらず貧乏であり、かれの稼ぎも相変わらずよくならなかった。

しかし、前田屋藤兵衛はなんら具体的なことを言わなかった。ただ大湾を刺戟し、じらせて楽しんでいるようだった。大湾は、次第に藤兵衛を、いやらしいが興味のある男だと考えた。

すると、新の正月も近づいたある日、大湾が店先で品物を見ていると、藤兵衛が表通りの遠くのほうを見つめていたが、ニヤリと笑って言った。

「待っていらっしゃい。いまおもしろいことがありそうだ」

大湾朝功は表通りへ眼を向けた。

七、八人の侍が群れて来るところだった。近づくと、かれらがなにかに苛立っているのが、顔やからだの動きで知れた。大湾が身をひきしめたとき、その群れはどっと前田屋の店先になだれこんだ。二十二、三ぐらいの若者から、五十ぐらいの年輩の者まで、数少ないうちにも雑多な年齢層をまじえているのが、見る者に奇妙な印象を与えた。

「いらっしゃい。おそろいで」

藤兵衛の愛想がよかった。だがその愛想のよさには軽侮の色が見えた。

「前田屋さん。この上はあなたにおすがりしたい」

五十年輩の男が言った。言葉で、那覇の者だとわかった。

「なにをでございましょう」

「わたしたちのお役目をもどしていただくよう、あなたの手で」

またひとりの男が言った。すると、残りの者が口々に、お願いします、お願いします、と言いそろえた。

「わたしに、なにができましょう。一介の商人が」

「あなたは、ただの商人ではないでしょう」

叫んだのは、色の白い若者だった。年よりも若く見えるといったふうな青年で、年輩のわりに遠慮するようすがなかった。かれは朋輩を押しのけて前に出た。

「あなたは、ひとも知る侍商人です。しかも、もしいま御仮屋にいらっしゃったとすれば、だれもが頭を下げる最長老ではありませんか。そのあなたを見込んで頼ってきたのです」

「そのお見込みはありがたい。けれども、いまはもう島津家の御仮屋ではない。れっきとした日本政府の外務省出張所です。つぎつぎ東京から新しいお役人がいらっしゃる。わたしなど、いまいたところで、しょせん古株でお払い箱になるところでしょうよ」

「その日本のお役人というのがどうも好きません。なぜ、いままでつとめてきたわたしたちからお役目を取りあげてまで、日本から役人を入れなければならないのですか」

「鹿児島の役人たちも、お役ご免になったのがいますよ」

「薩摩の衆は、お国元へ帰ればまた、なんとかありつけるでしょうよ。しかし、わたしたちは、もうどうにもならないのです」

「首里の評定所に行かれましたか」

「十日ほど前に。お役ご免のお布令のあったすぐあとです」

「なんと言われました」

「三司官までお会いしました。宜野湾親方はお留守ですが、川平親方と浦添親方にお会いしました。なんとか考えようということでした。それっきり、なんのご沙汰もありません」

「このままながびいたのでは、二十数人の士が飢えるほかありません」

「で、わたしならなんとかしてくれると考えたわけですね」

前田屋藤兵衛の口調に、なにかを見て舌なめずりをしている者の表情を、大湾朝功は感じとった。

「しかし、あなたがたは、一旦琉球政庁へ頼んだが結果を待たずに、いきなり他国者のわたしを頼ってこられたとは、わたしとしてはありがたいが、少し不謹慎ではありませんかね」

「やむをえません。評定所へうかがいましたとき、三司官の前には、前三司官亀川親方がおいででした。わたしたちがお話し申しあげるのを聞かれて、たいそうご立腹。このような事態こそ、今日の重大問題だ、これをほっておくとは三司官の怠慢きわまる、さっそく策をたてないと後々のためにもよくない、などと意見をはさまれましたが、浦添親方などは、ご老体があまりご立腹なされては、おからだにさわります、などと落ち着いているのです。この方は、亀川親方が官を退かれたからこそ三司官にもなれたというのに、不謹慎なことではありませんか。あのようすでは、まったく怠慢というかのんきというか。まるで、問題が那覇人のことだからないがしろにしているというふうに見えます」

「まあ、そういうこともありますまい。亀川親方など、りっぱな首里人だがあなたがたのことを考えておられるごようす。問題はひとによりけりでしょう」

「だから、前田屋さま、あなたのひとを見込んで」

「これはやぶへびだ。これでは逃れようがなさそうですね。よろしゅうございます。一応、福崎氏に口をきいてあげましょう。ただ、福崎もちかごろは、頭をザンギリにして洋服を着るし、名前を季連とかなんとか新しいふうになおしたりして、昔の在番助七さんではないから、うまく話が通るものかどうかわかりませんがね」

「ありがとうございます。お願いします」

客たちは、もう事が成功したかのように、にわかに生き生きした顔で帰って行った。その表情はまさしく、東京で伊江、宜野湾の使節たちが副島外務卿に大島五島の返還を願い、「考えましょう」という返事をもらって喜んだときと似ていた。

連中の姿が見えなくなると、前田屋藤兵衛は煙草盆の火をおこしながら、

「おもしろかったろう、大湾さん」

「驚きました。そんなことがあったとは、ちっとも知りませんでした」

「商売をしていれば、あんな目にあわずにすみます」

藤兵衛は、軽く言った。たったいま、あんな大事なことを引き受けた責任を感じているのかどうか、わからないように見えた。しかしよく考えると、藤兵衛の話の運びかたは、相手に同情を売るふうに見せながら適当に中立をはずしてないところがあった。

それにしても、この大量解雇問題が首里まで伝わらないのは、どうしたことか。亀川里之子からも話はなかった。世間のこのしずかさはほんものであろうか——。

大湾朝功は前田屋を出て、そう遠くない御仮屋へ寄ってみた。その門には白木の新

しい板にあざやかに、見なれない言葉が書かれていた。

「大日本帝国外務省琉球出張所」

なんとも解せない話だ――大湾朝功は、夜分に与那原良朝を訪れた。それからまた二人で亀川盛棟を訪れた。

大湾から概略の話を聞いても、盛棟にはよく見当がつかなかった。

「祖父が御仮屋免官について意見を言ったというのですか。見当がつかないな。このごろ、ちょくちょく評定所へ行ってなんとかかんとか言って、いつもうるさがられているようですが」

「そうらしいですね」

大湾は微笑をもらして、

「そのときも浦添親方とかが、あまり怒ると体にさわりますとか皮肉を言って、お祖父さまは困っておられたそうです」

「あ、そうか……」

亀川盛棟は、膝を打って、

「それで思い出しました。その日にわたしをつかまえて、さかんに三司官の悪口を言っていました。意見を言っても相手にされず、後輩から皮肉を言われて、とてもカンにさわったらしいのです。それで、かんじんな話を忘れてしまったのでしょう」

盛棟は思い出し笑いをしたが、ふとむずかしい顔をつくってだまった。その表情に与那原良朝が気がついて、

「どうしたのだ」

「お祖父さまのことを考えているのだ」

「なにか、心配ごとでもあるのか」

「あんな大事なことを忘れるんだものな。よほどもうろく気味なような気がする」

「そんなことはないさ。あのお年で、後輩からからかわれたと思えば、だれだって、落ち着いてはいられないと思うよ」

「怒ることはいいんだ。だけども、あの日ずいぶん政治の話をしてね、これからの琉球が変わるか変わらないかなんて話までしたんだよ。それなのに、その話をおれに聞かせないなんておかしいよ。つまり、お祖父さまのは、三司官などに意見をするなどということも、つまりは感情的な示威運動であって、まるで政治的信念なんてものじゃないわけだ」

「それはどうかわからないが」

大湾朝功が、亀川盛棟のさびしさを救うように言った。

「わたしはそれより、いまの偉いひとたちが、御仮屋の免官問題をどのように考えて

いるか知りたい。亀川親方はもはや官を退かれたし、責任をもたれる必要はないが、三司官などがあの問題をたんに那覇士族の一部の失業問題にすぎないとして、軽く見過ごすようなことがあっては、由々しいことだ」

「それについては、わたしはひとつの解釈をもっています」

亀川盛棟が言った。

「どういうことです」

大湾朝功がたたみかけるように聞くのへ、

「お祖父さまが、やはりあのときに言われたことですが、いま日本に行っているご使節が琉球の将来はきわめて明るいと知らせてこられた。三司官たちは、それでよほど喜んでおられて、お祖父さまの意見などまったく頑固者のたわごとと見ている、というのです。だから、御仮屋の事件にしても、日本政府のなさることだから一時の騒ぎであって、遠からず明るく解決のつくものと思っておられるのではないでしょうか」

「とすれば、一般市民に知らせることは不必要な騒ぎをおこすことでつまらない、という見方ですね」

「では、そのまま放っておくということか」

与那原良朝が二人の顔を見くらべて割りこむと、亀川が、

「ひとつの解釈をつけてみただけだ。ほんとうは、評定所でも突飛なことでまるっき

り手のつけようがないのではないか。おれたちにこれ以上見当のつけようはない……」

まったくそのとおりであった。三人はむずかしい顔で別れた。

大湾は、儀保《ぎぼ》から汀志良次《てしらじ》村への帰途を、半月の光にぬれながら、三司官が日本政府の善政に期待しているという話と薩摩商人前田屋藤兵衛のいわくありげな態度と、前田屋になだれこんだ侍たち、なかでもあの元気のよかった色白の若侍の焦燥とを、かわるがわる思い出しては、気もちをまとめかねていた。

翌日の昼間――

取納座《しゆのうざ》勤めの与那原良朝は、しごとのひまをみて亀川盛棟を系図座の事務所から誘い出した。盛棟がけげんな顔をするのへ、

「ゆうべ話したことを、もういちど話してみたくて」

「おれたちがいくら考えたってあれ以上わかりっこないよ」

「三司官にうかがいをたてるわけにもいかないしな」

「お前らは一体何者だって、どなられるのが関の山だよ」

「そうだなあ」

「あたたかいな。日本では、こんな天気のことを小春日和というんだな」

評定所にしている北殿を出ると、雲がわずかに浮かんだ冬晴れの空が、正殿から南

殿、それから首里森城《しゆりもりぐすく》の上をおおって、無限の蒼味をおびていた。胸のなかにふわっところげこみそうなあたたかい光が、見えるかぎりの風景いっぱいにあふれていた。

「百浦添《もんだそい》（正殿）も二百年ほど泰平なものだった」

書類をささげもった職員が、二、三往来していただけであった。奉神門を出て北へまわり、さらに北殿の裏へぬけると、人影はほとんどなかった。城壁をこして眺める首里の巷は昼寝でも貪っているようであった。

「でもやはり、変化はおころうとしている――」

二人は、淑順門を降りて右掖門《うえき》をぬけ、石だたみに黙々と足音をたてながら、瑞泉門の下に出て石段を登った。そのとき、ひとりの色の白い若侍が急ぎ足で瑞泉門をくぐって降りてきた。

与那原良朝と亀川盛棟は、石段のちょうどまんなかあたりで若侍とすれちがった。が、すれちがって二、三段登ると、気配で二人はふりかえった。若侍がたちどまって二人を見あげていた。

「ちょっとうかがいます」

「は？」

「亀川親方のお邸はどこでしょうか。もしご存じでしたら、教えてくださいませんか」

きわだった久米村なまりで、礼を失しまいとする丁重さのなかに、急迫した調子が感じられた。

良朝は、盛棟をかえりみた。

「わたしは、亀川家の者ですが、祖父がなにか……？」

盛棟が言った。すると、若侍の白い顔にみるみる喜びの色が見えた。

「失礼しました。久米村の佐久田筑登之《さくだちくどん》と申します。亀川親方に折り入ってご高話をうかがいたいことがございまして、不遜をもかえりみませず……」

「そうですか。こちらこそ失礼しました。邸は儀保《ぎぼ》村です。そこのハンタン山をひとすじに降り切ってください。橋を渡って半町ほど行けば、また登ります。亀川小路といっておたずねください。左へ折れるのです」

「ありがとうございます」

若侍は一礼して降りかけたが、またふりかえって声をかけた。

「亀川親方は、こんにち、いちばん頼りになる偉い方です」

亀川里之子は、なにか言おうとして及び腰に手をあげたが、佐久田筑登之はもう走るように降りていった。その後姿が久慶門に没してしまうと、亀川はようやくあきらめて、登り始めた。

「いまのは確か……」

と与那原が、思いついてほとんど叫ぶように言った。

「大湾の話していた若者かもしれない。前田屋で見たという、あの若者。……佐久田筑登之と言ったが……」

亀川は、それには答えず、

「お祖父さまからいったい何を聞くつもりなのか」

と腕を組んだ。

勤めをひけると、盛棟はさっそく書見中の祖父の部屋を訪れて、

「昼間、久米村の佐久田筑登之という者がたずねて来ましたか」

「来たよ。つきあいがあるのかね」

亀川親方の表情は明るかった。

「道で偶然、邸を聞かれたのです」

「なかなか威勢のいい若者だ。いまどき珍しい。お前もつきあうといいな」

「どんな話をなさったのです」

「あの若者は御仮屋につとめていたのを、お役ご免になったのだ。それで評定所になんとかしてくれと泣きついて来たのだが、らちがあかんので、わたしのところに来たということだ」

「で、お祖父さまは、なんとかしてやることができるのですか。どんな約束をなさったのでしょうか」

「べつに約束らしいものはしないよ。わたしは三司官を退いた身の上だし、このような問題について、責任ある約束ができるはずがないではないか」

「佐久田筑登之はがっかりして帰りましたか」

「がっかりはしないね。わたしと意気投合して、はりきって帰って行ったよ。那覇の人士にわたしの考えを伝えると言っていた」

「どんなことをお話しになったのですか」

「どんなことって、いつもわたしが考えていることだ。琉球の国がらはもともとひとつの尊厳なるもので、他の国がみだりにこれを侵すなどとは不遜もはなはだしい。日本といえどもこの例にもれぬ……」

「仮屋の免官は日本が琉球の国がらを侵したことになるのでしょうか」

「そういう大げさなものではないが、ひとつの威嚇だな」

「佐久田筑登之はそれで納得して帰ったのですか」

「それで話が片付かないことは、わたしにもわかっている。生活が苦しいからなんとかできないものかと訴えていたが、その儀はわたしもいまのところどうにもならない。御仮屋の、それ何といったか、外務省出張所とかいったな、それを日本政府が将来どうするか、いまたくさんの日本の役人がいろんな調査に来ているらしいが、その連中は調査がすんだら帰るのかどうか、わからないとどうにもならない。つまり、東京にいるご使節たちが帰らなければなんとも言えない、日本政府とのことはあのひとたちが引き受けているようなものだから、と言ったら、ようやく納得したようすだった」

亀川盛棟は、ふしぎに思った。これでは、将来にたいしてなんら策のないことにおいて三司官と同じだ。ただ、三司官が慶賀使節のもたらす未来についてまったく楽観しているのにたいし、亀川親方はその未来についてご使節たちの責任を強調している。しんからそう信じ切っているようすで、その信念らしいものが、佐久田筑登之を感動させたに違いない。那覇の人士は、この問題のために慶賀使節の帰任を待つと思われる。すると疑問は、亀川親方が指摘したように、将来日本政府が御仮屋をどうするかということだ。亀川親方はその解答を慶賀使節にあずけてしまっているが、盛棟はそうしてはいられなかった。

かれは夕食をすませると、与那原良朝を訪れた。ちょうど大湾朝功が来ていた。良朝が喜んで、

「大湾が、やはり勉強会にいれてもらおうと言ってきたよ」

「それはよかった。さっそくだが……」

と話して、三人ですぐ津波古親方を訪れて教えを請おうと相談ができた。

津波古親方は、出かけようとするところを、玄関で三人を迎え、うれしそうに外出を中止した。

津波古親方は、三人が御仮屋の一件を知っているのに、さすがはという顔をした。

「どうなるのでしょう、先生」

亀川里之子の質問に、微笑で、

「日本という国はいま、退くことを知らぬ勢いだからな」

「では、御仮屋はもうもとにはもどらないということですか」

与那原良朝が性急に結論をえたがるのへ、津波古親方はなおせまらず、

「免官になった那覇の人士にふたたび職が与えられるかどうかは別として、御仮屋そのものがもとにもどるとは思われぬ」

「わたしもそう思います」

大湾が言った。

「はっきりした道理をわきまえているのではありませんが、新しくかかった外務省出張所の看板の威容、そこから出入りする日本役人の自信ありげなようすから、いかにもとうなずけます」

「じつは、そのほうがもっともたいせつなことなのだ。那覇の人士の失業問題を軽んじるというわけではないが、それだけにかまけて根元に気がつかないのは惜しい」

「根元といいますと、結局、将来は日本が琉球の政体を全部手におさめるということですか」

亀川盛棟が、祖父の言った「お国がらを侵す」という言葉を思い出しながら質問した。

「それはまだはっきりとはわからない。琉球は日本の版図の一部とはいえ、古来特殊な政体を保ってきたから、日本政府でもこれに一応の遠慮はあるかもしれない。だが、とにもかくにも日本では、明治二年、というと一昨々年のことだが、全国の諸大名がいっせいに版籍を朝廷に返還し奉った。ということは、土地人民がもはや大名の私するところでなくなったということだ。これは、日本三百年来の歴史、習慣をくつがえすことになる。あれだけの国でそうだ。琉球をどのように扱うか、予測のつくことではない」

三人は、顔を見あわせた。

亀川盛棟は、このような知識を祖父がもっていたら、どんなに助かるだろう、と考えた。

大湾朝功は、ふっと前田屋の店先を思い浮かべた。そして、前田屋藤兵衛のあの予言者めいた口ぶり、それから失業士族たちに応対するさいの、いかにも自信ありげなふるまい——などの映像にこだわった。あの予言がどれほど正確であり、あの自信がどれほどの実力を示すものか、かれはしんしんと興味のわいてくるのを覚えた。同時に、佐久田筑登之（と、二人の友人から聞いた若者の名前をかみしめながら）の生活問題が、おのずから自分の生活の未来の問題と重なってくるのを感じた。かれは、いまいちど佐久田と会って話してみたいと考えた。

津波古親方が思いついたように起ちあがった。そして、書架から数枚の広い紙を取り出して来て広げた。細かい字がくろぐろと、なじめない形で刷られており、すみのほうに筆太にかかげられた題字がものめずらしかった。

「東京日日新聞」——

「読売報知」——

「朝野新聞」——

与那原良朝は、なにげなく眼を走らせていたが、ある行でとまどった。

「あ、琉球使節と書いてある」

思わず叫ぶと、みんなの顔が集まった。

注目を受けて良朝が朗読した。

「横浜と東京新橋間に鉄道開通し、蒸汽車を運転して開通式を行う。ここに琉球使節一行とアイヌ酋長一行、ともに参列同乗を許され、皇恩を謝したり」

「鉄道ってなんですか」

亀川盛棟がまず質問した。

わからないのは「鉄道」だけではなかった。「蒸汽車」といい、「アイヌ」といい、たった二、三行のうちに不可解な言葉が三つもあった。しかもこれらは、津波古親方のほうでも正確にはわからなかった。

「とにかく機械だ。交通の発達を意味するものらしい。アイヌはどのていどの未開族かしらぬが、ご使節たちも、いい体験をなされた。日本は、急速に世界文明に追いつこうとしている。その日本が琉球をどう扱おうとするか、これは想像できるような気もするし、わからない気もする」

津波古親方は、三人の若者をつぎつぎと見た。

若者たちは、新聞というものの存在を肝に銘じた。津波古親方の学識への尊敬がそこまで発展したものだった。そして、勉強会の必要がいよいよ痛感された。亀川盛棟がそれを切り出すと、津波古親方はしずかに一言、

「いいだろう。いつでも来たらいい」

と言った。

その表情はいかにも淡々としていた。与那原良朝と大湾朝功のふたりが、それをも

の足りなく思った。津波古親方の学識の門は、だれかがたたけばためらいもなく開くけれども、みずからこれみよがしに開くことがなかった。亀川盛棟だけが、ながい師弟関係だけに、そのことをよく知っていた。

この晩、三人は多くの収穫をえたが、いとまをえてさがる途々、与那原良朝はしきりに頭をかしげた。

（津波古親方は、あれだけの学識をもっていて、なぜ誰にも教えようとなさらないのか。ひとびとが難解な疑問をかかえて、積極的な解答を欲しがっているときにさえ……）

たしかに、御仮屋事件の真実の意味について、津波古親方のもらした見解は驚くべきものであって、琉球の心あるひとたちが、よし解決をつけえないにせよ、いちおう真剣に考えてしかるべきことだと、この若者たちは考えた。それについてさえ、津波古親方は、ひとびとを蒙昧《もうまい》のなかに放っておいて、あたら自分の学識を枯死させる気でいたのだろうか。

しかし――

数日後、小雨ふる午後、津波古親方は「こがね御殿」と呼ばれる国王の居間に侍っていた。

国王尚泰は三十一歳、神経質を感じさせる利発な顔だちで、軒ごしに雨の風情を眺めるその肩を、香の煙がふれもせずにこえていった。

「ことしからは太陽暦を使えというお達しだな」国王は、ぬくもりのゆるみかけた火炉に、まさぐるように掌をかざしながら、言った。

「今日がその太陽暦による、ちょうど一月一日。日本朝廷では今日新年宴会が行なわれると、新聞にございました」

「琉球でも、それにならうべきだったかな」

と微笑すると、

「とんでもございません。そんなことをすれば、その理由を言えと、また誰それがしから難題がかかりましょう。その難題はまた、いわれもなく、この津波古にかかりそうですから……」

「土木工学をすすめる理由を言えと迫られたとき、津波古はいちばん困った顔をしていた」

「あれは、中国から仕入れて来ました当座は、しごく希望をいだいてきたものでしたが、すっかり当てがはずれました」

「いちばん鋭く迫ってきたのは誰だった？」

「その儀はごめんください。個人の発言は偶然のものでございます。この国では進歩的な考えかたにたいする保守の牽制は、多くの場合、ひとりやふたりのほしいままの意見というものではありません。国民全体の総意と見たほうがよい場合が多く……」

「国民全体の総意がわたしひとりの意向と離れていると知ったとき、わたしはどうしてよいかわからぬときがある」

「恐縮に存じます。津波古としては、世間はともあれ、ただ上様ご一人をさえ正しい道にお護りしておれば、と考えておりますので……」

「牧志《まきし》・恩河《おんが》の変事のさいは、決断ののち、ちまたの士民があの決断に喜んでいると聞いて、わたしのほうがむしろ、胸をなでおろした。白状すると、あのときのことがなければ、その後津波古が太陽暦のことを話してくれたときに、はたして信用したかどうか疑わしい」

「王者も八卦《はっけ》を占うのは、八卦が天地陰陽の道にかない、西洋自然学にいうところの真理に通ずるからであります。おそれながら、津波古は津波古の心得るところで上様がたえずその理に沿うてあらせられるようにと」

「世間も進んでいけば、琉球もとり残されてはならぬからな」

「ご聡明なこと。日本に直属になりましたからには、新進日本帝国の示すことどもに、さぞかし突飛なことが多かろうとは存じますが、できるだけは従っていったほうが、時代の道かと存じます」

「それが祖先の道をつぐことでもあろうと、わたしも考える。ただ……」

尚泰は、不意に沈黙した。

その沈黙の意味を、津波古親方は察して背をただした。その推察はあたっていた。

「御仮屋の一件は、使節たちの耳には届いていまいな」

「知らせる必要もあるまいと、三司官のご意向らしゅうございます」

尚泰の肩が、香の煙をくだいて起ちあがった。

「新暦はじめての新年宴会とあれば、使節たちも浮かれていよう。それでよい。帰れば御仮屋の一件が胸をせめる。津波古の言ったとおり時勢のなすわざとは思うが、いたわしさは別だ」

背を見せて縁で外を眺めている。その首すじが、心もち痩せた、と津波古は思った。


年があけての二月から三月にかけて、日照りが続いた。政庁は全島に令して、嶽々の拝所に祈禱をつとめさせた。このようなことは、昔から変事のおこる兆とされたから、こんどもなにかおこるのではないかと、ひとびとは話した。「日本が琉球を理不尽に侵すということだ」と、亀川親方のようなひとは言った。亀川親方の孫の亀川盛棟は、それを聞いても表情を動かさなかった。

しかし、このような不安の予感はなんら実証されそうもなかった。ひとびとのあいだでは、伊江王子、宜野湾親方たちの慶賀使節が、近いうちに東京から琉球の開運をもたらすものと信じられ、語りあわれた。那覇の薩摩御仮屋を免職になった士族たちだけが、この旱魃《かんばつ》の日々を意味ありげに嘆息ですごしたが、その嘆息の音は、他のひとたちにほとんど聞こえなかった。「外務省出張所」というところに新しく来た断髪で洋服をつけた「ウランダー」まがいの日本人たちを、はじめのうちひとびとは恐れたが、そのうちかつての薩摩の刀をさした連中よりは無難だと思うようになった。その風潮がおこったのと、慶賀使節から政庁へ朗報が届けられたことを民間で広く知り伝えたのと、いずれがさきであったか、はっきりしない。だが、新暦の年があけるころには、この二つの現象には関係があるのだろうと、言われるようになった。だから、日照りは慶事がすぎてとまどっているのだろうと、のんきなことを言うものさえ、高禄士族のなかにはいた。亀川親方は、わりかた孤立していた。与那原親方がときたま会うと、のどをならして嘆いてみせたが、与那原親方はいつもの伝で「ハイ、ハイ」と、同感であるのかないのかわからないような顔で聞いていた。

そのような世情のなかに、三月三日の朝、慶賀使節たちは、日本船寧静丸の甲板で、半年ぶりの故山を見た。伊地知貞馨が、一等級出世した外務省六等出仕として「外務省出張所長」を命ぜられ、随員とともに同乗していた。伊江王子は、もはや「洋服をつけた人間は虫が好かん」などということも忘れ、しごく機嫌がよかった。

「伊地知さんは、こんど琉球へお着きになったら、国運の恩人として扱われますよ」

使節たちが言うと、伊地知も適当に返した。

「お世辞を言われるものではない。このたびの国運開発の英雄はあなたがただ」

みんな機嫌がよかった。

船が沖にとまり、伝馬船で渡り、通堂崎《とんどうざき》の石段を登ると、親見世《うぇーみし》(警察)の注進で迎えの轎《かご》が来た。

(国運開発の英雄……か)

宜野湾親方は、轎に揺れながら、心のなかでつぶやきをくりかえした。満足であった。

(とにかく、時代の動きをよく見とおすことが肝要……)

亀川親方の面影が浮かんで、急速に消えた。通堂を東へ、沿道に一、二、薩摩商人の店舗を見たが、

(かれらと、やがて対等……)

ここにも喜びがあった。

渡地《わたんじ》の手前で北へ折れ、まもなく御仮屋の前まで来ると、

「大日本帝国外務省琉球出張所……か」

宜野湾は、ひとり轎をとめさせ、すだれをあげて眺めた。看板がわが物のように誇

らしく美しく思われた。

伊地知貞馨とその随員たちは、すでに出張所に到着していて、門のなかはざわめいているようだった。

宜野湾親方は、満足げにすだれを下ろして行こうとした。そのとき、

「もし。しばらく。お目通り願います」

張りのある声が響いたかとおもうと、門のなかから、ひとりの若侍が飛び出して来た。

「おそれながら、伊江王子さまでしょうか、宜野湾親方さまでしょうか」

轎へ、いどみかからんばかりにして、眼の前にぬかずいたのを見おろして、

「宜野湾」

と一言。

若侍は、面をあげもせず、

「場所がらをわきまえず、ぶしつけとは存じますが、とりいそぎお願いの筋がありまして、ぜひお聞きとどけいただきたく……」

「そなたは？」

「申しおくれました。久米村の佐久田筑登之元喜と申しまする軽輩。かねて久しく御仮屋に職を奉じていましたが、昨年秋、御仮屋が外務省出張所となりましてから、職

務は日本政府から渡来したひとたちの執るところとなり、わたくしたち二十数名の旧職員は、もはや不必要なものとして、十一月末にお役ご免となりました。思いがけない失職で、家族の窮迫にはかえられず、恥をしのんで出張所へはもちろん、首里評定所へも一再ならず復職陳情に及んでいます。復職がかなわぬものならば、ほかのお役目でもよろしゅうございますが、このほど那覇四町の士が連署で陳情申しあげましても、評定所でなんらのご沙汰なく、……いいえ、けっして評定所をお恨み申しあげるわけではございませぬが、評定所ではなにはともあれ、ご使節がたの日本からのお帰りを待たなければ、なにごとの計も立つに及ばぬとのごようす、これからさきの御政道はとにもかくにもご使節がたのご意向から生まれるはずのものと思われます折から、今日も出張所へ陳情にまかりこしましたところを、ご使節ご到着の由、不意にうけたまわり、とるものもとりあえず、こうしてお待ち受け申しあげましたしだい。なにとぞお力をもちまして、われら二十数名の者の生活をお救いくださいますよう、伏して、伏して、お願い申しあげます」

息もたえだえに言いおえたあと、なおも頭をほとんど地につけているのを、宜野湾は見ているうちに、顔色がしだいに変わり、眼がけわしく、

「話はわかった。……轎をやれ」

佐久田筑登之の動きには一顧も与えず、一丁さきの里主所《さとぬしどころ》(那覇四町を総裁する役

所）に休んでいるはずの御行列をただちに追った。

宜野湾親方は明らかに不興であった。突然聞いた話で、なるほど上京使節の身でこれに気づかなかったのはうかつであったかもしれない。しかし、ながくいだいてきた夢をいきなり軽輩に砕かれた不快感は、蔽うことができなかった。

（国運開発の英雄……）

伊地知の声が、うつろに思い出された。

使節たちが「国運開発の英雄」とうぬぼれ、留守居の三司官たちが、ただわからぬままに手をこまねいて、使節たちに頼りきっているうちに、伊地知貞馨は外務省出張所に実際に着任した。

かれが所長としてまず実行したことは、国旗の披露であった。

首里城南殿に、士族一般が官にあるなしにかかわらず集められ、人数は殿からあふれて庭にまで満ちたが、かれらはここで、かつてない奇妙な体験を味わうことになった。

正面に見なれぬ旗が麗々しくかかげられていたが、まっ白な布のまんなかに、まっ赤なマルを染めだしただけの旗は、どう見ても日本という大きな国の旗とは思えなかった。ある者には、三月か五月の節句の飾りもののように見え、ある者にはなにかの呪咀のしるしに見えた。なんの意匠もなく、琉球国の象徴の左御紋のほうがよほど立派だ。——かれらはこれを見ながら、断髪で奇妙な礼服を着た伊地知から、大きな声で日章旗の意義を説かれ、日本帝国臣民のありがたみを説かれ、言葉の意味全部は聞きとれないまでも、なんとなくかたじけないような観念を強い力で押しつけられ、感覚と観念との混乱で頭をひっかきまわされた。

　南殿からさがったあと、評定所は執務どころではなかった。伊地知貞馨は、国旗披露式を終えると、摂政三司官ほか表十五人衆だけを別に集めて会議を開くことにしたので、その間政庁では、上司が留守なうえ、いつもと違った空気を伝え、職員みんながそれぞれ三々五々と群れてしゃべりあっていた。城内いたるところ、各御門のわきや、竜樋《りゅうひ》のそば、腓城《くんだぐすく》にまでくりだして、老若の侍たちの議論がわいた。

「すると、左御紋はどうなるんだ」

「お庫にしまっておけばいい」

「冗談を言ってる場合じゃない。国の旗が二つというのはおかしい」

「国が二つではないのだ。琉球国は小さな王国で、そのまた上に大きな帝国があるのだ。これでわかるじゃないか」

「帝と王とは違うのか。帝は王より大きいのか」

「勝手にしろ。おれはたんなる筆者《ひっしゃ》にすぎんのだ。そんなことがわかるか。あの断髪のひとに聞いて来い」

「しかし、藩王というのはへんな言葉だな。ハンノー、ハンノー。なんだか、ひもじくなるような言葉だ」

「ばかやろう。声が大きいぞ」

「もしもし。ちょっとうかがいます。あの断髪をして立っていらっしゃったかたがテンノーヘイカというものでいらっしゃるんですか」

「まさか、そうではないはずですよ。天皇陛下というのは、もっとしよりで……」

「知ったふりをするなよ、おい。天皇陛下は国王さま、いや藩王さまよりお若いんだそうだよ。あの断髪は家来さ」

「家来の家来のまた家来ぐらいではないかな」

「しかし、三司官があんなに頭を下げるところを見ると、そんなに下ではないと思う」

「そういえば、だれかが言っていたが、在番奉行より偉いんだってさ。在番奉行は九等でこんど来たひとは六等だそうだ」

「何等まであるんだ」

「知らない」

「じゃ一等はだれだ」

「一等が天皇陛下さまでないのですかな」

これらの会話を聞いてまわりながら、与那原良朝の心はしだいに暗くなっていった。

政庁に職を奉ずる者は、ほとんどが高禄の知行持ちの子弟であった。そして、知能学識が低劣で、たまにはまったく無学な者でも役人になって遊んでいることがあった。かれらに新しい時代、日本という国を理解せしめるのは、なみたいていのことではないと思われる。それとも、かれらに知らしめなくても、時代がひとりでただ動いていけばよい、というものであろうか。これでは、国家開運とはいえ、大きな国難がきっと来るのではないか。

良朝は、宜野湾親方のむずかしい表情を、また思い出しながら、亀川盛棟の姿を求めた。

同じころ、評定所では、またひとつ伊地知から達しられた。

「この国旗を七旒下賜される。これを久米島、宮古《みやこ》、八重山《やえやま》、西表《いりおもて》、与那国《よなぐに》の各島に一本ずつ立てておいて、日本領たることの目印をするように」

これを聞いたときに、留守居の三司官たちは、宮古、八重山に毎日日本の旗を立てっぱなしにしておくと、清国の船に見つかるが、とまず案じた。日中両属二百余年のあいだ厳にいましめていた秘密をこう簡単にみずからあらわすことに、惧《おそ》れを感じた。――その惧れを、東京帰りの使節たちも思わぬではないが、かれらはこのときいちおう故意に黙殺した。もち帰った夢に未練があったのだ。

伊地知は、くどくどと維新の大業を説き、藩属体制を説き、朝旨遵奉を説き、この日の最後にさらに要求した。

「さきに、安政年間に琉球王府とアメリカ、フランス、オランダ三国とのあいだにそれぞれ締結された修好条約の正本を提出されたい」

使節たちに、ひそかな不安がはじめてきざした。

かれらは東京でも太政官命でそのような要求をされた。正式に日本国の一藩属となった以上、当然のこととして、米国公使がこれらの条約にたいする日本政府の責任を求め、それを受けて副島外務卿が使節たちに達したのだ。それをかれらはいままで琉球政庁に報告していない。「皇恩の恵み」に浮かれていたせいか、口頭命令にすぎないと軽んじていたせいか。いまも伊地知が言いだした瞬間は、かれらの脳裏に淡白な記憶を呼びおこしただけであった。

しかし、留守居の高官たちの受け取りかたは、違っていた。川平《かびら》や浦添《うらそえ》、それに鎖之側《しのそば》（外務長官）として呼び出されていた与那原親方などがあわてるさまを見て、使節たちはかれらとのあいだに気分のずれができていることを、改めて感じたのである。

「謄本をさしあげましょう」

浦添親方が、困惑と熟慮のすえに言った。それを伊地知は、しずかにことわり、改めて「正本を」と言った。

使節たちも、ようやく緊張した。

「しかしですね、伊地知さま。これらの条約は、琉球国王の名で結んだものでありますから、正本は琉球国、いや琉球藩でもっていないと、将来困りますがね」

「どう困る？」

「どう困るって、アメリカからその話に来たとき、もってないと困ります」

「ここに来るはずはない。来るなら、東京に来る。日本政府に」

「そうですかね」

「だいたい、琉球国でなくなったんだ。たんなる藩ですよ。藩が外国と条約を結ぶということは考えられん。すべて政府が責任をもつ。安心しなさい」

安心しなさいと言われれば、安心したくもなるが、言葉のどこかではバカにされているような気が、三司官たちはした。なにか王様をないがしろにしたような調子を感じて、左右を見かわし、私語が始まった。

「これは、東京へ行かれたご使節がたが、とっくにご承知のことでありましょうが」

伊地知が不意に言った。

「はい」

摂政伊江王子が反射的にうなずいた。その表情はちょうど、稲妻が光ってからいまかいまかと待ちかまえていた雷鳴が予想外に大きいのに、びっくりしたようなふうであった。

これで決まってしまった。——少なくとも伊地知はそう考えた。

「では、のちほど正本を届けるように」

そして、随員をうながして、きびすをかえそうとした。と、

「あの。しばらく……」

呼びとめたのは、川平親方である。

「……？」

伊地知の脳裏に奇妙な記憶がひらめいた。前にも、こうして立ち去ろうとしたら、「しばらく」と呼びとめられた。たしか、そのときもこの場所ではなかったか。

「あのう。在番奉行所につとめていた琉球人の役職は、どうなるのでしょうか……？」

突飛な質問であった。が伊地知は一瞬間妙な顔をしただけで、即座に、

「日本政府外務省出張所です。在番奉行はなくなったのだから、人事に変動があるのも、無理はない」

これでよいだろうか、と伊地知は少し疑った。しかし、こんどは相手のほうで容易に納得していた。

（前にも、台湾事件かなにかでこんな呼びとめかたをしたら、こんなに簡単にやられた。そんなものなんだな）

三司官たちは、なんとなく慣習どおり運んだことで、やむをえない、というような顔をした。しかし、それは伊地知らの姿が見えなくなるまでのことであった。

かれらは、伊江王子と宜野湾親方の顔を改めてゆっくり見ているうちに、事がまだよく片付いてないことに気がついたのである。

新帰朝者というものは、いつの世も感覚が多少ずれるものである。それはむろん、新帰朝者のほうが進んでいて、留守のひとたちがしようもなく遅れているということもあり、また新帰朝者のほうがわけもなく新しがりやで、留守のひとたちが殻をかたくして受けいれない、ということもある。いずれにしても、新帰朝者のほうが少数の孤独な者であることは、共通している。その孤独を不幸と嘆くか、選ばれた才人として自己満足するかは、ひとによる。

ところで、ここに宜野湾親方の場合は、そのいずれにも片付けかねる事情にあった。

かれは、お城から赤平《あかひら》村の邸へ帰るたそがれの道すがら、いろんなことを、いくども思い出していた。

伊地知貞馨が、御仮屋事件について、「機構改革だからやむをえないではないか」と言ったとき、事はすんだかと見えたが、そうではなかった。川平親方や浦添親方は、自分らの立場に気がつくと、いきなり宜野湾に矛先を向けてきたのだった。

「ご使節がたが、東京で解決をつけてくださるものと思っていたんですがね」

それは、むしろ必要以上に頼りきった哀願であったが、宜野湾は非難を感じた。

「使節は慶賀使節であって、そのような問題の解決というものは、現地でなければはかり知れないものなので」

そう答えるほかはない。事実、東京から帰った日、佐久田筑登之が飛び出してきて、予期しない問題の出現に宜野湾は驚いたのだ。

「でも、新しい役人は東京から来たのだ。あなたがたは東京で知っていたでしょう」

「知るはずがない」

東京の日本政府なるものの規模の大きさや、その幾部分が使節に知れるのか、そういったことにたいする無知からきたものだった。

相手がだまってしまったので宜野湾は少し話の方角を変えた。

「このような失業問題というものは、このたびはいきなり外部の影響できたから驚くのです。従来も評定所の基本政策のひとつだったではありませんか。眼の色を変えずに、落ち着いて考えましょう」

「では、もちろん、ご協力くださるでしょうな」

「むろん。わたしも三司官だ」

はたで聞くとおかしな会話である。宜野湾は妙な孤独を感じながら、さらに一押しを試みた。

「とにかく、日本政府直轄になって、基本的に悪いことはないのです。薩摩の搾取をのがれて、日本とも清国とも貿易を続ける。そのうち貢租の負担も軽くなるかもしれませんよ。陳情しておきましたから」

西表《いりおもて》に立てた国旗を清国船が見つけたとてなにするものぞ、とまで見栄を切ってみたくなった。

これが案外功を奏して、一同はふたたびかつてのように明るく、新しい御代を讃え始めた。

宜野湾は、夕焼けを仰ぎながらそっとつぶやいた。

「やはり、わたしは正しい」

しかし、そのあと、すぐ、東京からいだいてきた純一な誇りにつけられた傷が、わずかにうずいた。

伊地知貞馨が外務省出張所に着任したとき、伊地知のあずかり知らぬところでひそかに緊張した男がいた。前田屋藤兵衛である。

「いよいよ、世のなかが変わり始めた」

とかれは、ほくそえんだのである。

むろん、かればかりではない。ほかに十幾人かいる薩摩商人のほとんどが、世の動きには敏感であるから、それぞれ暖簾《のれん》の陰で、それぞれの手垢のついたソロバンをはじいていた。

世に変動があればもうかる――というのは、かれらがながい時代にまたがってきて心得るようになった思想である。ながい歴史のうちに、悲しむべき、あるいは喜ぶべき、いろいろの変動があっても、百姓たちの苦しみに変わりはなかったが、変動があるごとにもうかるのが薩摩商人であった。

かれらは、琉球の地方農村と首里王府と在番奉行所という、三つの社会の柱に精通している、唯一の階級であった。これらの三つが経済的につながり、循環すれば、そこから生まれる利潤というものが、かれらの手に掌握されるのであった。そして、この三つの動きを、いちはやく見透すか、あるいはそのつながりに要領よく手心を加えてやるかして、普通以上の利をおさめることができた。いつだったたか、薩摩商人が結託して、中国からの貿易品を大量に横領した事蹟さえある。つまりは、在番奉行所の内部に通じているところからくる、特権利潤であった。

かれら同士の勝負、かけひきはあるにしても、しょせんは同じ穴のムジナが協同で琉球国中の士民のアタマをはねた財を山分けするようなものである。

そのような薩摩商人のなかでも、ことさら異色な身分をもっている前田屋藤兵衛——。

藤兵衛はある朝、加治木《かじき》屋利平を呼ばせた。

利平は那覇でももう古い。——数年前、ヤマトの鳥羽、伏見の戦いがあったときのことだ。琉球国中の家々の床下の土にふきでた白い粉を集めたり、さまざまな銅器を献上させたりしたが、その集荷の御用を加治木屋が一手に握った。その商才に、まだ御仮屋勤めでいた藤兵衛は感じいった。その後、鳥羽、伏見の戦いから御一新へのあっという間の動きを、薩摩から渡った者たちは少なくとも琉球人より数倍も敏感に感じとった。これからの世のなかは商売にかぎる！　と前田藤兵衛は、加治木屋利平から学びとった。その後藤兵衛は、自分自身も一流の商人にのしあがりながら、加治木屋を、ときには敵として大きく争い、ときには結託の仲間にし——いずれにせよ、商売で野心をいだくとき、加治木屋利平を念頭からはずすことができない。加治木屋のほうでも立場は同じである。

「加治木屋さん。世のなかがおもしろくなりそうだ」

そういう前田屋藤兵衛の誘いを、加治木屋はそくざに感じとった。そして膝を乗り

出すのへ、前田屋はえたりと外務省出張所のことを持ち出し、

「伊地知貞馨という新米のお役人は、助七さんよりえらいんだそうだね」

「福崎さんは、外務九等属。伊地知さんは六等属……とか、うかがってます」

と急に眼を輝かして腕を組み、大げさに肩で息をして、

「なるほど、変わりますなあ。在番奉行より偉いのをよこすなんて、前代未聞ですからねえ」

「だからさ、加治木屋さん。わたしらが、そこまで見抜いたってやはり商人。お国のしごとをじかに握るのは、向こうさんだからね。いっぺん、どうしても伊地知さんとやらのご高話を拝聴しておかないと、加治木屋、前田屋の暖簾にかかわります、というところだ」

「まったくですよ。なにしろ、伊地知さんというひとは、昨年来たとき、西表まで行ってきたというんでしょう。炭坑を見たんですね。やることが大きい。では、今日ご案内ということにしますか」

「うん。そうしましょう。昼間のうちに、出張所へ行って、ご案内を申しあげたいが……」

と、気になることがありげに、

「おい、松島」

色のあさぐろい琉球人らしい丁稚《でっち》が黙々と片付けものをしている。それを呼んで、

「与那原の謝敷親雲上は、昨日、とうとう来なかったね」

「見えません」

「じゃ、加治木屋さん。すまないが、わたしは、ひとっ走り与那原まで行ってこなくちゃならないので、帰ってきてから……」

「よろしゅうござんす。……貸金取り立てですかい、漂流船の」

「死児の齢を数えるようなもので、気の毒だけれども、こっちにとっても元手ですからね。まあ台湾の生蕃でも暴風でも恨んでもらうことにするよ」

と出かける前田屋を、松島……と士族らしい名前で呼ばれた丁稚が、無愛想な表情で見送った。二十そこらだろうが年がはかりかねる。


伊地知貞馨は、上司の上野外務少輔《しょう》から届いた私信を読み終えると、福崎季連を呼ばせた。

日本間に白木の卓子と椅子を置くと、風変わりな事務所になったが、そこで腰かけて執務する姿勢も、落ち着けないようすだった。

「気もちが悪いか」

福崎が坐りぐあいをなおすのを見て、伊地知が笑った。

福崎は、なにか答えようとして、にやっと笑っただけだった。

おとなしい在番奉行だ、最後をしめるにふさわしいやつだ、と伊地知は折々考えることがある。

「外務卿が、とうとう北京へ渡ったよ」

伊地知は、福崎の前に読み終えた手紙を置いた。福崎は、手にとって開きながら、

「台湾征討の件でですか」

「清国がどう考えているか、瀬踏みするわけさ。副島さんも、一歩一歩計画推進というところだ」

「薩摩出身の参議たちはどうなんです？　西郷さんや大久保さんは」

「西郷さんは外事にたいしては強硬派だからよいがね。大久保、木戸、岩倉などと穏健派がいるから」

「副島さんのほうじゃ、じれったいわけですね」

「ぼくもね、大山参事から命じられて台湾征討を政府に要請に行ったわけだが、いま考えると、せっかちすぎたような気もする」

「でも、いちおうの征伐は必要じゃないでしょうか」

「理屈ではわかるさ。ただ、琉球の士民のあまりにも泰平な姿を見ていると、いきなり驚かすのが、気の毒な気もしてね」

「なるほど」

「かといって、そのままに放っておくのが、われわれの任務でもないしね。適当におどかしたり、押しつけたりもするが」

「国旗披露式の効果はあがったようですよ」

「とにかく、基本は時代の変わったことを知らせるにある。新貨幣三万円があまねく融通しおおせるまでに、世の気分が変わるかどうかだね。——ただ、あまり過激にもっていくと、反動がおこるかどうか、ということだが」

「反動ということは、まずあるまいと思います」

「まったく泰平だ。こないだも、御仮屋の御勤めを召しあげられた衆の始末をどうするか、と聞いてきたから、機構が移れば人事の変革もやむをえない、と答えたら、わかったようなわからぬような顔をしていた。それっきりなんとも言ってこないところをみると、政庁の内部でしごとを与えてやるなりして、片がついたのかどうか」

「そうでもないようです。ごく最近まで、佐久田筑登之という若い者が、しょっちゅうわたしのところへは泣きついて来ていましたから」

「佐久田筑登之というと、わたしらが着任した日に、押しかけていた若いのだな」

「そうです。連中のなかでは、いちばんの意地ッ張りで」

「で、最近は来ないのか。あきらめたようすか」

「さあ、どうですか。薩摩商人にも頼みこんでいるそうですが……」

「なに、薩摩商人に？」

「薩摩商人で前田屋藤兵衛という者がいます。もと御仮屋勤めの侍で、わたしより先輩です。そこへ頼みこんでるようです」

「なにを頼みこんだ？」

「仮屋への復職です」

「復職？　どうしてまた……」

「口をきいてもらえると、思ったのでしょう。それをまた、相手が引き受けたらしくて」

「来たのか、口をききに」

「来ません。佐久田はていよく、あしらわれたのでしょう」

「どうして、前田屋がそんなことをするのだ？」

「よくわかりませんが、ここでは薩摩商人というものは、一種の特権階級ですね。政府や士民が騒ぐほど、もうかるらしいし……」

伊地知は、前回に来たときすでにその辺の事情をあるていど察してはいたが、まだ深く調べてみなければならない、と考えた。

伊地知がだまったので、福崎は手紙のさきを読んだ。

「……当年より東京藩邸へ親方一名ずつ輪番に相詰むべく候。これにも驚くでしょうな」

「しかし、従来だって、鹿児島在番には行っていたんだから」

「しかし、緊張が違うでしょう」

「まず、時代が変わったという認識の足しになればいいな」

「出張所のほうで決めて報告するように、準備しろとありますね。どうします？」

「親方ひとりを選ぶか。なかなか、大仕事かもしれないね。みんな同じような顔つきで、どれが頭がいいのか、悪いのか、わからんじゃないか」

「話しあってみたところでは、どうです？」

「さっぱりわからん。元来の頭のよしあしではないようだな。もっている知識が古すぎるので、話があわんのだ。子どもとつきあって、この子は頭がいいも悪いもないものだ。どっちみち、大きな役に立ちはせん」

「いっそのこと、与那原親方がいいかもしれません。日本語が達者なだけ得です」

「まあ、そういうことかね。考えてみよう。……それよりわたしは、軍艦大阪が来るということに大きな興味をもつね」

「三月下旬に来て、管内海面を測量する、とありますね」

伊地知は、椅子を起って付近を歩き回った。そして、十分楽しそうに、一語一語に

力をこめて、

「軍艦大阪が来て、那覇港に碇泊する。首里、那覇のおもだった士民に見学をさせる。許されるかぎり多くの琉球人に。そして宣伝する、〃これが帝国海軍の偉容だ、新しい科学の力だ。目ざめよ、琉球〃……」

「なるほど。確かに効果があがりましょう」

「はっははは……」福崎が驚くほどの哄笑だった。「福崎君。ぼくはいま、〃属領見習〃という言葉を思いついたよ、琉球のことさ。われわれはその教官、つらいものだね」

まだ断髪をしてない若い職員が来た。伊地知に正確な一礼をして、

「前田屋藤兵衛に加治木屋利平という二人の商人が、所長にお目通り願いたいと申して、来ておりますが」

辻の妓楼染屋小《すみやぐわー》の座敷で、亀川親方はほがらかに酔い、佐久田筑登之はゆううつに酔っていた。二人だけの座敷である。

「佐久田よ。飲め。亀川の盃を受ける者は、しだいに少なくなるのだ。お前もわたしと同じくさびしい者よ」

端唄のような調子で、あとは高笑いとなるのだが、なんともいえない哀愁を佐久田

は感じるのである。

この哀愁をおびた亀川親方の孤独な人柄に、佐久田はひかれるのであった。佐久田は、御仮屋問題には、とうにあきらめをもっていた。評定所、外務省出張所と足をいくど運んだことであろう。はじめのうち、闘志のある数名が団結して通っていた。そのうちに人数が減り、かれひとりになった。そして亀川家へ通うようになった。亀川親方が最初評定所で三司官を相手にどなるのを、そばで聞いたとき、頼もしいひとに思えたのだ。

その亀川親方が、次第に頼みがいのないひととわかってきた。国力を信じ、時勢をたのみ、政庁を難ずる意気と言論とは、いつ聞いても同じことであり、具体的な問題に具体的な策をもってないことは、評定所の三司官たちと変わりがなかった。だが、そうとわかったときに、佐久田はいつのまにか亀川親方の人柄にとらえられていた。孤独どうしの結びつきだ。

職を失い、新しい職も求められないままに、亀川殿内を訪れる日が多くなった。久米村にいくつかある群屋敷《ぶりやしき》のひとつ、登川《のぼりかわ》屋敷に住む貧乏士族の家計は、目に見えて貧しくなった。親方部の大邸宅に通うことは、いつのまにかその憂さばらしともなっていた。

今日訪れたとき、与那原親方とたまたま同席となった亀川親方は、与那原親方に御仮屋問題のことを質問したが、雲をつかむような返事しかえられなかった。

「よし。では、しかたがない。天下の大計は美人のひざの上に画すべし。くよくよするな佐久田」

亀川親方は、ついにそんなことを言って、佐久田を辻へひっぱって来たのだ。ていよくごまかされるようでいやでもあるが、こんな軽輩を一人前に遇してくれる親方を、佐久田は尊敬もするのである。

「飲め、佐久田」

「はい。いただいております」

「今夜は、いい妓に会わせてやるぞ。なるほど、お前はよく飲むな。うちの盛棟より器量がよい。どうだ、不調法な孫とつきあってやっているか」

佐久田は、亀川盛棟の冷たい顔を思い出した。親方の孫とも思えぬ、とっつきにくい顔だ。取次ぎのほか、ろくに口をきかないのだ。憎まれるいわれはない。だが、いつも仔細ありげに、こっちの顔を見つめているのだ。

「ずいぶん、今日はまた、だまっているな。辻の遊びははじめてではあるまいに。よし、マカトを呼べ。染屋小随一の美人をここに呼んで、相手をさせよう」

親方の馴染みらしい、わずかに老けた妓が、かしこまりました、と笑いながら起っていく。

佐久田は、さすがに照れたが、すべもなく待っていると、やがてその妓——マカトがやってきた。

(美しい!)

佐久田は、胸のうちで叫んだ。


同じころ、やはり染屋小の広い座敷をとって、前田屋と加治木屋が外務省出張所の伊地知、福崎ほか二、三の新米職員を招いた宴を張っていた。

「さ、どうぞ。この泡盛と申します酒、鹿児島の焼酎に似て、また格別の風味。わたくしなど、郷里の酒の味も忘れて申しわけないくらいのなじみで。これから琉球でのお勤め、まことにご苦労さまで。民心理解のためにも、またこの泡盛をまず……」

前田屋藤兵衛のすすめる盃を、遠慮なくほしながら、伊地知は、

(なるほど、侍にしておくのはもったいないほどの如才なさ……)

などと考えていた。この招宴を、為にせんとする供応と見ぬいたかれは、福崎以下の部下にも官服を着用させて、威厳を保った。

「御国元のほうも、ずいぶん変わったことでございましょうね」

と、こんどは加治木屋のほうから、はさみ打ちのようにくる。

「変わったといえば変わったようなものだが、しかし、琉球のほうがなお変わってる

ぞ」

「ほう、それはまた、どういうことでございましょう」

前田屋の眼が、さりげないあいづちのなかで、鋭く光る。

「日本ではな。王政復古で天皇御親政になり、四民平等になったはよいが、おかげで士族が食えなくなった。侍というものは、戦のためのものだ。いまさらしかたなしに商売を始めても、士族の商法といって、商人、百姓どもの物笑いの種になっている。士族のなかにはなんとかしてまた戦があればよいと願う者の多い道理だな。おぼれる者藁《わら》をもつかむというところか。時勢の動きも知らずによ。それにくらべると、ここら琉球では、つとめている侍がいちはやく身をおとして商売に没頭するなど、まったく念のいった変わりかただ」

前田屋が、まさかこんな皮肉になるとは知らずに不意をうたれて驚くのへ、さらに哄笑をあびせて度肝をぬき、

「さて、今宵はそれでは、日本の気分でも味わってもらって、お礼をせぬといかんが、あいにくと新しい芸というものもない。剣舞をしよう。福崎君、頼むぞ、本能寺！」

有無を言わせなかった。心得た福崎季連の朗吟にのって、

——本能寺溝の深さは幾尺なるぞ

われ大事をなすは今夕にあり
茭粽《こうそう》手にあり茭をあわせて食う
四簷《えん》の梅雨天墨のごとし
……………
わが敵は正に本能寺にあり
………………

効果は決まった。

もともと歌人としてのたしなみ深い福崎の吟詠もみごとだったが、洋式の官服にざんぎり頭で刀をふりまわす伊地知の舞も、藤兵衛たちにとっては、見なれないもの珍しさをこえて、ふしぎな迫力がこもっていた。

前田屋と加治木屋は、伊地知のほうを流し目で見ながら、ひそひそと語りあった。

それを伊地知は舞いながら見ていた。

（おれの勝ちだ。ばかなやつめら。琉球王府や薩摩在番の旧弊な役人どものように、まるめられる伊地知貞馨と思うか！）

「どうだ、美しかろうが、佐久田」

亀川親方は、美酒を味わうように、のどを鳴らしながら言った。

マカトは、しずかにすわって、板ぶすまをしめた。そのとき、白いうなじからあごへかけての線が、ふくらみをおびて、佐久田の眼底にやきついた。

「マカト。わたしの邸に出入りしている佐久田筑登之だ。もてなしてあげなさい」

「いらっしゃいませ。親方さま。お久しぶりでございます」

亀川へ、なれた愛想で手をついたあと、佐久田の前により、

「はじめてお目にかかります。マカトと申します」

深く頭を下げたとき、その髪の香がただよってきた。佐久田は、かつて遊里に足をいれなかったわけではない。しかし今夜のような魅惑を感じたことはなかったのだ。なんともない当惑のためにかれは、ますます寡黙になった。しかし、心のなかでは、瞬時の休みもなく、かたちのととのわない想いが浮かんでは消えた。かれは、しだいにしげく盃を取りあげた。それに、マカトが銚子を取って注いだ。

「このマカトはな、佐久田。士分の生まれだ。このような里にいても、素性は確かなもの。うち見たところの品位も争われまいが」

亀川親方が言うと、マカトの頰に紅がさした。美しい眉がこころもち揺れて、

「およし下さいませ、親方さま。わたくしなど、いまさら士族だなどと言われても、恥じいるばかりでございます」

羞じらいの言葉だが、調子に乱れがなかった。それは、誇りともあきらめとも受け

とれた。

佐久田は、言葉を見つけて言った。

「わたしも貧乏士族だ。そのうちに宿なしになるかもしれぬ」

言い終わろうとするとき、思いついて高笑いをくっつけた。言葉が、いかにも陰気なものをふくんでいるのに気がついて、ふとそれをごまかしたくなったのだ。しかし、笑いがとまると、マカトの驚きでまるくなった眼に気がついた。ふたりの両眼から視線がうるおいをおびて注ぎあった。しかし、その結びつきを親方の言葉が不意にほぐした。

「マカト。今宵は佐久田の伽《とぎ》をしてやれ。佐久田はさびしくてならんのだ。美人の慰めがいるのでな」

佐久田は、あわててどならなければならなかった。

「親方さま。よしてください。もう」

だが、ふしぎなことには、そういう胸に動悸が打ち始めるのだった。かれは、いますぐにもマカトと二人きりになりたかった。

「――ごめんくださいませ。こちらさまに、マカトが参っておりましょうか」

廊下で声がした。返事が届くか届かぬうちに、ふすまがあいて、女将が手をついていた。

「はなはだぶしつけでございますが、あちらの御仮屋さまのお座敷から、マカトをお借りしたいとのお望みで、つかわされて参りました」

「御仮屋の……」

佐久田が、おうむ返しに叫んでいた。にぎりしめたままおろおろした盃から、酒がしたたかこぼれた。

亀川親方が、ゆっくり盃をほしてから言った。

「ならぬと言え」

だれもが驚いて、亀川の顔を見た。神経のたかぶった顔をしいて落ち着かせようとする努力が、そこに見えた。

「でも、在番奉行さまも……」

「福崎さんが呼ばせたのか」

「いいえ。前田屋さまが」

「なに。前田屋？」

佐久田は亀川の顔をうかがった。前田屋のことをまだ話してはなかった。そして、前田屋が政庁の御用を達していることを、佐久田も知っているのである。亀川とは懇意のはずだ……。

「新しくみえた日本のお役人さまたちもでございます」

女将は、おどおどして念を押した。旧三司官も恐れねばならぬ。だが、日本の侍はまだこわかった。女将などにとっては、伊地知も福崎も前田屋も、ひとしく薩摩お国元の侍であった。

「だれでもいい。マカトは今宵わたしの伽をすると言いなさい」

女将は、じっと亀川の眼を見つめたが、やがて頭を深く下げた。

「かしこまりました」

女将が出て行くと、佐久田はほっとしてマカトを見た。マカトはうつむいて、眼をしばたたいていた。自分をめぐって、偉いひとたちのあいだに息苦しい雰囲気が生まれたことに、とまどっているふうであった。

「マカト。注げ」

佐久田は、はじめてマカトに要求した。マカトが、肩でうなずいて銚子を取りあげると、佐久田は今夜その肩をだいて寝たいと思った。

「在番であろうと、外務省の役人であろうと、また薩摩商人であろうと、つまりはこの琉球を食いあらしに来た虫どもに違いはない……」

亀川親方がひとり言のようにしずかに言った。しずかだが、思いつめた力があった。佐久田は、その亀川の気もちがわかると思った。かれの胸に、また亀川への尊敬の念がこみあげた。

そのとき、

「ごめんください」

こんどは男の声であった。声がしたとき、亀川と佐久田は思いあたって、同時に少し身を固くしたが、もう戸があいて、前田屋藤兵衛の酔うて狡猾そうな表情がはいって来た。

佐久田と視線があって、瞬間驚いたが、さりげなく隠して、

「亀川親方さまには、相変わらずご機嫌うるわしく、めでたいことでございます」

と頭を下げるのへ、亀川の返事は、意外な調子で走った。

「前田屋さんか、ひとの買った妓を横取りしようとするのは」

「とんでもございません。日本のお役人さんのおもてなしだから、亀川親方でもご老体のお楽しみをお譲りくださるだろうと、甘えたわけでして」

不意打ちをたくみにかわした皮肉であった。亀川親方ののどが鳴った。と、佐久田が唇をふるわせて前へにじりよった。

「マカトは、わたしが呼ぶのです」

佐久田筑登之元喜の声は、走り出す駒をおさえる手綱のように、しずかだが張りのあるものだった。

前田屋藤兵衛は、意外な相手にぶつかって、少しつまずきかけたが、すぐもちなお

して、やはり笑顔をつくった。

「なるほど、佐久田さんがね。それはいいのに眼をつけなすった。……しかしね。佐久田さん。それなら、なおのこと、今晩のところは、お譲りなさい。あなたのためだ。考えてもごらんなさい。相手は、御仮屋の役人衆だ。しかも、外務省からじかにお越しになった出張所長さまだ。あなたがたのことは、こないだから福崎さんには話してある。今晩これから伊地知さん——つまり、その出張所長さんにもおとりなし申しあげて……」

「うそだ。みんなうそだ」

「うそだ？　と言うと？」

「福崎さまには申しあげてないのだ。わたしは、あなたの店にお願いに行ったあとで、いくどか御仮屋にあがった。福崎さまには、なにもかもお話ししました。福崎さまは、あなたからなんの話も聞いていないと言われたのです」

「おかしいそれは」

前田屋は、神妙に考えこむしぐさをした。

「わかった。福崎さんは、わたしからそんな相談を受けたなどと言うと、聞こえが悪いものだから、しらっぱくれたのだ。まあ、お役目がらがわからんこともないがね。とにかくしかし、わたしが一旦引き受けた上は、ちゃんとそれだけのことはしたと、信じてほしいんですがね。いかがでしょう。亀川親方のご見解は」

と亀川のほうを見ると、亀川ははっきりとおもしろくなさそうに横を向いてにがりきっている。

「じゃ、こうしましょう」

藤兵衛は、調子を改めた。

「ちょうど、福崎さんもそこへ来ていられる。伊地知さんはじめ、外務省のお役人がたもいらっしゃる前で、福崎さんに聞いてみようじゃないですか」

これは藤兵衛のちょっとした策であった。伊地知云々のところを強く言ったのである。日本の役人の前へ出て、と言えば、ふつうの琉球人は恐れをなす、というのが常識であった。

「行きましょう」

佐久田は、意外に裾をはらって起った。が、同時に、

「やめろ、佐久田！」

亀川親方の一喝であった。

「前田屋も行け。マカトをつれて早々に行け。わたしの前でごたごた騒ぐのは許さぬ」

理屈も戦略もない、老いの一徹からくる短慮の叫びであったが、さすがに威厳があ

った。

藤兵衛は、刹那についた複雑な解決を見て、

「ありがたいことにございます。では、お言葉に甘えまして」

と、悪びれるようすもなかった。そのあとに、マカトはついて出た。

その白いうなじに佐久田はなにか言葉をかけようとしたが、果たさなかった。すると、マカトはしきいぎわに手をついて、一瞬間、佐久田の眼を見つめた。

「おこるな佐久田。ヤマト人の言うことなんか、どいつもこいつも信用できるものか。前田屋だけじゃないぞ。福崎だって、伊地知だって、変わりはないのだ。獣だぞやつらは」

藤兵衛とマカトが消えると、亀川親方は言った。

「しかし、マカトがかわいそうだと、思います」

遠慮がちに、佐久田は言った。声が小さかった。が、言ってしまったあと、佐久田はそれがただならぬ感情をおびていることに気がついた。だが、亀川親方は、あんなふうにあっさり敵を片付けてしまって、ことのほかせいせいしたとみえて、

「うむ。それは悪かったな。しかし、遊女の身の上はやむをえないさ。美人であればなおさらのこと。佐久田筑登之も染屋小マカトも、まず瞑すべしだな。それにさ……（と少し照れて）わたしは、元来なんでも事がこんなふうになると、ムシャクシャす

るので、しかたがないのだ。かんにんせい」

　手のつけられない上機嫌であった。事に憤りまた喜ぶさまは、気概がこもって好もしくもあるが、ときおりその感情は事件の本質を離れてしまう。そこが、理知的な孫の盛棟をいつもはらはらさせるのだった。佐久田は苦笑したが苦笑しただけですまされないものが残った。

　だが、佐久田の憂えたマカトは、連れて行かれたまま日本人のケモノに寵愛されたのではなかった。伊地知は、マカトが来て侍ったとき、美しいと思ったが、みずから制して妓の手を取ろうともしなかった。

　前田屋たちは、このたびの商略のつまずきを知った。このような役人というものは、はじめてであった。あるいはこれが新しい時代というもののしるしかとも思われたが、加治木屋が弱気なささやきを送ってくると、前田屋はしいて自信をもちなおした。

「なあに。どうせ、商人の時代ですよ」

　まったく、これは前田屋の信念であった。権力者に媚びながら権力を侮り、一方の権力ともう一方の権力とのあいだに不和をおこさせて、その間に利を拾う——これからの琉球ではいよいよそれができる。とかれは満を持している。そのかれの描いた図に、佐久田筑登之は軽く乗ったようすであったが、亀川親方は幾分でも乗ったかどうか。少なくとも伊地知は乗ったようすはなかったが……。

　奇妙な夜がふけて、十二時前に伊地知らはあっさり引きあげた。そのざわめきを聞きつけて、佐久田は玄関へ出た。かれは、廊下の角に身を隠して、引きあげる伊地知たちや、見送る前田屋たちやマカトに気をつけた。

　伊地知らが、マカトとしごくあっさり、それこそ別れのあいさつをかわすそぶりもなく別れて行くのが、佐久田には意外であったが、なおも見ていると、玄関の外まで見送った藤兵衛が、加治木屋と「飲みなおそう」などともどりながら、思いついたように、

「松島、松島……」

　と外へ向けて呼んだ。

　藤兵衛に呼ばれて物蔭から飛び出した男を、佐久田は見た。あさぐろい顔には、見覚えがあるようでもあり、ないようでもあった。ただ、松島とは確かに士族であろうし、いま前田屋に使われている者だろうと、察しがついた。

　前田屋は松島に、自分はひとりで帰るからお前はもう帰ってよい、と言いふくめて、座敷へもどった。

　佐久田は思いついて、表へ飛び出した。

「おい、松島、待て」

佐久田の声は、酔いが手伝って大きかった。

松島は、聞き慣れない声にふりかえった。そして、心もち腰をかがめた。二十日の月があがったばかりで、松島の顔をななめに照していた。

「どなたでしょうか」

松島は、ていねいに言った。

「名前は要《い》るまい。お前と同じ士族のはしくれだ。だが、人間が違う」

「どういう意味でございましょう。おっしゃることがよくわかりませぬ」

ていねいだが、いわゆる慇懃《いんぎん》無礼な響きがあった。

「こういう意味だ!」

いきなり、拳が飛んだ。胸板を突かれたと思った松島は受けもせず、横に飛んでいた。

「拳では話は通じませぬ。どういう意味でございましょう」

松島は、ひそかに足場を固めながら言った。

「琉球人の士族のくせに、薩摩商人の下でたやすく使われているざまが気にいらぬ」

また拳が飛んだ。胸をそれて肩をかすめたが、立ちなおってまた一撃、こんどは脇腹にわずかに決まった。だが、酔いのために自分も足を奪われてよろめいた。

松島はみずから襲おうとはせずに、

「生きるためです。食うためです。あなたも、それがわからぬ身分ではありますまい」

「なにをッ」

また腰を低く構えたときだった。

「ふッふッふッ……。おもしろいな」

十数名の人垣のなかから、太い笑いがもれて、

「首里鶏と久米鶏の蹴あいか。もっとやれ」

体格のいい侍だった。服装と漆黒のあご髯とが身分を感じさせたが、顔だちに少し品位が薄い。二十五、六か、あるいは七、八。

「どなたです？」

佐久田がどなった。騎虎の勢いというか、どれほど身分があろうと、このさい容赦はせぬという、血気があった。

「高村親雲上」

「あッ。では高村御殿の……」

二人はとたんに色を失ない、人垣をついて退いた。

高村按司の長男。家格ゆえにはやく親雲上に昇進しながら、いまだにほとんど無

学。ことにその腕力と無法とが、悪名を伝えて近郷に鳴り響いていた。
二人が小さくなってつくばうと、無遠慮な高笑いを残して、去って行った。

# 与那原良朝の夢と現実

明治六年三月下旬に屋良座森城《やらざもりぐすく》沖に碇泊した軍艦大阪は、着いてから三日めに、記念すべき見学者たちを、おおぜい迎えた。

かれらの多くは、としよりであった――と帝国海軍の乗組員たちは観察したが、それはかならずしもあたらない。なぜ乗組員たちがそう判断したかというと、第一にこの賓客たちの多くがもっている美髯に眼をくらまされたのだ。純白のや半白のはむろん老人と覚えたが、漆黒のになると乗組員どうしがその年齢を読みとるのに議論した。

また第二に、歩く速度がみな似通っていたのである。活発に歩く若者らしい者はほとんどいないといってよかった。

新暦三月の末といえば、海上でも寒くはなく、南の風がこころよいほどにひとびとのあいだを抜けて渡った。そして、空はよく晴れていたが暑くはなかった。それなのに、かれらの多くは、扇子を開いて動かしながら、悠然と甲板を往来していた。

これには、いきさつがある。首里評定所では、外務省出張所から軍艦見物についての連絡を受けたとき、人選を問題とした。第一、日本に好意をもつ者。第二、礼儀正しい者。まずそれだけで足りた。むろん、この二つの前に家格よろしき者という条件が、あたりまえのこととしてついた。

亀川親方のようなはっきりした日本ぎらいは、本人が第一すすめてもことわったし、当局としても扱いやすい。困るのは、日本が好きなのかきらいなのかわからないという手合いで、現実にはまたそういうのが最大多数を占めていたのであるから、評定所ではとにかく見物に行きたがる者を「日本が好きな者」だと、いちおう決めた。そこで第二の条件をたてて、高村親雲上のような粗暴の者を除いた。

軍艦見物も外交だと考えたところはあっぱれで、さすが実力のない国が国威を保とうとするには、個人個人の起ち居振舞いだけが見せ場ではあった。選ばれた見学者たちは、これもとくに指示されたとおり、もっともらしく扇子を使い、あるいは大帯の胸元にたばさみ、かつ春の海のように甲板をのし歩いた。

船橋――

機関室――

大砲装備――

階段を昇り降りしながら見て歩くかれらが、ほとんど無表情であったのは、文明に驚いてあきれたのか、文明に無関心であったのか、また礼儀のために緊張しすぎたのか、一概に推すのはむずかしい。

ただ、ここに少なくとも二人の、真剣な見学者がいた。与那原《よなばる》里之子《さとぬし》良朝《りょうちょう》と亀川《かめがわ》里之子《さとぬし》盛棟《せいとう》とである。亀川は祖父の反対にたいして良朝が口添えしてくれて、見学を許された。

——二人は、終始離れず、同じ感動にひたりながら、見て回った。ひとつの機械を見て、ひとつの説明を聞くとかならず二人は、ささやき、うなずきあった。そして、機関室の横の階段の下に来たときだ。与那原はいきなり激しい調子で亀川の耳をひきよせて、なにごとかをささやいた。亀川の顔に驚きが走った。が、かれらに気づいた者はなかった。

軍艦見物は成功のうちに終わった。招かれたひとたちは軍艦の上でこそ無表情であったが伝馬船に移って通堂崎《とんどうざき》へ向かうころからは、三重城《みえぐすく》から通堂にかけて軍艦を遠望する一般庶民の群れを見渡しながら、収拾のつかないざわめきとなった。かれらの多くは、いまさき何と何を見てきたのかよく覚えていないのであったが、ただ何となく偉大みたいなものにおどかされてきたような、はかない圧迫感だけを身にしみこませていた。そのひとたちのなかにまじって、宜野湾親方は、さすがにほっとしたような満足感を覚えていた。

「どうだね、与那原親方。日本国の威力はたいしたものでしょうが」

宜野湾は、かたわらの与那原親方をかえりみた。

「まったくでございましょうね。ええ。まったく」

与那原親方は、ひとごとみたいな返事をした。かれは、その威力に感心はしたけれども、なにか無理におどしをかけられているようで、あまりいい気もちでなかったのである。日本は琉球より偉大であるには決まっているのだから、なにもそう無理押しにこなくってもいいじゃないかという気もちが、こののんきな語学の天才の胸のなかにあった。

「良朝など、若い者はいい勉強になったろうよ。こないだ、うちに来たとき、東京の汽車の話をしてやったら、感激していたが」

「そういえば、うちに帰っても、汽車の話を聞かせてくれました。小さな鉄の棒の上を大きな箱が走るというのが、よく私どもには納得いきませんでしたが」

与那原は、あいづちをうって、宜野湾と笑った。あの妙に熱心な四男坊はまた今晩も軍艦のことをいろいろと話しかけてくるに違いない。と考えると面倒でうるさいと思う半面、やはり子煩悩の喜びがわいてきて、伝馬を降りて通堂崎の石段を登りながら、ひとりでに相好がくずれた。——だが、ふしぎなことだった。

暮れがたになっても、里之子良朝は家に帰ってこなかったのである。しばらくは、若い仲間どうしで道草をくっているかとも考えたが、すっかり暗くなっても帰ってこないのである。

「おい、だれか亀川殿内《どんち》へうかがって、盛棟のようすを聞いてこい」

用人を亀川殿内へやった。が、その返事のかわりに里之子盛棟がやってきた。

盛棟は、神妙な顔をくずさずに与那原親方良傑の居間にはいった。

「盛棟か、良朝はどうした。いっしょに帰らなかったのか」

親方が、ほとんどのりだすように聞くのへ、いんぎんに両手をつき、

「お許しをいただきたいと思います。良朝は、船に残りました」

「なに。船に……。つかまったのか」

ふと不吉を感じて、大帯にたばさんだ扇子を引きぬいたが、返事はさらに驚くべきものだった。

「自分で、隠れて残ったのです。船の動くのや、しごとをするのを見るのだと言いまして」

「なに、自分で？　どのようにして残った？」

「便所に隠れたのです」

亀川盛棟は、落ち着いて答えた。与那原親方は、絶望的に不快な表情をした。

「家柄をもかえりみず、便所などに隠れるとは。幾時間隠れるかしれぬが、衣にも帯

になっています」
「匂いのつくような便所ではありません。用をすませたら、水で海に流し去るしくみ
にも匂いがつこう……」
「お前もいっしょに、落ち着いて検分したのか。なぜ、お前は残らなかった？」
言ってしまってから親方は、いらぬことを聞いたと思った。しかし、盛棟はまじめ
に答えた。
「わたしも、残りたかったのです。しかし、見物に行くことも祖父から反対されたの
ですから、祖父がどのように心配するかわからないと思いまして」
「お前のおじいさまでなくても心配せぬ親があるか」
まったく、こどもが弁《べん》ケ嶽《だけ》や観音堂まで迷い出たどころの騒ぎではないのだ。海の
上で、しかもヤマト人にまだつきあいのない子だ……。
「でも、良朝のことなら、ご心配なさらないでください。わたしが船を降りたのは、
ひとつにはそれをおじさまに申しあげることを引き受けたからです」
いやに分別くさかったり、こどもじみたりする年ごろだ、と与那原親方は考えた。
聞いていて、頼もしいような、あぶなっかしいような気がした。その盛棟の話だけで
は、安心しようにもできなかった。
夜になって、かれは宜野湾親方を訪うた。

「それはまた思い切ったことをした……」

宜野湾は、愛弟子のしたことに少し驚いた。しかし、かれはこのさい与那原を啓蒙することを忘れなかった。

「琉球を護るために来た日本の軍艦です。それに日本人は、もはや文明国民。良朝の身分と人柄を知れば、遇する道を知っています。このさい、あなたが信じることだ。あす、外務省出張所に連絡してよろしくお願いしておきましょう」

翌日、外務省出張所に連絡をとってみると、軍艦は未明に碇をあげて近海観測に出かけたということであった。

その晩、さらに津波古親方を訪れてみると、津波古は考えてから、

「日本の海軍も、いま琉球人の命に手をかけるようなことはすまい。国際関係上、みっともないからね」

「近海観測といいますと、すぐ帰って来るんでしょうね」

「観測日数というものは、技術の関係でよくわからないが、心配するには及びますまいよ」

「どうしてまた、そんな了見をおこしましたものやら……」

「『海国兵談』の影響かな……」

「え？　カイコク……？」

夜道をたどりながら、なんとか息子の身の上については安心する気になったものの、こんどはほかの奇妙な謎めいたものが、与那原親方の胸に雲のようにわいてきた。

大日本帝国軍艦大阪の船尾に、与那原里之子良朝は立っている。ただ立っているのではない。その両手にはながい縄がのっていて、海へ伸びていた。広袖を海風にはためかせながら良朝は、このながい縄が船にひきずられながら、どんどん果てもなさそうに伸びていき、そのあげく海の深さが測られるのだ、というふしぎな技術のことを考えて、胸のなかが浪のようにうねった。

「おい、ヨナバル。どうだい、気分は？」

うしろで声がした。声をかけた男のかがんでいる前に計測器があって、そばに縄がとぐろを巻いて、するすると巻きあげられつつある。それ以上に、良朝はなにも知らない。

「よい心もちであります」

良朝は、いっしょうけんめいになって、日本語で答えた。答えながら、こんなに仲良くなってよかった、と思う。

かれを便所で発見してひきずり出したのは、このあから顔の男だった。――

「降りおくれたのか。なぜあんなところに隠れたのだ」

男は、牛を追うように良朝の背をたたきながら、廊下をまがりくねって船橋のわきに連れてきた。

夜あけ、艦はもう黒潮をくだいて走っていた。ゆうべ便所のなかではじめて聞き、それに夜っぴて耳を悩まされた音は、この艦の走る音なのだと良朝は気がついた。

それにしても、あの朝やけ雲の美しさはどうだ。うすぐらい一色によこたわっている島は、たしかに沖縄の島、おれはいま、そこからこの大洋のなかまで軍艦に乗って出てきたのだ。……一晩中便所のなかにこもっていた我慢の甲斐があったというものか。なぐるなら、いくらでもなぐれ。また我慢してやろう。その我慢の甲斐に、この海をどこまでも乗っかって行ってやるぞ。ロンドンまででも——

「こら、きさま。なんとか言わんか。琉球人も日本人だって、いうじゃないか。言葉がないわけではあるまい。なんとか言えば聞き分けてもみよう」

あから顔が言った。数人集まって来た。

「『海国兵談』……」

良朝は、口走っていた。

「なに。きさま、いまなんと言った？」

「『海国兵談』であります。わたくしは、読みました。蒸汽船に乗ってみたかったのであります」

自分でも感心するほど、正確な日本語が流れ出した。

「きさま……。たいした奴だな。おい、手荒なことをするな」

八字髭をはやした男が、ため息まじりに言った。艦長であった。

それから、待遇が変わった。あから顔の男が、案外気のいい男であった。艦長が、念のためにいろいろ尋問した。家庭とは相談ずみだと、うそをついた。自分のどこから、こんな大胆な態度と言葉が出るのか、ふしぎであった。

一日が暮れて、明けた。

海図を見、技術を見た。

「これが沖縄島だ」

こんな小さな島！　その島影がもう見えない。海原のなかで、テームズ河が近いように思われた。

だが、航海の実際はテームズ河の夢をいささか遠くへ押しやった。七日めごろ、良朝はそろそろあきた。海図や器械は、一応の興味を満足させたあと、さらにしごととして趣味を感ずるには、ひととおりの学問がなければならないようであった。こんなことをしながら、どこへ行くのだろう。——良朝は、艦長にそれを聞いた。

良朝の話を受けて、艦長は大笑いした。

「なに。ロンドン？　この軍艦でロンドンまで行くつもりだったか。そいつは大笑いだ。大笑いだがしかし感状をあげたいね。開化日本の開国論者ならともかく、琉球の一青年でそれだけの野望をもつとは、国へのみやげにもなろう。ところでだが、その野望もよいが、まず足許からだ。こんな海の測量ぐらいなんになると思うかもしれぬが、これが海国国防の基礎で、これを地味に積みあげてこそ、東洋にも世界にも通じる新日本の道がひらけるのだ。海洋、船舶のしごとというものは、派手なようで地味なもの、おおらかなようで細かいもの。この艦はこれから八重山へ寄港する。石垣港で水を補給してもらう。これも外国船なら容易ならぬしごと。そのための条約などというものも要る。話に聞いたが、琉球はアメリカ、フランス、オランダなどと、そのような条約を結んだらしい。それを日本政府に移管しなければならないという問題もあるそうだが、幸いわれらは同じく日本臣民のよしみ。このたびはそのような条約も要るまい。ちょうどいい、きみに通弁を頼もう」

世界がひらけるということが、決して夢のような浮いたものでないことが、しだいに良朝の頭に理解されていった。

それにしても、同じ日本人というが、このひとたちと自分たちと、その知識、能力、もっている世界において、なんという相違であろう。津波古親方や宜野湾親方に教わったことが、実地に証明されると、いまさらのように感嘆しあこがれるばかりであった。

八重山石垣港で、またひとつ新しい体験が加わった。用をすませて出航するとき、八重山在番はかれにひとつの依頼をした。漂流してきたひとりの西洋人を首里評定所まで送り届けてくれ、というのである。ひきあわされた西洋人なる動物に、良朝はひとしきり生理的な不快感をもよおしたが、鎖之側《ざしのそば》・与那原親方の御曹司《おんぞうし》として、なんとなく背負わされてしまった。そして、石垣を発して沖縄へ帰り着くまでの二日間の生活で、与那原良朝は終生忘れえない楽しみをこの西洋人からめぐまれたのである。オランダの船員であった。艦長がオランダ語を解するので、その助力をえていくらかの話が通じあうと、テキもミカタも無邪気に笑いあう。そして、西洋の生活風俗、日琉の生活風俗への驚異と関心とがおたがいの胸に火花のように飛びかい始める……。


「日本人も西洋人も、みんな信頼できる、いいひとばかりだ」


かれはひそかにつぶやいた。

話に聞いた黒船騒動についての恐怖にみちた想像を完全に消し去ったこの体験が、将来かれ与那原良朝に幸せをもたらすか、不幸をもたらすか、まだわからなかった。

与那原良朝の出奔いらい、与那原家は嶽々の祈願にあけくれた。父の与那原親方良傑は、日々落ち着かず三司官にうかがったり、異国方に聞いてみたりしたが、むろんどうにもならなかった。

苛立ったのは、与那原家だけではない。三司官座も世間なみにあわてた。それはたぶんに政治家らしい心配ではあった。与那原里之子良朝が日本の軍艦に乗って遠洋航海に飛び出したことが、どのような形で国際問題に発展するものか、確かなイメージをもっているわけではなかったが、なんとなく外務省出張所が気になり、清国が気になった。

宜野湾親方は、この憂鬱と関連して、ある問題を思いついた。かれは外務省出張所に伊地知貞馨を訪ねて問うた。

「従来は、対外関係の事項については、すべて薩摩仮屋に届け出て、薩藩人の立会いのもとに遂行する慣例でした。つまり、渡唐船の発着、馬艦《まあらん》船（大型の外航船）の中国漂着、中国人・朝鮮人の琉球漂着、外国船の来航状況、それに少し性質は違うが切支丹宗門の状況などがそうです。これらの件については、仮屋の廃止された今日からさき、どうしたらよいか、うかがいます」

伊地知は答えた。

「対外関係のことは、日本政府で責任をとらなければならないことは、先般来たびたびの機会に申しあげてあるとおりです。いま申された件についても、従来の慣例どおり、外務省出張所に届け出ることにされたい。ただ、薩藩官吏の立ち合いの慣例は廃します。これは薩摩を離れたからというより、日本政府が琉球藩官吏を信頼してまかせるということです。ただしまた、清国以外の外国に関することは、大小となく出張所の指揮を仰ぐようにされたい」

伊地知がなにかにつけて琉球藩庁にたいして言うことには、たえず一貫した態度があった。それは、

「琉球藩は日本国の版図であり、琉球人民は帝国臣民である。ゆえに琉球藩の万事は日本政府が責任をもつ」

ということであった。いまの言葉にもそれがうかがえる。ただかれは、清国への進貢については一切触れなかった。

この進貢というものは、もともと琉球の経済を大きく左右してきたものであり、これをどうこうするということは、日本政府として非常な責任を伴うことであり、そのせいか、外務省からもそのことについては、まだ何分の指令がなかった。伊地知としては、分をわきまえて黙認していたわけである。

この伊地知の態度を、宜野湾ら三司官は、日本政府の非常な寛容によるものと受け取り、琉球は薩摩の支配以前の独立体制に復古したものと考えた。

この日の伊地知の回答にも、そのような気配が見られ、宜野湾は予想どおりの満足

をえた。で、いま一歩、

「与那原良朝のその後のようす、出張所でもわかりませんか」

「軍艦は出て行ったきり、なんの音沙汰もない」

「どういう待遇を受けているか、家族はじめ、みんなが心配しています」

「待遇……というと？」

「悪くいえば、虐待されてないか……」

「ばかなことを考えるではない。帝国海軍の水兵です。ことに海外に単独派遣される軍艦は、優秀な乗組員ぞろい。それが期待に反するような行ないをしたとなれば、改めて帝国臣民としての自覚をもたれようとする琉球の人士にとって、失望落胆もはなはだしいものとなろう。軍艦をあなたがたに紹介したわたしは、十分の責任をとらねばなりませぬ」

その一言が聞きたかった、と宜野湾は微笑した。宜野湾の納得したような微笑を、伊地知はとらえた。

「与那原里之子は、本来ならば無法の者として、罰しなければなりますまい。だが、このたびは、宜野湾親方、あなたとの個人的黙契にしたいが、里之子に格別の行為がないかぎり、沙汰なしにしようと思う。というのは、このたびの与那原里之子は、しだいによっては、琉球人士の精神を日本内地へ親しませる機会をつくったことになるかもしれぬからです」

「恐縮です。与那原里之子の行為については上司のひとりとしておはずかしいことながら、結果がおっしゃるとおりになるよう、のぞみます」

「わたしたちは、期待して軍艦の帰りを待ちましょう。それから……」

伊地知は、ひきだしから公文書を出して、

「ことしから、東京藩邸に当藩から親方ひとり詰めるようにとの太政官のお達し。従来鹿児島に詰めていたのと、同じことで、このたび、与那原親方にご下命が来ています」

と宜野湾に渡し、それからつけ加えた。

「与那原家は、果報の一家になるかもしれませんな。親子とも、新時代開拓のさきがけとなりそうだ」

宜野湾は、公文を読みくだしてしまうと、ひそかに考えた。

(ほんとにそういうことになるかどうか、おっつけ帰ってくる良朝を見ればわかりましょう……)

が、そのとき軍艦大阪入港の知らせが、親見世からもたらされた。そして、宜野湾と伊地知の緊張と待望の前に一時間後、与那原良朝は艦長や異国人と連れ立って出張所の門をくぐったのである。

「ご心配をおかけして申しわけありません。そのかわり、与那原良朝、ご恩にむくいるだけの収穫をえてまいりました」

良朝は、十分に陽やけした顔でわるびれずにあいさつした。むしろ誇らしげなその表情に、宜野湾はあきれた。

しかし、高官の上司として威厳を保つ必要があると考えたので、くっついている異国人をさして、

「その者はなにか」

「八重山に漂着したオランダ人です。在番から評定所への連行をあずかりました」

まったく堂々として澄み切った報告に、続いて艦長が、この航海中における良朝の生活を、賞讃にみちた言葉で紹介すると、宜野湾親方は、もはや言うことがなかった。

「ひとまず親見世に引き渡してまいりましょうか」

良朝が言う。それには無言でうなずき、

「はやく家へ帰れ。みんな心配している」

そう言った。

さすがに良朝も、その表情を察して神妙に一礼し、オランダ人をうながして出た。

「その異国人については……」

伊地知がふと言いさして口をつぐんだ。宜野湾が眉をあげ、良朝がふりかえったが、伊地知は思いなおしたように、あとを言わなかった。


宜野湾親方は、このごろやっと一息ついた思いである。

心配していた与那原里之子が、元気で晴れ晴れと帰ってきたことで、与那原親方の愁いにみちた顔も見なくてすむという安堵がまずあった。けれども同時に、ひょっくりそういうところから、日本政府というものにたいする信頼が、与那原親方はじめ、三司官たちにさえおこってきたことが、宜野湾をことのほか喜ばせた。

良朝にたいしては、やはりいちおうの譴責が秩序を保つ上で必要であったから、三日間の謹慎を命じた。父と子はかしこまってそれを受けた。むしろ、寛大な措置に感謝した。よかったのは、この寛大な措置にたいして、世間からほとんど文句が出なかったことだ。

「やはり、日本政府はあなたの言われるとおり、寛大ですな。宜野湾親方」

三司官なかまの川平親方、浦添親方もそう言った。

「亀川親方など、もう古い」

浦添親方は、そうつけ加えた。それには宜野湾は答えなかったが、満足であった。

かれとしては、一ヵ月前に東京から帰っていらい、思いがけない気づまりのなかに、しばしばとまどうてきたものである。琉球国の新しい時代を開発した英雄——と伊地知は言ったが、それほどのほめ言葉にはあたらないにしても、大きな誇りをもってきた身が、案に相違した誤解にぶつかりあってきたのである。こんなはずではなかったがと、かれ自身も少し、いろいろの事情を反省してみたが、割り切れずそのままになっていたところへ、このような周囲の変化である。

　ことに、外航船の発着、外国人の漂着などの取り扱いについて宜野湾が伊地知から公式に受けた寛容な措置は、この交渉が宜野湾の独断専行であっただけに、むしろ宜野湾の評判をよくする結果をもたらした。

「じつは、この問題で日本政府からますます束縛されるようにでもなったら、わたしはそれこそ立つ瀬がなかったわけだ」

　宜野湾は親しい者に言った。

　ただひとつほとんど未解決の事件があった。御仮屋免職の問題である。あの失業者たちのうち数人が田舎降《お》りしたり商売に転向したほかは、政庁みずから行政処置として職を与えてはいない。旱魃による経済逼迫は続くし、政庁は無力であった。

　それもしかし、ほかのいろんなことで日本政府にたいする信頼ができてくると、急速に忘れられていった。宜野湾は、ときに思い出して苦い想いをすることはあるが、やがてこの損失を補ってあまりある未来がやってくるのだ、と信じて安んじた。

世間の気分というものは、ひとつの方向に向かってはずみがつき始めると、急速に固まっていくものである。

宜野湾親方は、貢租軽減についての陳情書を改めて日本政府に呈上しようと提案した。——薩摩への貢租が苛酷にすぎるから、日本政府はこれを軽減してもらいたいという願いを、さきに王政復古慶賀で行ったときに表明しておいた。その結果、最近の通達で、日本政府への租税は、琉球全体の貢租石高八千二百石として、その那覇市場相場だけの銀を大阪租税寮へ年に納めるように、ということである。

「租税金納は、こちらでものぞむところ。だが、貧しい島にこう旱魃などがあると、それさえ困難。那覇市場相場といっても、こちらの米は品質が悪すぎて、内地米の半分値だ。那覇市場相場の米といっても、鹿児島あたりからの輸入品が多いから、当地相場というのは困るな。また、金納というけれども、金銀は少ないし、やはり現物がよいかもしれぬ。諸品くりあわせて上納し、大阪で売り払ってその代金を納めることにしたら、いちばんありがたい。——どうでしょう、こういう願いは」

思いきって甘えた内容の陳情に、三司官座は満場一致で同調した。

評定所に与那原良朝が送り届けたオランダ人は、ひとまず親見世にとどめおかれた。親見世にとどめおくといっても、罪人なみに留置したわけではない。ほとんど客人なみに座敷暮らしをさせた。

ただ、いつまでもそのままにしておくようすが見えた。評定所では慣例どおり、外国船が来るか、または福州あたりへ出かける船便があれば、乗せて送ってやろう、と考えていたのである。

が、その便のないうちに、

「あの異国人は、どう処置したか」

と外務省出張所から問い合わせが来た。

宜野湾親方は、そのときになって思いあたった。オランダ人をはじめて外務省出張所で見たとき、伊地知がなにかその異国人のことを言いかけてやめたのは、評定所がどう処置するか見ようという試みの魂胆であったらしい。清国以外の外国との関係は、すべて出張所で扱うことを、言い渡されたばかりだったのだ……。

オランダ人は、ただちに外務省出張所に引きとられ、便船で鹿児島をへて長崎へ送られた。あれよあれよという間であった。

評定所ではそれについて、

「長崎にいる清国人が、あのオランダ人の口から、いま琉球が日本の支配下にあることを聞き知ったら、困りますな」

「御進貢にさわりませんかな」

「こんどはオランダ人だからよかったが、清国人だったらたいへんなことだ」

などと言いあった。しかし、宜野湾が考えて、

「これは、日本政府によく事情をお話し申しあげて、こういうことの扱いは藩庁にまかせてもらうようにしましょうよ」

と意見をのべると、みんな一も二もなく、そこに落ち着いてしまって、時期をみて三司官ひとりを上京させよう、ということになった。ことがそれほど難しいこととは、誰も思わなかった。

宜野湾を中心にして、日本朝廷を尊敬し信頼する、という安定した風潮が、いつのまにか評定所のまわりにただよっていた。

与那原親方が東京藩邸詰として上京する準備は、こういう空気のなかで進められた。だれも、この出張にとやかく言う者はなかったし、与那原親方自身も、もう自信めいたものをもつようになっていた。かりに弁のお嶽にお参りしていたころにでも、この出張命令がおりていたとしたら、その騒ぎは想像にあまるものがあったに違いない。親子ともども、どんなに世間の同情を受けたことだろう。

与那原親方は、ある日、宜野湾殿内の茶室へ招かれた。

「ここ当分が、琉球藩の基礎を固める時期です。日本政府と陰に陽に情と意志とをよく通じておかねばなりません。東京藩邸詰として、あなたの使命は重い。といっても、日本の方は物わかりがとてもよいのです。あなたの語学のはたらかせどころでも

あるし、日本政府のこのたびの人選は、よくなさった。健康でしっかりやってくださいよ」

宜野湾は、お点前をつとめながら、言った。それは、松風のようにこころよい響きを、与那原親方に伝えた。

宜野湾親方を中心として、評定所一帯が明るい安堵感にみたされているかたわらで、亀川親方盛武はなんとなく落ちつかない日を迎えおくった。宜野湾との不仲はもともとだとしても、ほかのひとたちが、いよいよ相手にしなくなり始めたのである。

「亀川親方は、もう古い」と浦添親方は言ったが、これはもう浦添だけの感想だけではなかった。

亀川は例によって評定所を訪れたとき、貢租軽減の書類を見せられた。

「琉球全体で八千二百石の租税です。薩摩支配のころとくらべてどんなに軽いことですか。しかも金納。ここから現金を直接納めることは困難だから、諸品を大阪へ運んで売りさばき、大阪で現金を租税寮へ納めることにしてもらうよう、陳情を出しました。大体お許しが出るもよう。そのため、大阪に藩の出張所を置くのです。時代は移りました。頑固をはられる時節ではありません」

川平親方までがしみじみとそんなことを言った。

与那原良朝もまた、出奔で心配させたとわびを言上に来たのはよいが、ついでに話したのは日本や外国へのあこがれであった。それからは三日とあけずに盛棟のところに遊びに来ては、気勢をあげてどこへか誘い出していくようすである。

亀川親方は孤独であった。かれを理解してくれる者が、ひとりいるはずであった。佐久田筑登之——その若者は、どうしたのかこのごろちっとも顔を見せない。

「あまりくよくよなさりますまい。隠居らしく落ち着いていなされば、楽しいこともやってきましょう。お体こそ大切……」

孫の盛棟が見かねてそう言ったとき、この頑固な祖父は、孤独をなぐさめる唯一の道を思いついた。

かれは、かねてからの願望である盛棟と真鍋との縁組みを、いちおうは他人を介したが、あとは自分で強引に進めた。婚約が定まると、一気呵成に、

「さっそく結婚させようではないか」

「それは突飛すぎます」

与那原親方は、驚いて、

「わたしは、もう東京へ発たなければならないのです。いくらなんでも、そんなに早く祝言のしたくなど」

「では、結納だけでもよい。発つ前にすまさせてくれまいか。そうすれば、ひとまずわたしも安心」

病的なまでの性急さで来られると、それをしりぞけるだけの理由は見あたらなかった。

四月中旬、旧三月三日の節句に亀川殿内の嫡孫里之子盛棟と与那原殿内の末娘真鍋とは、婚約結納の儀式をあげた。

結婚式は与那原親方の帰任を待って、とまで決めると、亀川親方の喜びは、ひととおりではない。

「亀川家の未来は、この盛棟の上にある。与那原家とともに、行く末の多幸を祈ろう」

そして、ついでにと、

「良朝もはやく、よい嫁をもらうべし」

とはやしたが、良朝は微笑で答えた。

「わたしは当分もらいません」

「どうしてきみは、嫁をもらわないのだ？」

二、三日たって、亀川盛棟は与那原良朝に聞いた。

「大湾朝功は、家族の生活を心配して、ろくに勉強することができないと言っていたよ」

「嫁をもらったぐらいで、勉強できないなんてことはあるまい」

「もっと世のなかや世界のことを、いろいろ勉強したい」

「大湾里之子とくらべるのは、おかしいよ、身分や暮らしが違うもの」

「これからの勉強は、本を読むだけでは、なんにもならないと思うんだ」

「また船に乗って飛び出すつもりか」

「あのオランダ人が言っていた。ここ二、三年のうちに、琉球人でも世界中と往来できるようにならないとは限らないと」

「まずロンドンへ行くのか？」

「いや。まず東京へ行って、お父さまをおどかしてみたい」

無邪気な笑いが二人のあいだにおこったが、亀川盛棟はふとさびしい顔をして、

「四男坊はうらやましい」

このなげきは、ふつうなら理屈にあわないことである。身分制は幾百年来徹底して、長男と次男とでは、その待遇によほどの差があったのだ。けれども、いま亀川盛棟は、長男であるために祖父という枠のなかから脱けられないでいた。むろん、四男坊とてそれほどの自由があるわけでない。家庭からどれほども、いつまでものがれら

れるものではない。だが良朝は、いま、その小さな〝自由〟、ひそかに敢行しようと思えばできる〝わがまま〟を喜んでいた。

四月二十一日、与那原親方は東京へ発った。

良朝の日常には活気があった。政庁の勤務も楽しんでする甲斐があったのだ。かれのつとめる取納座《しゅのう》という役所は、租税を担当する役所で、租税は日本政府からの達しでしだいに軽くなる見込みがあったから……。

滞納分の全免が決まった。さきに出した陳情にたいする好意ある回答が、まもなく来た。年々米の八千二百石に相当する物産をその年の秋十月の大阪市場相場で売りさばいて大阪租税寮で納めること。――陳情した希望どおりの上意であった。

「どうだ良朝。日本はありがたいお国ではないか」

宜野湾親方は、いかにも自分のことのように、うれしそうに語りかけた。

「まったくです」

良朝は、さっそく取納蔵へ飛んで行った。

諸間切、村々から貢租の米や雑穀などを納める蔵だ。ちょうど大豆を納める時期で、村々から当番で上納を運んできた百姓が群れていた。

取納座筆者である良朝は、諸間切の百姓のうちに面識のある者がいくたりかいる。

それを物色して、

「あ、きみ……」

語りかけた相手の若者が、確か浦添間切内間の者だった、と良朝は思い出した。

「わたしですか……」

仲吉良春は、鉢巻にした手ぬぐいをはずして、いんぎんに与那原良朝の前へ来た。

「きみは、たしか浦添間切内間の者だったね」

「そうです」

「上納の滞納分が免除になったはず。達しは行っているか」

「うかがいました」

「みんな、喜んでいるだろう」

「それはもう……」

「これからは楽になるぞ」

「はい……」

いんぎんに応じるけれども、それほどうれしそうでもない仲吉の表情へ、

「まだ楽になることがある。ヤマトへの上納が大幅に減らされたのだ」

「は……？」

仲吉良春の頭に、ふと一年ほど前に、薩摩の在番奉行よりも偉いようなひとに、それに似たようなことを言われた記憶が、かすかによみがえった。しかし、まだはっき

りとは良朝の話を受け取れずにいると、

「ことしから、琉球全体でたった八千二百石。きみたちにはわかるまいが、これまでにくらべると、たいへんな軽みかただ」

「でも、まだわたしたちは、いまもって同じくらいの上納を納めておりますが」

与那原は笑って、

「バカだな。まだ達しが届いたばかりだもの。これから、いろいろと計算して、各間切、村々の新しい貢租額が定められるわけだ。そのあとさ、きみらが改めて楽になったと思えるのは」

そばに、仲吉のほかに二、三の百姓が、手を休めて立ち聞きしていた。かれらが、仲吉よりさきに眼を輝かして、

「里之子さま。それはほんとうですか」

「ほんとうだとも」

「ありがとうございます」

かれらは、もうそれぞれの持ち場に散って、仲間に知らせていた。

仲吉良春は、ようやく晴れ晴れした笑顔を見せた。

その夕方、しごとがすむと、かれは村の仲間と別れて、辻の染屋小《すみやぐわー》で、マカトの部屋にいた。

「ながいあいだ、逢えなかったね。すまない」

「おたがいの暮らしがそうですもの。ふつうのひとのようにのぞめはしません。ただ、元気でいらっしゃればよいとだけ、祈っています。年に一度でも、そうしてお顔を見せてくだされればうれしいのです」

マカトは、良春に逢うと、ふつうの恋人どうしに似ず、おしゃべりであった。それはしかし、ただうれしさでしゃべりまくるというより、悲しみをまぎらすためのようであった。それが良春に通じるので良春はいつもよけいに苛立つのだった。

「でも、もう少しの辛抱だ。今日、いい話を聞いてきた」

「どんな話？」

「上納がうんと軽くなる。ヤマトのおかげだ。ほら、去年断髪のひとにおれが説教されたろう。あのときの話のとおりだ」

「でも、上納が軽くなっただけで、そんなに暮らしが楽になるでしょうか」

マカトのような辛抱づよい女には、いつもぬか喜びでむだなわずらいをすまいという用心があった。

「それはなるさ。おれには、なにかわかる気がするのだ。ほんとを言うと、去年あのヤマトのひとたちから教えられたけれど、その後なんの沙汰もなかったから、おれはあの話を忘れかけていた。しかし、その忘れかけたころに、こんないい話が辻つまをあわせてくるのだもの。なにか、おれたちの眼に見えないところで、きっといい運が向いてくるのに違いない。お前を受けもどす日も、遠くはないと思うよ」

「それならうれしい……」

マカトの眼に、ようやく頼り切った喜びがわき始めた。

しかし、たまの逢う瀬にも、良春はながくはおれなかった。日が暮れると、客の来ないうちに引きあげなければならなかった。

そそくさと出る軒先で、良春は思い出したように言った。

「お母さんは、このごろ工合がいいようだよ……」

マカトは、なにも言わずに、うなずいた。

耐えしのんでいるという、そのことだけが、愛のあかしになっていた。マカトは、良春とほんのたまさかに逢って、別れる瞬間によくそのことを感じた。

(わたしは、愛のために耐えしのんでいる……)

そう誇りたい気もちが胸のなかにあった。

(しかし……)

とまた、時おり自由のない女は考えるのだった。

(耐えしのぶことだけが愛だとは、なんと悲しく、さびしいことだろう……)

いや、考えるのではない。感ずるのだった。女のからだと心の底から、ひそかにうずきあがる訴えのようなものだった。ひとりの女の肉体と魂とは、毎日毎日、すきあらば燃えたちたがっていたし、その宿命的な日常の欲望を、気のながい、あかしの示されない誓いと誇りとだけでおさえることは容易でなかった。良春と離れているあいだ、マカトはそれを思う。

だが、その悩みは一体いつからそうなったことなのか。

(去年までは、確かこういうことはなかった……)

灯芯をかきたて、清潔な油をそそぎながら、マカトはそのようなことを胸に言いきかせた。

と、ふすまを開けてはいってきた男——

(ああ、このひとのせいだ、このひとが通ってくるようになってからのことだ……)

マカトが息をつめて見あげると、

「マカト。なぜそのようなきつい眼で見る……」

佐久田元喜は、ふすまをしめるのももどかしげに、すべるように来て、かき抱いた。

亀川親方にひきあわされていらい、マカトにひきつけられた佐久田だった。失業者の苦しい家計をやりくりして、マカトに逢いにきた。亀川親方をも、就職運動をも、ときに忘れた。

「おれは、マカトから、いちばんの慰めを得るのだもの……」

# 日本よ裏切るな

与《よ》那《な》原《ばる》親方《うぇーかた》 良傑《りょうけつ》は、東京藩邸詰を命じられて上京する途中、気もちはよほど平静であった。

もともと、のんきでこだわらない性格ではある。四男良朝がヤマトの軍艦に乗って姿を消したときは、生まれてこのかた最も大きな驚きと心配を味わったが、良朝が無事に帰ってみると、そういう自分をかえりみておろかしく思うほど、気もちは平安にもどっていた。そして、その平安には、ただのんきだというだけでなく、ヤマトへの信頼やら新しい時代への希望といったものが、含まれていた。これは、持ち前の性格に思想の裏付けを加えたことになって、ひとつの進歩だった。

そこへ、東京藩邸詰の御下命である。かれは、一も二もなく喜んで引き受けた。東京藩邸に行けばどんな務めが待ちうけているか知るよしもなかったが、かれにはいつのまにか、わけもなしにある確信のようなものができていた。それはちょうど、かつて伊江王子や宜野湾親方たちが慶賀使節の任を終えて帰還したころの心境と似ていた。

伊地知貞馨が、ちょうど業務報告のために上京することになって、与那原親方と同道した。

「副島《そえじま》さんという方は、たいへん好い御仁だそうですね」

与那原親方は、いまのところ伊地知にたいしてこの程度の話題しかもちあわせていなかったが、

「宜野湾親方などがそう言われましたか」

「はじめは怖い方だと思ったが、あとではたいへん好い人になっていたと、おっしゃっていました」

伊地知は、ただ笑ってこれを聞きながした。

好い人、悪い人、こわい人——などという単純な印象でしか、琉球のひとたちは他人を評価しないらしい。政治の上でも、おそらくそうだ。中国人はすべて寛大でひとあたりがいいものだから、いつまでも友好を保ち信頼をよせるに足る。が、ヤマトの人間は、サツマの在番どもの態度を見ると、子々孫々まで憎みてあまりある者だ。

——という単純な考えを、琉球人の頭から早くぬぐい去ってやらねばならぬ。

伊地知は、与那原親方を東京へ案内しながら、そのようなことを考えていた。

しかし、かれらは東京に着くと、両人とも、それぞれに裏切られた。その源は、外

務卿副島種臣《たねおみ》が北京へ行ったこと、そしてそこから届けられた情報であった。

副島が北京へ渡ったのは、表向きは通商条約の批准交換のためということであったが、裏に台湾事件についての談判という目的があったことは否めない。このことを琉球在勤の伊地知らは琉球人に隠すように心がけたが、東京の官吏たちは、琉球人の心情にそれほど神経を使わないし、それより国威宣揚の気分の盛りあがりのほうに関心が深かった。それに巻でも――備中小田県の者がやはり台湾生蕃に殺されたという事件があって、与那原親方の耳にはいらないわけにいかなかった。

「琉球はもとより日本の版図。そこの人民が台湾の生蕃に虐殺されたとあっては、国威にかかわります。台湾が中国の版図であるならば、その責任は当然中国がとるべきです。はたして清国が、その責任をとるだけの気もちをもっているかどうか、外務卿はその意向をただしに行かれたのです」

余計なことを！　と与那原親方が腹のなかで驚きとともに痛憤をもらしても、間にあうものではなかった。副島が北京で清国皇帝に跪礼《きれい》(ひざまずく礼）をこばんだという情報も、かれがいだいてきた副島にたいする親しみを薄れさせた。

「台湾が中国のものであるからには、生蕃の行為について清国政府に責任をとるよう要求することは、正論には違いない。けれども、事は中国に朝貢しているほどの小国琉球をめぐってのことである。あわれみをかけたまえという願いなら聞きいれるかもしれないが、責任をとれと言われたら、中華の国の面子《めんつ》にかけて、どう答えるであろうか。いや、それより心配なのは、これをきっかけに清国が琉球に愛想づかしをしてしまうことになりはしまいか、ということだ……」

与那原親方良傑が、いちおう琉球藩庁へ手紙で報告はしたものの、無数のヤマトの人士にとりまかれて、ひとりで琉球人の悩みをかみしめているところへ、三司官浦添親方が大宜見親雲上《おおぎみぺーちん》を伴って上京して来た。用件は、清国人が漂流して来た場合の取り扱いについてのことだった。

「清国人以外の人間が漂流して来た場合は外務省出張所が取り扱うとおっしゃる。それはやむをえまい。少しいやだが譲りましょう。しかし、清国人の場合、それでは絶対に困る。清国で決められた手続きの手前もあるし、これだけはぜひ琉球藩庁で扱わせてもらわなければ……」

まだ事件がおこったわけではないが、琉球藩庁にしては、珍しく先を見こしての用心であった。

「こないだ長崎へ送ったオランダ人はどうなりましたか。日本政府へようすをうかがったことはありませんか」

「さあ。このごろは台湾問題ばかりが頭にいっぱいになっていますので……」

「問題の性質は同じですよ」

問題の性質は確かに同じであった。ただ、どれを火急と感じるかは、東京に住む者と琉球に住む者との違いだけであった。

とにかく、日本政府の偉いひとに会って事前に手を打とう、ということになった。明治六年七月二十六日の暑い日に、外務卿副島種臣は北京から帰朝した。が、かれはしばらく琉球藩の出張員などに会うひまはなかった。

かれは、台湾問題と朝鮮問題とで、多忙をきわめていた。かれはまず報告した。

「清国政府は琉球にたいしてきわめて冷淡である。小官が台湾事件の責任を問うたところ、台湾生蕃は蛮地蛮人であり、化外の民だと言う。台湾に関するかぎり、清国政府は、安政五年にイギリスとフランスが打狗《タークー》、基隆《キールン》を開港せしめたとき以来、文久元年にプロシャ船が探険に来て南部蕃社を砲撃しても、慶応三年にアメリカ軍艦が蕃人の虐殺事件に報復するため、やはり、南部蕃社を砲撃しても、いずれの場合もついに頬かむり。いいわけはいつでも化外の地、化外の民。この態度こそ中華の国の名に恥じるべし。かつまた、こんどの事件の場合、清国政府はみずから琉球への責任をも権利をも放棄したと見るべきだ。ここにおいて、わが帝国が琉球藩にたいする責任でもって、台湾を征伐すべき十分な理由がある」

威勢のよい論であった。この勢いに征韓論が便乗した。朝鮮討つべしの声が出てから一年になる。鎖国時代にさえ日本と交流を絶たなかった朝鮮だが、明治維新になって逆に日本を敬遠し始めた。副島外務卿は、明治五年に打開交渉を試みて失敗した。副島は、西郷隆盛、板垣退助らとともに、征韓論の主唱者となった。

「朝鮮と台湾と同時に討ってもよい」

と副島はいまや気勢をあげて、優柔不断な三条太政大臣を驚かした。

与那原と浦添がやきもきしているうちに、八月にはいると、閣議で征韓の案が突っ走るように通過した。直接提案者である西郷のほか、賛成した参議は、副島、板垣、それに江藤新平、後藤象二郎らである。

理論的な穏健派はみな外遊中であった。岩倉具視、大久保利通、木戸孝允――条約改正準備のため欧米を視察中のこれらの参議たちが、帰って来てどう言うか、少し不安なものを残しているが、多数意見はおよそ方向をさだめてしまって、副島はもう朝鮮征伐の夢を見るような気もちでいた。

副島の喜びは、それだけではない。北京から帰朝したとのうわさが伝わると、櫛の歯をひくように商人が出入りした。台湾征伐を見こして、その経営の利をねらうものであった。

朝鮮と台湾への夢に忙しい副島は、琉球藩邸詰与那原親方の会談申し込みをしばらくことわり続け、八月十一日にやっと許した。

与那原親方が訪れたのは、副島の私邸である。

広い客間の床の間に、藤田東湖「正気《せいき》の歌」の軸がかかり、副島は紫檀の茶袱台《ちゃぶだい》を前に端座して与那原を迎えた。

「東京藩邸詰の儀、ご苦労です。他の府県でもやっていることだから、しっかり頼みます。帰朝いらい多忙で、お会いできなくて失礼」

副島は、威厳を失わない程度に愛嬌を見せた。

「恐縮でございます」

与那原親方は、なるほど、〝好いひと〟らしい、と思いながら、

「最近、また二人、琉球から来ておりますが」

「あ。その件なら、部下から報告を受けました。浦添とかいったな」

「はい。今日は、急につごうが悪くなって、うかがえませんでしたが」

「いや、それはこっちが忙しかったので、会えなかったことだから。しかし……」

と副島は改まって、

「わたしは、ふしぎに思う。あれぐらいの用件は、あなたという連絡官がいれば、手紙で足りると思うが、わざわざとくに三司官が出向いて来るとは」

「そうでもありませぬ」

与那原は、すわと唾をのみこんで、

「漂流者の取り扱いぐらい、日本という大国では、小さなことのようにお考えになるかもしれませぬが、古来小さな島国のこと、右にも左にも言葉かたちをよく慎んで、事おだやかにとつとめてきた苦労をお察し願います。両属の体制というものは、政治の常道ではないかもしれませんけれども、琉球の場合は、運命と申しましょうか、なんともやむをえないことでございまして」

「それがね与那原さん。まあ聞きなさい。こないだわたしは清国政府と話してきた。そのとき琉球のことについても話しあったが、あなたがたの話とずいぶん違うようだね。わたしはまず、琉球人が台湾に漂着して生蕃に殺された事件をご存じか、と質問をかけてみた。すると、向こうは知らぬという。きわめて落ち着いた返事だったね。こちらが拍子ぬけがしたくらいだ。それからは、ながい話し合いのあいだに、こちらが琉球は独立国だと言っても、日本の所属だと言っても、どうでもいいような顔をして、反論をしなかったよ」

「ちょっと……」

与那原はあわてて、

「そのような清国の態度は、おそらくは、隣国としての日本国に遠慮されてのことであろうかと考えます。なぜかと申しますと、日本国はいま、非常にいい勢いで、たとえば芒種《ぼうしゅ》雨のあとの柳の芽が伸びるような勢いで、伸びていらっしゃるからです……」

「待ちなさい」

副島がさえぎって、

「日本が雨のあとの柳の芽のように伸びつつあるかどうかは別として、そのように遠慮するという事態からして、そもそも清国の衰えを示すものではないかな」

「あの、どうぞ、わたしの話をおしまいまで、聞いてください」

与那原親方は、扇子で顔を隠して汗をふいた。汗をふきながら、与那原は、この副島というひとは風流を解しないひとらしい、と考えた。「芒種雨のあとの柳の芽の伸びるように」とは、われながらうまいお世辞で、小野道風《おののとうふう》の故事をもつ日本人にはよく通じると思ったが、計算が狂ったらしい。とにかく、こんなに議論で苦労したのははじめてで、半分は日本語の練習のためだと思うからこそ、熱もこもるのだ……。

「清国が衰えているなどとおっしゃいますが、清国がいくら衰えても、琉球よりはるかに強いものでございます。日本には遠慮しても、かげでは琉球にどんなおとがめをたまわるかもしれませぬ」

このとき書生が来て、大阪のなんとかいう商人が訪ねて来ているが、と告げた。副島は、洋間に待たせておくように言いつけながら、与那原とはいいかげん話を打ち切りたいと考えた。しかし与那原は、その様子をさとりながら、話を切らなかった。

「いえ、これは決して日本への藩属をおことわりしたい意向からではございませぬ。ただ、なにしろ小国のことでございますから、ちょっとでも国体制度の変革がありましては、なにかと上下民心が動揺いたしますから、念のためにお願いするのでございます。このたび琉球藩となりましたことにつきましても、国元ではたいそう心配して騒ぎました。いまではもう、それが結果としてよかったものとわかって落ち着きましたが、なにしろもう、これ以上の変革は……」

また書生が来た。

「あの、お急ぎの用だとかですが、こちらさまのご用は……」

与那原への無礼を承知の上での催促であったが、副島はそれをとがめず、与那原へ、ものぐさに、

「ああ。国内政治はむろん藩王に一任するし、国体制度も変更するはずはありませんよ」

「え、ほんとですか」

与那原は扇子をとじた。

「それではあの、まことに恐縮ですが、そのことを文書に……」

「ああ。あすにでも文書でさしあげよう。今日は、客が来ているから、その他の話は

いずれ」

副島は起ちかけた。

「ああ。あの……」

「なにか……」

「いいえ。ちょっと、つかぬことをうかがいますが、あの軸は藤田東湖先生の」

「ほう、よくご存じで」

副島は、大いに気にいったように、笑顔をつくって、

「正気の歌。直筆だよ、東湖先生の」

「ああ。道理でりっぱなものでございます。これこそ日本精神の根本だと教えられたのでありますが、やはり、りっぱなものですなあ」

副島は笑いながら去った。与那原もいっしょに玄関まで出ながら、「柳の芽」の失敗を「正気の歌」でよく補いえたと満足した。

玄関を出ると、はいるとき気がつかなかった門のわきに、柳が一本あった。夏のさかりで、緑に生気がなかった。与那原親方は、ふるさとの芒種雨を思い出した。あの故山の平和になんのさわりもおこらないように、強く祈らないわけにいかなかった。

首里城外ハンタン山の櫨《はぜ》の葉があかく色づき、みどり色のままに熟れる九年母《くねんぼ》の酸

味がほどよい甘味をおびる時候に、宜野湾親方は、上京中の浦添親方から手紙を受けた。

それは、おもに副島外務卿から伊地知外務六等出仕を通じて琉球藩摂政三司官へあてた文書についての通知であった。

文書は、九月二十日付で、

「藩王閣下昨年特命を以て冊封を賜り永久之藩屏と仰せ出だされ候に付ては朝廷へ抗衡或は残暴の所業ありて庶民離散する等の事あるにあらざれば廃藩の御処置はもとよりこれ有るまじく候」

といったもので、これに浦添の解釈などがつけ加えられていた。

「朝廷へ抗衡或は残暴の所業などとは、われわれ琉球藩ではとうてい思い及ぶところではないし、つまりはこの文書によって、わが藩は末ながく安泰を保証されたようなものでしょう。このような副島卿の意向は、はじめ与那原親方が口約束をもらってきて、そのあと念のため文書をもらったものです。与那原親方は、のんきなようですが、ここではなかなかやっています。二人でいつも、藩王さまはじめみなさまのご機嫌はどのようなものか、と語りあっています……」

異郷で、だいじな用務をおびながら、故郷のひとたちの安否を気づかう気もちは、宜野湾にもよくわかることだった。この用務がとくに故山の安否にそのまま関係の深いときなど、遠い海の距離がもどかしい。故郷のひとたちもやはり、自分たちのなりゆきを心配してくれていると思うと、自分たちの運命をいわば日本政府にあずけてしまったような不安におそわれる。だから副島外務卿の一挙手一投足の変化に一喜一憂した自分たちであったが、浦添、与那原とても同じ気もちであるに違いない。だが、追って、

「……副島外務卿が、さる十月に政府をおやめになったことを、報告しなければなりません。われわれにとっては、なんとも突然のことでありますが、事のおこりはかなり古いことであるらしく、なんでも朝鮮を征伐するとかしないとかで、政府内にながいあいだもめていたのを、さる八月に征韓の議が定まったのですが、この九月から十月にかけて、外遊中だった岩倉具視、木戸孝允、大久保利通などという参議たちが御帰国になると、この方たちが世界の情勢はいま征韓を敢行すべきではないというので、定まった議をすっかり撤回したのです。これはなかなか難しい問題であったらしく、三条太政大臣はそのために病にたおれて政務を離れ、西郷隆盛、板垣退助、後藤象二郎、江藤新平、副島種臣などという参議たちは憤激して退官、それぞれの郷里へ引きあげられたもようです。

副島さんは、台湾征討にたいへんご熱心だったようすで、その副島さんが退官されれば、台湾征討などということもないはずで、御同慶にたえませんが、ただし、わた

くしどもはいま、ながくおつきあいした副島さんが去られたあと、改めて慣れない方におすがりして万般の事をはからなければならない、という不安をも感じております……」

宜野湾親方は、浦添親方からの手紙をもって、藩王へ伺候した。藩王は居間で、津波古親方を相手に語りあっていた。

「東京から書面がまいりましたから、ご覧を……」

「東京では、われわれの知らぬ多端な苦労もあろう」

尚泰は、いま自分をとりかこんでいる平安に、東京在番の労苦を察しようと努力しながら、ながい手紙を読み終えて、津波古親方へ回してから、

「宜野湾が行ったころと、よほどようすが変わっているように見えるか」

「なんと申しましても、副島さんが退官なさるほどの政変が、想像もつかぬことでございます」

「朝鮮を征伐することは世界の情勢から許すべきでないという、そのような世界の情勢というものを知りたい……」

そう言ってため息をもらすのを津波古親方がそっと見て、また手紙にもどる。

宜野湾は、一礼するように大きくうなずいて、

「ただ、朝鮮を征伐していけない世界情勢ならば、台湾をも征伐しないものと、見受

けられます。わが藩にとりましては、清国への体面がかろうじて保たれるわけでございます」

「それは、この上もないこと。ただ、そうなるとやはり……」

「は……？」

「難にあった漂流者たちが、浮かばれない仏となる。そのことがなんともいえず心苦しい」

「お察し申しあげます」

「その後、なんらかの手当てをしてやったであろうか、宜野湾」

「それが……」

宜野湾は、恐縮にたえぬように声をしぼって、

「いつもなら、お倉米の幾分かを割いて分け与え慰めるところでございますが、あい続く日照りから、饑饉にそなえなければなりませず、またヤマトへの上納も減税をたまわった上は、つとめて完納したいものと多少の無理をおしてはげんでおりますので、気の毒ながら難民救済までは……」

「そういえば、政府への貢租も納付するころか」

「いまごろ、大阪租税寮に、大阪相場による売り上げがそっくり納められているはずでございます」

「とぼしいなかでの諸官の苦心も、よくわかっている。ヤマト朝廷へ藩属になった上は、政府もよくならなければ、わたしの代の手落ちとなり、先王たちにも申しわけが立たない。諸君にも、よろしくはげましあうよう……」

「おぼしめし、ありがたく申し伝えます」

それをしおに退出する宜野湾は思いついたように津波古親方へ、

「のちほど、拙宅の茶室へお招き申しあげたいが」

と誘った。

「喜んで……」

津波古が応ずると、宜野湾はほっとしたような表情を見せて、出て行った。

その姿が見えなくなると、津波古は、つぶやくように言った。

「日本政府の動きのひとつひとつが、宜野湾親方の精神に、かすかに響いてくるようです」

尚泰は、ふしぎそうに津波古を見た。

「日本政府の動きが、宜野湾には影響する……。津波古にはしないのか」

わずかに、なじるような調子があった。

津波古は、それを外らすように手にあった浦添からの手紙を文机に返して、

「台湾征討は、かならずないものと、お考えになりますか」

と反問した。

尚泰が、答えずに津波古を見つめると、

「近着の日本新聞によりますと、外遊の参議たちがご帰国になったときの品川港は、たいへんなにぎわいを見せた、とあります。また、七月に副島外務卿が北京からお帰りになったときの新橋駅がやはりそのようなにぎわいであったとのこと……」

「ふむ」

「これらのひとたちの外遊の任務は条約改正です。徳川幕府が諸外国と結んだ条約が、このたびの使節たちの力で、どのていど日本に有利に改正されたか、まだつまびらかではありませんが、いずれにしても、維新になって早速条約改正に手をつけたお国がら、その使節を迎えるのに大騒ぎする国民の力、わたくしには眼に見えるような気がします……」

「その国が、世界情勢を見て朝鮮征伐をとりやめたというのだが……」

「その世界情勢については、わたくしもくわしくは知りませぬ。ただ、東洋といま最も関係の深いのがロシアとイギリス。ロシアは機をねらって中国の北部に進出しようとしており、イギリスはアヘン戦争をけしかけて中国を侵し、また印度をも属領にした、と聞いております。そのようにヨーロッパ諸国が東洋への進出を志していると き、日本が隣国と相争うようなことは、かえって漁夫の利を占められるようなことになる――と、このような考えもあるのではありますまいか」

「で、台湾征討はどうなるのだ。日本と清国との関係だが」

「当分は日本も静観いたしましょう。ただし、時いたれば必ず侵さずにおきますまい」

「そんなものだろうか……」

「副島外務卿が北京で拝跪《はいき》の礼をこばんだという話から、日本がいかに清国をあなっているかを推しはかるのでございます」

「まったく、礼を失した国がら人品に見える」

「それとも世界の国々がそういう勢いにおもむいているのかも知れませぬ。いや、きっとそうでございましょう。もとより、このようなことどもは、津波古ひとりの憶測にすぎませぬが、ただ、それくらいの覚悟をしておきませぬと、いちいち心をわずらわされて、くたびれるばかりです」

「わかった。……しかし、津波古は、なぜそのような見識を、余人に伝え教えようとしない？　たとえば宜野湾親方なども、それを知れば、どのように心安まることか」

「自信がありませぬ」

「その言いわけはかねてから聞いている。しかし、それではすまないはず」

津波古親方の、そのような臆病だけが気にいらない、と尚泰は思う。自分だけが見識を高くもっていて、他に及ぼすことのできない者の、もどかしさと孤独。宜野湾親方にも、あるていどそれがあるらしいが、津波古にはさらに輪をかけたようなところがある。

だが――

「そんな臆病なことばかり言っていては、このわたしはどうすればよい。お前たちは、世の無知な者どもから離れて暮らせば、それで生きてゆかれる。だが、わたしは、かれらとお前たちを、いっしょに一つの家のなかで率いて行かねばならぬ。わたしは、臣下や人民どもが無知だからと、放っておくわけにいかない……」

「恐縮に、存じます……」

津波古は落涙した。

「もうよい。泣くな。ところで津波古。いま思いついたのだが、東京在番は、そのうちにお願いして、お前と代わらせてもらうようにしようか」

「与那原親方と交替するのですか」

「与那原もよくやってくれている。しかし、これからの東京在番は鹿児島在番のようなものではないと思う。日本の政情、世界の情勢、いろいろと取りきわめた上で、わたしにくわしく教えてもらう必要がある。ここでは、津波古がいなくても、宜野湾はじめ三司官、それに喜舎場《きしゃば》など、衆知を集めれば、よろずの解決はつこうというものだ」

つとめて明るく、尚泰は津波古にはかったが、かれの胸のなかには、すでになんらかの予感がきざしているようすであった。

刻々と、地下水の移動のように音もなく変わりつつある琉球、それが、よく転ずるのか悪く転ずるのかわからない。ただ、いずれにしても、自分たちの応じかたしだいで自分たちの将来が幾分でもよくなるものと信じたい。漠然とした外国の動きに、小国琉球のみずからの力がどれほどの影響力をもつとも思えないが、まずは努力してみることが自分の務めだ。そのためには、耳を地面につけて熱心に地下水の動きを聞きさぐることが肝要——と考えるのだった。

津波古親方は手をつき、

「委細のお志、よく心得ましてございます……」

それから尚泰の居間をさがると、御側役の詰所をたずね、喜舎場《きしやば》親雲上《ぺーちん》朝賢《ちようけん》を呼び出した。

「そのうち、東京在番を仰せつけられるかもしれぬ」

「先生がですか」

喜舎場は、動じない落ち着きのなかに、軽い疑いを見せた。侍講が外地在番とは、ちょっと考えられなかった。

津波古は、てみじかに尚泰との話しあいのもようを伝え、

「上様に、よしない心配をおかけした」

と後悔の気もちを見せた。

「でも、やむをえないことでございましょう。喜舎場にはよくわかります」

「是非もない。だから、そなたに頼みたい、わたしはただ、上様の御代を全うせしめてさしあげたい。まれにみる明君、その御治世に曇りなからしめるのは、われわれのお勤めしだい――」

与那原殿内を伊地知貞馨が訪れた。

突然のことで家族は驚いたが、東京にいる与那原親方から手紙と菓子をことづかってきたものだということで、急に親しみがわき、ことに四男良朝は、よほど感激してしまって、そわそわした。

菓子は羊羹。手紙には、伊地知さまから自分のようすを聞き、いろいろご教示をいただくように、という父親らしく教訓めいたことに加えて、「十分おもてなしするように」と強調してあった。

良朝は、家族にもいちいちひきあわせ、母には馳走の準備を頼み、急いで亀川盛棟と大湾朝功を呼びに使いを出した。大湾はしごとに出て留守であったが、亀川盛棟は

すぐやってきた。

「亀川親方の孫です」

と良朝が紹介し、盛棟が、

「はじめてお目にかかります」

と丁重に礼をつくすと、伊地知は、盛棟のようすをじっと見つめて、しばらくたってから、

「似ているようで、似てないような」

と言った。

「は?」

二人の青年がいぶかしんで顔を見あわせると、

「ぼくは、亀川親方に一度会ったことがある。そのときの記憶を呼びおこしてみると、孫のきみは顔は似ているようだが、どうもひどく似ないところがあるように見える」

と言って、しきりに首をかしげた。

亀川盛棟が笑うことも怒ることもできないといった神妙な顔つきでわずかにうなだれた。相手の視線をさけるというふうであった。

「父は元気でしょうか」

良朝は話題を転じた。

「元気だ。肥っておられるよ」

「いろいろと、慣れないことがあるようで、ここではみなさんも心配してくださいますので」

良朝が自分で感心するほど、おとなびた調子が出た。

「それは慣れないこともいろいろある。しかし、少し慣れれば気楽な生活でもあるからね」

「毎日、評定所へ出ているのですか」

「評定所ね……」

伊地知は笑って、

「いまは評定所とは言わないが、日本政府でもついこないだまでそう言ったから、いいだろう……」

「はあ……」

「政府へ毎日うかがうことはないね。日ごろは、近所のひとたちと雑談をしたり、外歩きで見聞を広めたりしておられるようす。だが、一月からは外務省に毎日出仕することになるかもしれない」

「外務省へ毎日出仕ですか。それはどうしてです？」

良朝は、にわかに不安なものを感じてたずねた。

「なに、別にどうしてということではないがね。将来琉球藩が日本政府の行政とつながってくるのに備えて事務見習をしてもらおう、ということなのだ。藩邸にいても退屈だろうし、お父さまとしても、ちょうどいいだろう」

良朝は、ほっとして亀川盛棟をかえりみた。

「東京へ一度行ってみたいと思います」

盛棟が言った。

「そのうち行けるようになるさ。日本との関係は深くなったし、交通はいよいよひんぱんになるだろうし」

「東京は……」

良朝が言いかけて、伊地知がそのあとを待ったが、良朝は続けなかった。なにか聞きたいが、複雑すぎてうまくまとまらないふうであった。

「東京ではね……」

伊地知が平和な表情をつくって言った。

「土地の人は、言葉が非常にはやい。そして、きみたちが学んでいる日本語と少し違うこともある。きみたちが東京へ行ってみれば、また改めて日本人というものを広く知ることもできるだろうよ」

「そうですね」

亀川盛棟が、あいづちを打って、

「昨年御使節が上京されたとき、伊江王子にもそんなことがあったそうですよ……」

と語りだした。

ある日、散歩の好きな伊江王子が、御側役を連れて街へ出た。そして、そばやの暖簾をくぐった。そこが食べ物屋と知ってはいったのか、そこはわからない。ところが二人がはいったとたん、主人が威勢よく、

「いらっしゃいませ。ウドンにいたしましょうか、オソバにいたしましょうか」

伊江王子は、びっくりして御側役をかえりみた。そして、

「これは、わたしらを知っているようすだね、ああ、はずかしい……」

そして、扇子を開き面を隠して出てきた――。

「なるほど、なるほど……」

伊地知は、大声で愉快そうに笑った。

「伊江御殿《うどん》とその御側《おそば》がばれたというわけだね。これはよい話だ」

いかにも琉球に通じている自分を誇るという表情がはっきりして、いつものいかめしさがやわらぎ、良朝と盛棟はことさら親しみを感じた。

「そのような話は、これから日本が発展して、いろいろの国とつきあうようになれ

ば、ふんだんに出てくるぞ」

伊地知は、力をこめて言った。すると、にわかに二人の琉球人青年からとび離れて、日本政府の自信ある官吏になるのだった。

与那原良朝は、敏感に思いついて言った。

「台湾ご征討はあるのでしょうか」

「さあ、台湾征討は副島さんが退官されたら、当分どうなるかわからぬ。それより……」

伊地知は、台湾征討の件にはまったく触れたくないというようすで、ぶっきら棒に言いすてると、

「この家には、さきほど見たが珍しく日本の馬が二頭もいるんだね。どこから手に入れたね」

「父が最初に鹿児島在番に行きましたとき、日本語がうまいというので、御家老さまから一頭をいただいたのだそうです。あと一頭は、薩摩商人にでも頼んで買ったのだと思います」

「久しぶりで乗りこなしてみたいな」

「よかったら、郊外をお供しましょうか」

「ほう、きみも乗れるのか」

「下の道を北へ行きますと、平良《たいら》の馬追いというのがあって、よい調練場です」

「わたしもお供します」

亀川盛棟が乗り出した。

「うちのは琉球馬ですが」

夕飯までは間があるから腹こなしに、と笑いながら三人は馬にまたがって、儀保《ぎぼ》から末吉《すえよし》村をへて平良の馬場に出た。

秋が深く、空が見ていると胸がいたくなりそうなほど蒼かった。

平良村は首里の北端である。風をきって馬を走らせていると、おちこちに尾花がさかりで、遠く渡ってくる風にゆれるさまが、ますます馬上の元気をかりたてた。

「もう少し遠乗りがしてみたいな」

伊地知が言って、三人は馬場を出た。

北へ行くとほどなく浦添間切である。天気がよいので、野良には百姓がいつもより多く、しかもわりとのんびりしごとをしているように見えた。馬蹄の響きにふりかえり、馬上の伊地知のザンギリ頭と洋服を見ると、けげんな顔をして、少しおどおどしたようすも見えたが、伊地知のすぐあとから二人の見慣れた服装の士族青年が同行らしくついているのを見て、ただの遠乗りとさとるらしかった。

「御一新というのは大きな戦争だったそうですね」

与那原良朝が背後から大きな声で呼びかけた。

「ああ、そうだよ」

「伊地知さんもたたかったんですか」

「たたかったよ」

「馬に乗ってですか」

「ときにはね」

馬蹄の音をぬって叫びかえしながら伊地知は、与那原里之子がなにを考えているかを察した。おそらくこの琉球青年は、泰平をよそおうたいびつな孤島王国で、大戦争というものを、ただ想像して見ている。まさかに戦乱をのぞんでいるわけでもなかろうが、時代の動きを察知する頭に、その想像が浮かびあがってくるのだ……。

伊地知は楽しかった。ここらの景色には見覚えがある。昨年五月に、奈良原幸五郎と福崎助七を連れて民情視察にまわったさい帰りにたどったところだ。まっすぐ行けば経塚《きょうづか》、仲間《なかま》の村。西に沢岻《たくし》、内間《うちま》——そこへ折れる三叉路を過ぎ去ってから、伊地知はふと仲吉良春と会った場所を思い出した。

(行ってみよう……)

だが馬の首をかえした伊地知は急いで手綱をしめて馬を停めた。

いつのまにか与那原良朝と亀川盛棟とは伊地知貞馨よりはるかにあとになってい

た。馬扱いの技量の差か、それとも装備がくずれて直したか、とにかく、伊地知がひっかえして折れるつもりの三叉路までも届いてなかったのだ。

と、伊地知が馬の首をかえしたとき、与那原の前には、ひとりのやはり馬に乗った侍が立ちはだかっていた。沢岻のほうから来たらしい。伊地知は、並み足で少しもどって、かれらから二十間ほどのところで立ち停まり、じっと見た。

「与那原里之子。よい馬をもっているな」

見しらぬ侍の不遜な語調が、伊地知にもわかった。

「これは高村親雲上。よいお天気でございます。やはり遠乗りですか」

「そちらは亀川か」

「お久しゅうございます。ご機嫌うるわしく……」

良朝も盛棟も、相手が名うての無法者だと知っているから、迷惑だと思いながら、言葉だけをつとめていんぎんにつくろった。

「天気はよいが、それほどうるわしいご機嫌でもないぞ」

高村親雲上は、にこりともせず、

「こんな貧相な馬では、秋の野の遠乗りも風流にならぬ。与那原、その馬をおれに貸せ」

「馬をですか……」

良朝は思わず盛棟をかえりみるほどあわてて、

「それは困ります。馬はやはり自分のものの馴れというものがありますから」

「なに、おれがそのヤマト馬を乗りこなせないと言うのか。この高村親雲上が」

「いえ。そういうことではありませぬ。お宅の馬にわたしが乗りかえると、なれないから困るというので」

「おれの馬にしいて乗れとは言わぬ。しばらく休んでいてもよいと言っているのだ。まず、降りてみろ」

高村親雲上は、二、三歩寄ってきた。

良朝がひるんで、さきの方でこちらを見ている伊地知を見やった。伊地知は動かなかった。馬を交換したところで盗まれるというほどのこともなさそうだし、ある程度まではかかわりたくない。また、いざとなればどうにでも片付けうる——という、かれなりの優越感からくる落ち着きであった。

良朝は、しぶしぶ馬を降り、手綱を軽くもって高村親雲上を待った。

「これに乗ってもいいぞ」

高村親雲上は、良朝のにくらべるとかなり見劣りのする馬を降りて、歩んできた。

そのときだ。すぐわきのサトウキビ畑のかげから飛び出した者がいた。

「良朝。馬を借りるぞ！」

大湾朝功であった。背に負うた荷は幸いに軽いようであった。すばやく高村親雲上より一歩さきに良朝の手から手綱を取ると、器用に足があぶみにはまり、

「はいッ」

またがりながら馬は走り出したのである。あわてて飛びのく高村親雲上をしり目に、伊地知のそばをすりぬける瞬間、大湾は鋭い視線で伊地知をとらえた。

高村親雲上は、だしぬかれて一瞬間驚いたが、気をとりなおすと、

「おのれ。生意気な！」

自分の馬に飛び乗って、大湾のあとを追うた。

「あれは何者だ」

伊地知が、事態の意外な展開にさすがに驚いて、良朝に聞いた。

「いいがかりをつけてきた男が高村親雲上といって、高村按司の長男。身分をかさに着た名高い無法者です。わたしの馬に飛び乗って行ったのは、大湾朝功といってわたしの乳兄弟です」

「これも侍か」

「士族ですが、家計のために行商をやっています」

「それにしては、みごとな馬術……」

まったく良朝にしても、大湾があれほど馬を乗りこなすとは思わなかった。あれな

ら、馬はよし乗り手はよし、いかな高村親雲上でもおいそれとは追いつけまい。しかし……。

「あれで、どこへ行くのだ」

「それです。あのまま真ッすぐに行けば牧港《まきなと》へ飛び出すばかり。たぶん仲間で東へ折れて大回りすれば首里へもどりますから、そのつもりでしょうか。半刻もかかりますまいが」

「首里へはいったら、どうする……」

それが問題だ。いつまでも石だたみの多い街のなかを逃げまわっているわけにもいくまい。日ごろから高村親雲上のような無能な知行持ちに反感をいだいている大湾朝功として、奇抜ながらいかにも当然な挙動であるが、あとの始末を考えているのか。

「与那原。お邸へもどろう」

伊地知が思い切ったように、

「大湾の頭がよければ、お邸の厩《うまや》にいれるだろう。ぼくらがそれを待って、人馬もろとも受け取ればよい」

この予想は図にあたった。

良朝が伊地知とひとつの馬に乗って三人が邸へもどっていると、待つほどもなく大湾の馬がかけこんできたので、

「馬をつないで、大湾は座敷にあがっておれ」

伊地知の指図どおりに運んでいるうち、表で案内をこう声は高村親雲上である。

「ぼくが出よう」

伊地知が玄関へ出ると、高村親雲上はあわてた。見失った大湾が与那原殿内にはいったものと見当をつけたのはよいが、家内にはいま女子供だけしかいないと思ったのだ。

「なにか用か。主人は奥で休んでいるが」

伊地知は、式台から高村親雲上を見おろして言った。

高村親雲上は、日本語というものを、なんとか筋だけは聞きとれるとしても、はなはだ不調法である。眼をつりあげて、歯がみしているのだろう、漆黒のあご髯がゆれる。そのさまがおかしいので伊地知は笑おうとして、それをこらえていると、高村親雲上は、ますます腹をたてて、なにも言わずに馬をひいて門を出て行った。

伊地知は笑いながら座敷へもどってすわった。

「大湾というか。はじめての出会いだが、馬術といい度胸といい、おみごとなもの」

「恐縮に存じます」

大湾朝功は、ごく自然な日本語で返して、

「わたしは、伊地知さまを存じあげておりました。お話もうかがっております」

「ほう。ぼくはちっとも覚えがないが」

「無理もありません。お話し申しあげれば恥ずかしいことですが――」

　と、昨年春ごろ、浦添間切内間から辻の染屋小《すみやぐゎー》の座敷まであとをつけた話をすると、伊地知は、

「なるほど、視察するつもりが逆に視察されたか。むしろ頼もしいことだな」

　と屈託なく笑って、

「今日、じつは遠乗りであの若者のところへ寄ってみようかと思っていた。仲吉といったか。よい男だった」

「わたしも、親しみを覚えたほどでした」

「士族から百姓へくずれた者が、そのことによって誇りを傷つけられ、いじけているのか、あるいは自分の誇りをたもち続けているか、ぼくにとって興味のあることだったが、あの元気はその意味で頼もしかった」

　すると、大湾の眉が動いて、

「頼もしかったとおっしゃいますと？」

「つまり、ああいう抵抗のしかたは、侍の誇りが堅持されていないと難しいことだ」

「しかし、その誇りが、身分というものにこだわりすぎることであれば、困ったことでありましょうが？」

「それは勿論」

と事もなげに言ったが、ふと相手の言おうとしていることを察して、

「きみは、今日のしわざについての言いわけをしているのか」

「高村親雲上という男は、ほとんど無学文盲。しかし、按司部嫡男という身分をかさに着て……」

「それは聞いた。日本全体が、ついこないだまでそうだったのだ。それが、改められるようになったのが、こんどの御一新のいちばんめでたいところだろう……」

「ヤマトでは、身分の差というのは、もうないのですか？」

「五ヵ条の御誓文というのがある。新日本の五大綱領ともいうべきものだが、そのなかに、〝官武一途庶民ニ至ルマデ各ソノ志ヲ遂ゲ人心ヲシテ倦マザラシメンコトヲ要ス〟とある。身分のいかんにかかわらず、その志を遂げることができるという理想だ」

大湾は、その長兄が一番科挙《こう》を身分ひいきによって奪われたことを思い出していた。

「これが、そのまま身分制度の撤廃ということにはならないが、実質的に将来そうなっていく兆《きざし》だ」

「ああ……」

大湾は、正直に讃嘆の言葉を発しようとしてやめた。さすがに与那原と亀川にたいする遠慮があった。

「ただしかし……」

伊地知は、つけ加えるように、

「そのような新しい時代になれば、士族は失業する者が多い。それで戦争をおこしたがる者が出てくる。これも士族のひがみといえるだろうがね……」

「台湾ご征討もその類ではありませんか。士族の救済……」

与那原良朝が鋭く言うと、伊地知はさすがにわずかの狼狽を覚えたが、

「バカを言うではない。あれはあるとすれば、もっぱら琉球の仇討ち……」

と、いちおう恩をきせることを忘れずにおさえておいて、

「それより、いま言おうとしたのは、琉球がいずれは日本なみに法制を進化させることがあるとしても、高村のような連中の反動はかならず出ようということだ」

「ところで、高村親雲上は今日のことを捨てておくまいと思いますが」

良朝は、ようやく差し迫った問題に返ったという顔をした。

「なるほど……」

伊地知は腕を組んだ。

「何とか言ってきたら、知らせたまえ」

そうなったら問題を評定所へもちだして、為政者たちも徐々に教育してやろう、と伊地知は考えた。諸制度を日本なみに簡素化、近代化すべきことは、奈良原と来たときすでに言ったが、その精神が具体的に細かいところまで滲透するには、具体的な事件のきっかけが必要であるかもしれなかった。

（これが、そのきっかけにでもなれば、むしろ幸い……）

けれども、その後伊地知は高村親雲上からなんらの物言いがついたという知らせを受けなかった。

高村父子を知る者にとっては、ふしぎなことであった。

「さすがに、日本の役人が相手になると、こわいとみえるね」

与那原良朝は、十日ほどたったころ、大湾をわざわざ宅へ呼んで話した。事が自分からおこったものであるだけに、よほど気になるのだった。その口調には安堵が読み取れた。

「じつは来たのだよ……」

大湾は、落ち着いて答えた。

「なんだって？　いつ？」

「三日ぐらいあとだった。本家の兄に呼びつけられて、久しぶりに本家へ寄ってみたのだが……」

長兄大湾親雲上朝秋——一番科挙を身分のために他人へ奪われた気の弱い男は、意地ッ張りな弟のしわざのおかげで、高村御殿に呼びつけられてきたところであったが、恥と怒りを弟へぶつけた。

「与那原殿内の難をお前ごとき軽輩が買って出る必要が、どこにあったのだ」

「必要を考えてやったのではないのです。しかし、伊地知さんはわたしをほめてくれました」

「では、その日本のお役人に事をさばいてもらうとよかったのだ……」

大湾は、けっきょく長兄を説得することはできなかったが、そのまま折れもしなかった。かれは、当分耐えるだけしかないと考えた。

「なぜ知らせてくれなかったのだ。そうすれば……」

良朝は、聞き終えて憤懣《ふんまん》にたえぬもののように、庭に降りて父の丹精の鉢植えの蘭を平手でたたき切った。

「伊地知さんに知らせたら、いい気味ではあろうが、問題が琉球人どうしのことだからね」

大湾は、言ってから良朝が驚くのを見ぬふりで、蘭を見て、つぶやいた。

「東京はどんな所かなあ……」

## 外交だらけの国

明治七年一月にはいるとすぐ、与那原親方良傑は外務省編集課に出勤を命じられた。

「藩邸に閉じこもっていても退屈であろう。お勤めはからだのためにもよいことである。また、将来琉球が日本の一藩として制度を整備していく上で、事務見習をしておけば、なにかと役に立つこともあろうというもの」

外務省の達しは、そのようなことであった。

また、外務少輔《しょう》上野景範は、与那原が御用始めのあいさつにまかり出ると、愛想よく言った。

「気楽になさるがよい。政府はあなたを雇って手の補いにしようというのではない。配置も編集課。そこにはいろいろの文書、文献がある。むろん琉球関係のもあるから、その係りに任じよう。国家、国際政治、外交を勉強するようすがともなる。無理をせず、呑みこめるだけ呑みこんで、他日の参考にするとよい」

かんにんしてくれ、と内心思いながら、与那原は頭を下げた。

「近々のうちに、津波古親方と東京在番交替の予定——」

と最近首里政庁から手紙が届いたばかりである。「近々のうち」とは、一ヵ月か二ヵ月かしらぬが、それくらい見習ったとて、なにほどの成果があがるとも思われぬ。琉球関係の文書、文献といっても、自分の知っていることだけだろうし、こんな寒い季節には引きこもっていたい——そう思った。

浦添親方は旧年十二月に帰って行った。与那原はまた孤独にもどっていた。日本の国情は、十月に副島らが退官して以来、どうやら征韓論も立ち消えになり、台湾への恨みをこぼす者はまだいても、征伐の実行へ音頭をとる者はいないようであった。

退屈どころか、昨年一年中は、ひまなようでいて気疲れがかさなって暮れた。ようやく、本気で休む時期なのだ……。

が、そう思うのも胸のうちだけで、ついに毎朝、飯田橋の藩邸から出勤することになった。

出勤してみると、しごとはなるほど、言われた通りに楽であった。ほとんど本ばかり読んでいるようなものである。ただ、改めて弱ったのは、事務室の雰囲気であった。卓子と腰掛けの姿勢というものは、中国へ留学したさいの経験もあるから、すぐ慣れたけれども、同僚との交際でかなりまいった。

はじめは異様な眼でじろじろ見るばかりで口も聞かなかったのが、言葉が通じ始めると矢つぎばやにいろんな質問やら注文やら来るのであった。琉球の風俗習慣についての疑問には、根気よく説明してやれば納得してくれるからよいとしても、たとえば、

「あなたは、なぜ洋服をつけようとしないのだ」

「琉球も開化になろうと思うなら、あなたがまず断髪にならぬといかんではないか」

などという、冷やかし半分の注文には手をやいた。そのような注文に応じようものなら、一生涯故郷へ帰ることはできなくなるだろう。もうそろそろ帰藩命令も来るころだろうというのに。

——だが、そのような苦労とは比較にならない、最後の頭痛の種がすぐやってきた。

「岩倉卿が、数名の軍人に襲撃された!」

この報道に与那原親方が驚いたのは、勤務して二週間も経たころだったろうか。二日ほどのうちに判明したことは、数人というのが正確には九人で、場所は赤坂喰違、岩倉卿の退庁をねらったもの、襲撃の動機は岩倉の征韓阻止に憤激したから、などということであった。

むろん新聞でも読んだが、役所で同僚たちの話すことを聞くと、さらになまなまし

かった。最近警視庁が設置されたのは、このことあるを予想していたのだそうな、などと言う者も出てきて、与那原親方は、いよいよ救いがたいと思った。このときもかれは、つい一ヵ月前来た郷里からの手紙を思い出していた。それには、首里の平等所《ひらじょ》（警察、裁判所、刑務所）には、明治六年の一年間を通じて罪人の入牢がなかった、という喜びの知らせがあった。そのような平和な琉球とこの血なまぐさいヤマトとは、なんという違いであろうか。

しかし、それより驚いたのは、岩倉卿襲撃の理由が征韓論に端を発しているということであった。もうきれいに終わったと思った征韓論が、まだくすぶっている。こうなると、台湾征討もまたいつぶり返すかわからない――与那原はまた落ち着きを失い始めた。

さらに二、三日たって、

「民選議院設立の建白書が政府に提出された」

との情報が伝わって、また事務所がわいた。この民選議院というものがまた、与那原にはわかりにくいものであった。

「現下政権は帝室にもなく人民にもない。有司官僚の専制はその極に達している。よろしく天下の公議を集め、政府と人民と情実融通一体となって政治に当たるべきとき、民選議院の設立こそ急務」だということだった。これが、さきに政府を退いた参議たちの、西郷を除く四人と、ほかに新進の西洋帰りの指導者を加えて八名連署でなされたと聞いて、与那原はいろいろ考えた。はじめは、政権の縄張り争いかと思った。人民と政府を直結するという考えはまだ琉球にはないことだったので、とにかく自分のわからないところで、日本が揺れ続けていることだけを感じた。

藩邸にとじこもっていれば、新聞を読むことで一応の知識は得ても、こうして役所の空気からじかに伝わる感覚とは話にならない。外務省へ出勤するようになった与那原は、思わぬところから、不安と成長を同時に身につけていった。

副島らが退官したあとの政情が安定したと思ったのは、うかつだった。こうなってみると、世の中や国事というものは、どこでどう動いているかわからない、という実感がきた。

（さて、台湾問題はどうなのか……）

そのようなとき、かれは内務大丞松田道之《まつだみちゆき》を知ったのだった。

内務大丞松田道之は、内務卿大久保利通の使いで、外務省を訪ねて来た。

「琉球関係の外交資料を拝借したい」

応対した上野外務少輔へ申し出ると、上野はちょっと考えてから、

「琉球関係というと、いちおう琉球と米蘭仏三国との修好条約がおもなもので、それ

から、清国との台湾問題をめぐる……」

と言いさして思い出し、

「松田さん。大久保内務卿は台湾征討を改めて提案されるご所存か」

松田は笑って答えなかった。

資料は編集課でまとめて保存してあった。ただ、修好条約は正本一部ずつしかないので、写しをとって提供しようということになった。

与那原良傑が紹介され、かれは写本を命じられた。

「琉球藩邸詰、与那原良傑と申します。お見知りおきください」

内務卿からかぞえて、内務大輔、内務少輔、そのつぎにくる身分の者だと知っていて、与那原親方の儀礼はことさらに丁重をきわめたが、このときはまだ、一年後にたいへんな関係を結ぶはずの相手だとは、むろんつゆほども思わなかった。

松田道之の口髭が、ぴくりと動いた。かれは、与那原をしばらく見つめたあと、資料の目録に目を移した。

そして、そこにかれが見出したのは、中山世鑑　中山世譜　球陽　中山伝信録　新井白石・南島誌　……などという、見慣れない文献名であった。

「これらは？」

「あ。琉球が藩属になってからこのかた、鹿児島県その他に手配して集めた琉球関係の文献です。案外ありますね」

課長はなにげなく言ったが、このとき松田道之が与那原をまたふりかえって見た眼は鋭かった。

(あの風格でこれだけの文献をもつ南海の小国……)

かれの胸にこのときふしぎな情熱がわいて、これだけの文献を読破しようと決心した。

その松田が退出するのを、与那原親方が眼で追いながら、内心しきりにいぶかっていた。

(内務大丞が、なぜ琉球の修好条約を見たがるのだろう……)

かれの心に、また黒雲のような不安がわいてきた。

外務省が琉球の修好条約をにぎっている理由は、与那原親方には、もう十分に理解できていた。琉球は日本の一藩であり、外務省が管轄しているという事実がこの一年間に体内にしみこむほど認識されていたからである。ところが、昨年十一月に新設されたばかりの内務省が琉球とどういう関係をもっているのか、よくのみこめなかったのである。内務省は国内の諸般のことがらをつかさどるものだとは聞いていたが、琉球をそのなかに含めて考える気はさらになかった。「琉球は日本の版図《はんと》」ということについての与那原の解釈には限度があった。こういう琉球人の頭のなかに、名実ともに完全な日本人としての観念が植えつけられるには、まだ間が遠かった。……しかし、それは琉球人だけではない。ヤマト人の頭についても同様であった。

与那原親方良傑が、内務大丞松田道之を、深い関心のなかに、しかし解こうにもつかまえようのない疑問をもって見送った日に、松田は内務卿大久保利通の前に、十幾冊かの書物を積んでから、報告した。

「琉球と米蘭仏との修好条約は、写しをとってから届けてもらうことになっています」

「これだけの本が、みな外交資料か」

大久保は、ふに落ちないという顔で、積まれた本から一、二冊を拾いあげてみた。

「さあ。外交資料でないといえばない、あるといえばある、と思ってもって参りました」

「妙な言いかたをする。琉球は古来外交だらけの国であったということか」

「とにかく、琉球という国は変わっています。例の琉球藩の大名を見ました」

「国と言ったり藩と言ったりしない方がいいよ。そんなに変わっているか」

「百聞は一見にしかず。うかつな印象をお耳にいれることはひかえます。閣下もそのうち、ご覧になることと思いますから……。ただあれを見て、これだけの本を借りてくる気になりました」

「副島の北京外交の記録は？」

大久保は、話頭を転じた。

「ここにあります」

松田は、別の包みを開いて出しながら、

「閣下……」

「ん？」

「上野外務少輔が、閣下はいよいよ台湾征討を決意されたのか、と聞いていました」

「ふむ。何と答えた」

「適当にそらしておきました」

「貴公はどう思うのだ」

「内務卿が外交文書を見たいと言われれば、誰だって憶測をします」

「しかし、琉球は日本の一部だぞ。内務省として不必要な知識とはいえまい」

「それを思ってこれだけの文献をもってきたのです」

「こいつめ……」

大久保は笑って、

「世の中は油断がならぬ。しかし、まあいいだろう、世間にもその程度に話がわたっていて、ちょうどいいのかもしれぬ」

「しかし……」松田道之は、ひらきなおって、「世の中に話がゆきわたると申しましても、あれだけ征韓論に反対された大久保参議が、いまになって台湾征討を発議されるということは……」

「まったく忙しいね、松田君」

大久保は、うるさいというようにさえぎって、

「征韓論に反対した大久保が台湾征討の陣頭に立つかもしれぬ。内務大丞が偶然発心して、琉球の文献を読破するかもしれぬ。……世の人々は、まさか岩倉卿が斬り込みをかけられようとは思わなかったろう。あれはしかし、岩倉卿だけの身の上だと思ってはまちがいかもしれぬ。副島は、台湾征伐の野望くじけて、そのまま引っ込んでしまうだろうかね」

これだけを聞くと、松田はあと何も言うことはないとさとって退った。

この大久保のナゾは当たった。

副島の方はなんともなかった。岩倉のほかに襲撃を受けた者はなかった。だが、二月にはいって、はるか九州の佐賀で、退官した江藤新平が旧肥前藩士族に擁せられて県庁を襲撃した。

大久保内務卿は、ただちに軍隊を派遣して平定の処置をとったが、その日に松田に

言った。

「どうだ松田君。江藤は新政府の司法制度を確立した功労者だが、その江藤が皮肉にも謀反罪を犯した。日本はまだ革命の途中だ」

革命の精神は、国の腐敗を切り裂き除く力をもっているが、勢いあまって方向を誤ると、素肌に生疵を生ずることがある。

維新政府のわずかの計算狂いから、全国の不平士族の力が危険をはらんできた。征韓論はその第一のあらわれである。それが敗れると、岩倉卿の遭難となり、民選議院設立の運動となった。

「このさい、台湾征討の懸案を実行することだ。不平士族の不満のはけ口として」

大久保利通は、江藤新平の叛乱をいちはやく平定すると、閣議で提案した。かれはすでに、副島種臣の北京外交の記録を熟読し、台湾征討があまり国際関係をうるさくしないものだと、確信をもっていた。

「それには、わたしが反対する」

参議木戸孝允が対立した。政府内で、木戸は長州閥を代表し、大久保は薩摩閥を代表する両雄であると言われていた。

「世間の不穏は、政治学的には人民の意思が政治に反映しないということにあるのです。さきに民選議院設立の建議も出ているし、このさい議院憲法を発布することだ。

これで、民論の矛先をにぶらせることができるし、第一われわれが外遊して研究してきた体験も生きるということが尊い」

「わたしも外遊した者の一人だし、そのことはのぞましいと思う。しかし、今の世情は、そのような悠長な段取りを待ってはいられない。明日にもまた佐賀の乱のたぐいが……」

この怖れが理屈なしに衆議をひきずった。二月六日であった。

「政府はついに台湾征討を決議した！」

この報道が出たころ、琉球藩から津波古親方が与那原親方と在番を交代するために上京した。

与那原親方は、ほっとした。その喜びをさすがに隠しえず、津波古親方に言った。

「あなたがいまひと足おそかったら、わたしは気が狂ったかもしれません」

あれほどのんきな与那原親方がおおげさだと津波古は思ったが、笑わなかった。

「まったく、ご苦労のほどお察しします。これほど大きな国の変動に、おひとりでは、さぞもてあまされたことでしょう。お手紙をよこされるたびに、遠察しておりました」

「そうですか。拙い筆がどれだけ真実をつくしえたかわかりませんが……」

与那原は安堵を見せてはにかんだが、明らかに生気を取りもどしたように、

「銀座へご案内しましょう。江戸のころとは、たいへんな変わりかたですよ」

と誘った。

津波古は、維新の前に一度来たことがあるので、興味があった。

「御一新でずいぶん開けたそうです。だが、それも二年前大火ですっかり焼けたそうです。そのあと、政府の方針で銀座通りはすっかり煉瓦建てになりましてね。ことし中には、ほとんど完成するといっています」

与那原は、出かけながらはしゃいだ。

銀座へ出ると、二人は二頭立ての異人馬車に乗った。

広い道路には、ほかに人力車や、平民の乗る一頭立ての馬車や、三輪の不細工な木製自転車などがガラガラというやかましい音を立てて、さすがの津波古親方をしばらく沈黙させた。

「ごらんなさい、津波古親方。並樹をへだてて人間の通る道と車の通る道とが違います。人道、車道と呼んでいます。新橋から京橋まで十五間幅になったのです」

「なるほど、建物はみんな煉瓦建てだ。日本にはこんな建物はかつてなかったが」

「設計は外人に依頼したのだそうですよ」

「外人に設計を依頼した？」

津波古は、聞きかえしてみるほど驚いた。この一事だけで日本という国の開化ぶりがわかるような気がした。それにしても……

「大火のあとに、これだけの街をたちどころに造ってしまうというのは」

「建築資金のないものには、年賦償還の約束で政府から貸したそうです」

津波古親方の疑問に答えて説明しながら、与那原親方もしだいに改めて、感心し始めていた。

「たいへんな国力ですね」

「まったく。これでは、朝鮮や清国にたいして物おじしないのも道理だ」

津波古は、最近の清国をのぞいてきたい、と強い欲望がわいてきた。進貢使や新聞などでわずかに察するのだが、いま日本の首都をまのあたりに見ていると、すぐにも清国に行って、くらべてみて、琉球の将来をうらなってみたい衝動がおこった。

「与那原親方。降りて歩いてみましょう」

二丁目で二人は馬車を捨てた。と、津波古は眼を見はった。

「ほう。東京日日新聞社がある」

新築の煉瓦建てに、新調したらしい看板の「東京日日新聞」という文字を見て、津波古は知己にめぐりあった気がした。向う隣に、精錡水本舗という薬店があった。

「ここの新聞を、お宅の良朝や亀川盛棟も愛読していますよ」

言われて、与那原親方の顔に息子をほめられたような喜びの色があらわれた。

「みんな、津波古親方のおかげです」

「編集長にお会いしてみたいな。岸田吟香という見識ある方だ」

津波古は言って、二階の窓を見あげた。しかし、一面識もない者がのこのこ間口をくぐることは、さすがにはばかられた。そのうち日本政府に伺候したら、だれかに紹介してもらうことにしようと思いながら、そのまま行きすぎた。

そのとき、精錡水本舗の奥から二人の姿を見て、眼光を光らせた男があった。かれは、すばやく表通りに飛び出すと、二人を呼びとめた。

「琉球藩の方ではありませんか……」

二人は、ふりかえって、いぶかった。鼻から下をあごまで真ッ黒な髯で包み赤い帽子(これをトルコ帽というのだと、二人はあとで知ったのだが)と、毛織の西洋じゅばんと洋服袴をつけた無遠慮な男は、なに者か。なぜこちらの素性を知っているのか。

「驚かせて失礼しました。東京日日の岸田吟香という者です。この店がわたしの家ですから」

「ああ……」

声に出して、津波古親方の顔がほころんだ。一瞬前の警戒の色といまの天真な喜び

の表情と、なんという差であろう、と岸田はわずかに異国臭をかぎとりながら、

「お話し申しあげたいと、かねがね思っていました。よろしかったら、社までいかが」

と誘った。

津波古にとっては、もっけの幸いだった。

かれがいまさき見あげた二階に請じ入れられると、そこは編集室で、ざんぎり髪を額にたらして書生袴をつけた若い新聞記者が数人、出たりはいったりしていた。

「与那原さんと津波古さん。そうですね」

岸田は、ずばりと言い当てて、二人を驚かせた。

「新聞記者というものは、それぐらい眼や鼻がきかなければつとまりません」

岸田吟香は、得意そうに言ってから、

「津波古さんは、最近おみえになったのですね。そこでうかがいたいのですが、琉球が帝国の藩属になってからの政治はいかがでしょう」

「…………」

津波古は、用心した。

質問がはなはだ漠然としているので、答えにくかった。よくなったとか、悪くなったとか、ひと口で言うのは難しかった。貢租が軽くなったのは、よいことだ。だが、

御仮屋の免職などもある……。

「いかがです?」

岸田吟香編集長は性急に追及した。

「みんな、希望をもっています……」

とっさに、津波古親方は答えていた。琉球の人士の考え方は、微妙なことを抜きにして言えば、大体そう言ってよいと思われた。これなら当たりさわりのない答えでもあろう、とも考えた。

「ほんとですか」

「ほんとうです」

津波古親方は悠然と答えた。

「それは結構です」岸田はうなずいたが、内心はそれほど満足もしていない表情で、「じつは、このように離れていると、琉球現地のようすがよくわからなくてもどかしいのです。このごろ新聞は台湾問題でもちきりですが、実をいうと琉球側の考え方も参考にしながら書きたい。それが思うようにいかないということです」

「琉球側の考え方と言いますと、台湾征討についての考え方ですか……」

「ええ。直接に台湾征討がよいか悪いかという問題は、琉球のひとにはわからない、いろいろの事情もありますから、ともかくとして、要するに、日本政府を信頼できるかできないか、ということが、いちばん要《かなめ》なんですがね」

「はあ、それは……」

それが大変なことなのだ、と津波古親方は生唾をのんで、与那原親方と顔を見あわせた。

「与那原さんは昨今の新聞を見ておられて、およそのことはご存じでしょうが、政府はいま難しい立場に立っています。政府の立場をいちばん大きく代表しているのが大久保内務卿です。大久保さんはかねては木戸参議とともに征韓や征台に反対していたが、いまはようやく変わりつつある。内政、外交ともに大久保さんの考えを変えなければならない事態になっているのです。世には、これを大久保さんの変節とか、無定見だとか言うものもあるが……」

東京日日新聞は翌八年には政府から年間十五万円の補助をもらっている御用新聞だと競争紙に報道されるような立場にあった。が、台湾征討の頃までは記事に露骨にそれが出ることはなく、津波古親方もまだそこまで察しがついてはいない。競争紙との意見対立などということもはっきりは見えなかったから、いま岸田吟香が一心に我田引水の解説をすすめているのを聞いても、岸田がねらっているほどの効果はなかった。日本の政治、外交がひどくゆれている実感だけはなんとなくひしひしと迫ってきたが、大久保個人が変節だとか無定見だとかいう評価と琉球がわから見ての日本政府にたいする信頼感ということが、どのようにつながるのか、よくは理解できなかった。

「一概に言いますれば」津波古は言った。「政治の方針をいろいろに変えるということは、あまり感心できませぬ。琉球にとりましても不安でございます」

「その通りです。しかし、政治は生き物ですからね。国内の事情が変わる、外国の事情が変わる、とくに清国などという国はずるいから……」

「あの……」さえぎったのは与那原親方であった。「台湾征討は、あるのでしょうか」

「政府で決議をしたからあるのでしょう」

岸田はあきれたような顔をした。

「心苦しいことです」与那原は正直に暗い顔をなして長大息した。「清国には大恩がありますからね」

「なるほど」

岸田はうなずいたが、明らかに鼻白んでいた。

「岸田先生。わたしは先生の新聞を前から愛読しております」

津波古が、ようすを察して話頭《わとう》を転じた。

「ほう、琉球にも新聞が行きますか」

「外務省のひとに頼んで、送ってもらっています」

「それはそれは」

岸田のそれは、おつきあいという感じであった。このとき壁ごしに奥から、「岸田君」と声がかかった。岸田は腰を浮かして、

「社長です。ちょっと失礼。お待ち願えますか」

「いや、今日は失礼いたしましょう」

津波古親方が、いんぎんにことわった。

（社長は福地桜痴……）

津波古は、岸田に別れて階段を降りながら胸のなかでつぶやいた。この論客に会ってみたい気もしたが、今日はその機会でないと考えた。

そとは雪になっていた。

「寒いと思ったら、雪です。慣れないおからだ、風邪でも召されてはいけませぬ。今日は引きあげましょう」

与那原親方は屈託なく言って、馬車を拾った。

津波古親方は、言葉少なくなっていたが、藩邸に着いて、座敷で落ち着いて暖をとると、しばらくして言った。

「与那原親方が、ひとりで苦労されたことが、いまになってほんとうにわかる気がし

ます」

「は……」与那原は、いぶかって津波古の顔を見つめた。

「どういうわけです？」

「日本は、政府だけでなく、新聞までが台湾征討に向かって突進しているようです」

「そうかもしれませんね……」

それから、しばらく会話がとだえた。と、津波古ののどから、おしころしたような笑いがもれた。

「今日、思いがけない体験をしました。岸田吟香とか福地桜痴とかいう文筆家を、かねて文章だけで尊敬していたのですがね。じかに会って、その話を聞くと、なにか大きな間違いを犯していたような気がして……」

与那原は驚いた顔をしたが、そのうち頬をひきつらせて落涙した。

「わたしは、東京在番として上京したとたんに、副島さんの台湾征討論で驚かされました。それをこの半年来、大久保さんが善処してくれたと思って、感謝していましたのに、帰藩直前にこう裏切られては……」

「無理もありません」

津波古は、心から同情するようすで眼をうるませ、

「しょせんは、わたしたちのあずかり知らぬところで進められる日本の外交です。新

聞社も一般国民も、日本の立場の範囲内で琉球のことを考えてくれる、と見なければなりますまい」

「台湾征討は、わたしが帰藩のあとになるでしょう。津波古親方もこれから苦労なさいましょうがよろしくお願いいたします……」

与那原親方は、このさいただ頭を下げるほかなかった。

――その年、明治七年四月四日、政府は台湾蕃地事務局を置き、陸軍中将西郷従道を台湾事務都督に、参議大隈重信を長官に任命した。

西郷従道は、日進、孟春の諸艦をひきいて品川を出帆し、長崎に着いた。手勢三千六百五十八人に兄の隆盛が鹿児島から壮兵三百を送って加えた。米英船各一隻を雇いいれ、また外人顧問として、先年副島の参謀となるはずだったル・ジャンドルのほかに二人の米国軍人を雇うことになった。

物心両面の段取りは、すでに台湾を呑んでいた。

が、諸外国の外交筋は、大久保の思惑と違ってこの遠征に反対した。英国公使は英国船の雇用をことわり、スペイン公使も、米国公使も、こぞって侵略に抗議した。

大久保はあわてた。

が、西郷は政府の制止を聞かずに独断で遠征を敢行した。

この遠征軍に岸田吟香が従軍し「台湾通信」を東京日日に発表して、評判をかちとった。

「台湾征討軍は、輝かしい勝利をおさめつつある。日本政府は、すでに駈けだした駒の手綱をしめる術を知らない。こうなればただ、駒をつまずかせずにより大きな利権のある丘へ到達せしめるだけだ。その利権とはなにか。一方では台湾の属領化だといい、一方では琉球の統治権を確保することだといい、一方では日本の国際的自信の発見だという。これらが、すべて思惑どおり達成されるものかどうかわからない。よほど今後の情勢を見なければならない。

ただしかし、これら対外的問題をさしおいても、国内問題としての士族勢力の処理が時宜をえていたものとして、大久保内務卿の人気はあがった。大久保さんは、ちかごろゆったりしている。台湾問題については、早晩中国とのあいだに、なんらかの問題がおこるかも知れぬが、それも予想をつけた上で、悠々時節を待っているという形だ。

ところで大久保卿は、世論が台湾だけに目を向けてわあわあ言っているあいだに、いつの間にか琉球の立場に決着をつけてしまう気でいるらしい。いや、つける気というより、もう自分でついてしまった気でいるのだろう。琉球の管理を外務省から内務省へ移そうとしている。最近、伊地知さんが久しぶりで上京したのは、その件であるらしい。大久保さんというひとはよくよく目先の利く仁だという評判。琉球としても、この仁のやることに目をつけておく必要があると思われる……」

このような趣旨の手紙が、在京の津波古親方から琉球王府へ届いたのが、六月下旬、梅雨がようやくあけて、暑い夏が一気におしよせようという時候であった。

この消息を、与那原親方良傑はわりかた平静な気もちで聞いた。

かれには、このような情勢の推移というものが、かねてから予測がついていたような気がしたし、大久保内務卿の手のうちというのも津波古から指摘されるまでもなくわかっていたつもりである。

かれは、外務省編集課にいたころ、松田内務大丞が琉球関係の文献を借りに来たことを思い出した。そして、あの前後に岩倉卿が襲撃されたのだった、とも思い出した。やはりあのころから大久保さんは琉球のことを考えていたのだ、といま思う。

このような感想は、むろん津波古親方の手紙から結論を聞いてしまったあとに、意識の底からひっぱり出したものであるのかもしれなかった。それならば与那原は、「なるほど、事のなりゆきはそうだったのか」と、改めて眼を見はるべきであるのかも、しれなかった。

しかしかれは、平静をたもっていた。かれは、疲れていたのである。津波古親方には悪いが、このような国事からは、しばらく休ませてもらいたかった。

二月に帰郷していらい、良朝を連れて釣舟を浮かべ、亀川親方を相手に碁に興じ、訪れてくる若衆たちに北京官話や日本語を教えて、のんびり日を暮らした。

そして、四月に真鍋と亀川盛棟との結婚式をあげた。

あれからこの方、なんの波風もない。故郷はしずかであった。


しかし、与那原親方良傑の精神は、いつまで安定していられるものであったか。それに、故郷はほんとうにしずかであったのか。

——その日、与那原父子は、沖に釣舟を日中浮かべ、暮れがたになって、崎樋川《さきひがわ》に舟をつけ、泊村をへて首里へ帰ろうとしていた。

「すっかり日に灼けたな」

「日に灼けた分には釣れてないと、お母さまに笑われますね」

「そのかわり健康になるぞ」

などと笑いながら、泊高橋のそばを横切ろうとするときだった。

「与那原里之子。しばらくお待ちを」

泊高橋をいま渡り切ろうとする男が呼びとめた。二人が立ちどまると、若い男は小走りに走ってきて、無理に息をととのえながら、与那原親方のほうへまず、いんぎんに礼をつくした。

「お道行きのおじゃまをいたしまして、申しわけございません。浦添間切の仲吉と申します。里之子さまに、一言うかがいたいことがございますので、お許しを願いとうございます」

与那原親方は、ずい分はっきりした若者だと、少し不快な表情をしたが、つくすべき礼儀はつくしていると、思いなおして、うなずいた。

「久しぶりだな、仲吉。なんの用だ」

良朝は、もともと親しんでいる仲吉が父に気がねしているのをいたわるように言った。

「はい……」

仲吉は、なおも親方へ遠慮するような目つきをしたが思い切って言った。

「昨年の夏でしたか、里之子はわたしたちが取納蔵へ作物貢租を納めているところへお見えになって、近いうちに貢租が一段と少なくなるはずだとおっしゃいました」

「言ったよ……」

答えながら、良朝は、もはや相手がなにを言おうとしているかを察して、緊張した。

「それ以来、わたしたちは、そのありがたい御沙汰を、熱心に待ち続けておりました」

「…………」

「けれども、一向に貢租は減りませぬ。雑穀も砂糖も貢租の量が従前と変わりがありませぬ。浦添間切だけでもないようです。北谷《ちゃたん》、宜野湾の米の場合も同じだということでした……」

「…………」

「日本への貢租は、事実安くなったのでございましょうか」

「安くなった……」

良朝は、言い切ってはっとした。予期しなかった自分の裏切りのようなものに気がついたのである。

「やはり安くなったのでございますか。で、なぜわたしどもの分は安くならないのでございましょうか」

「それは……」

良朝はつまった。すると、

「痴れ者ッ。道なかで、そのような詮議だてなど……」

だしぬけに、与那原親方が仲吉良春へ向けた叱責であった。

仲吉良春は、一喝をくらってもさほど驚かなかった。与那原親方のほうを、ちょっと見たが、そんなことはあらかじめ予想がついていたような顔をして、一礼すると去って行った。

与那原良朝はあきれたが、しかたなくそのまま仲吉を見送った。

父と子は、それきりそのことを忘れたように首里の邸に帰ったが、座敷に落ち着くと、父は待っていたように言った。

「うかつに、百姓風情にお上への批判がましいことを言わしめるべきではない」

息子は、この叱言を覚悟していた。

「わたしはわたし個人への批判として受けとったのです」

「それにしても、大道で百姓風情に——見よいものではない」

「でも……」

良朝は、仲吉の抗議にひとつの釈明さえできなかったときの、みじめな気もちを思い出した。

「あの男は士族です。しかし、それとは別に、わたしには、あの男がわたしたちに礼を失すると知りながらも抗議しないではおれなかった気もちが十分わかるのです」

「もとはといえば、お前が軽率だったわけだ。貢租のことなど、政治のことは政庁でだけ話しておればよかったものを」

息子の言う理屈はわかるような気がする。だが、そのままにさしおいては、どうも具合が悪い。——と、この大名は身分の体面を考えるのだった。

「しかし、あのころ——昨年のいまごろ、日本政府から貢租を軽減してもらえるという見込みがはっきりついたとき、これは百姓たちに知らせておけば、百姓たちがきっと喜ぶし、ひいては政庁の努力に感謝することになる、と考えたのです」

父はだまった。その表情を見ていると、息子はわずかに自分の心がこの父から離れていることを感じた。

「なぜでしょう、お父さま。日本政府からはちゃんと約束どおり貢租を軽減してもらえたのに、評定所はなぜ間切間切からの上納を軽減しなかったのでしょう」

「それは、お前の方が取納座におつとめしていて、よく知っていたはずではないか」

「わたしもうかつでした。毎日毎日そのようなしごとをつとめていながら、評定所のそういう矛盾に気がつきませんでした」

「口をつつしまねばならぬ。評定所の矛盾云々と、わたしたちが言ってはならぬ」

「百姓も言ってはならぬ、わたしたちも言ってはならない、のですか」

「評定所の苦しい思慮分別の底が、軽輩にはわからぬというのだ」

与那原親方は、口調はしずかだが一気に押しつけておいて、縁先に出た。

夜空が晴れわたって、天の川が美しく流れていた。東京は両国の花火が美しいころだ、と思った。津波古親方はどうしているか。台湾征討やら内務省移管やら、「つまりわれわれが知らないかなたで遂行されている日本の外交」と津波古親方が言った言葉が思い出された。

貢租軽減のことは、良朝に聞いてはじめて知ったことだった。その真相がどういうものかは知らない。けれども、それは良朝の言うように考えるべき筋合いのものではあるまい、と与那原親方は考えた。かれは、事が日本政府と関係をもつ場合に、なかなか用心しなければならない、という考えを、このごろ抱くようになっていた。それは、かれがこの一年東京で勤務した経験からきたもので、良朝などに話しても、単純にわかってもらえそうもない、と思った。当分の間、政治や外交を静観するほかはない。できれば政治にかかわりたくはないが、そうもいくまいとすれば——というのが、与那原親方の心情であった。

「評定所の思慮分別……。それは、時勢の動きに責任をもたないという意味ですか」

「なに？ もう一度言ってみろ……」

大きな声だった。

良朝は驚いた。そのような父の怒りを見たことがなかった。よく見ると、父のひたいに青筋がたっていた。息子は父の心の疲れを見た。

翌日、与那原良朝は所帯《しゅうてー》方物《かたもの》奉行《ぶぎょう》所《しょ》吟味《ぎんみ》役《やく》の前にまかり出て、真相をたずねた。

そして、そこで知り得たものは、いよいよ測りがたい、時や人の動きであった。

「ひとつには備荒貯蓄。ふたつには、評定所内の少数意見だが、日本の恩典がいつまで続くかわからない、という理由で従来どおり徴収……」

吟味役の説明を聞いて、ばかばかしい、とはじめ良朝は思った。

「宜野湾親方は、これにたいしてどのようなご意見を」

「宜野湾親方は、むしろ諸間切からの貢租も軽減すべしと主張なさったが……」

「大勢に押されたのですか」

「とはいいながら、しかし、いまとなっては、そういう勢いが正しかったようでもある」

「なぜですか」

「台湾征討が予想されるからだ。これでまた、日琉間の関係がどうなるか怪しくなる。宜野湾親方は一向にかまわぬことだと言っておられるが、日本の国情はわからぬものだから、大勢を納得させるだけの道理をおもちあわせにならない……」

翌日、与那原良朝はさらに宜野湾親方を邸に訪れた。

「日本を信頼し切っては、やはりいけないのでしょうか」

短冊を手にしていた宜野湾は言った。

「台湾征討の実現で、日本と琉球との関係をあやぶむ者がいるけれども、わたしはそうは思わない。日本の台湾征討は、やはり琉球を同胞としてごらんになる親心から出たものと見たい。それに……」

「………」

良朝が待っていると、宜野湾は少しためらうように、

「清国は、日本から文句をつけられ、戦争を寄せられたからとて、それをもって琉球に恨みをまわすような、度量のない国ではないと思うし、またそこまで考えずとも、台湾は清国にとって化外の地だととなえた前例もあるし……」

宜野湾親方に自信の薄れていることが明らかに読みとれた。以前の宜野湾は、かなり独断的、予言的に、日本の優位とそれに信頼し切っていることの正しさを誇ってはばからなかった。しかし、いまの宜野湾は、ようやく日本をさしおいて清国に気がねしてみるようすを見せていた。気がねする必要はない、として強調するところがかえって気にしている胸のうちをかすかに開いて見せていた。

「こうなると、民百姓の生活の安定ということも、程遠いものだな」

この発見を打ち明ける相手として、良朝は亀川盛棟より大湾朝功を選んだ。仲吉良春をさがしまわるわけにもいかなかった。

「おれは、やはり軽率だった。仲吉良春にすまないと思っている……」

「そんなに、きみがひとりで責任を感じるいわれはないさ」

大湾は、商売の品物を整理する手を休めずに言った。

「あのころ、きみとしては、やはり善意だったのだ。ただ、きみの善意の届かないところで、政治が動いていた。たといきみが、その事情を知らなかったとしても、きみの責任ではない。それに、なにより、民百姓というものは、そんなことで裏切られたとも思うまいよ。それでもともとだという理屈も立つからね」

「知行持ちのためにはどうかわからないが、軽輩士分や百姓のためによい時代が来るような気がする、ときみはいつか言っていた。それは、確信のあるものではなかったのか」

「確信か……。あると言えばある。ないと言えばない。おれたち軽輩のもつ自信とは、そんなものだ。自分ひとりの、ささやかながら精一杯の実力で物事を観察し実行してゆく。成否のかかわりは、ほかのところにある」

言ったあとしずかに唇をとじる大湾朝功を見つめて、良朝の頭に、宜野湾親方、父の親方良傑、また東京に在番中の津波古親方などの姿がつぎつぎ浮かんできた。これらのひとたちの、見透しと迷いや用心、あるいはあきらめや自覚など、多彩な糸のあやとして自分の胸のなかで織りながら、与那原里之子良朝みずからの覚悟を創りあげなければならなかった。

西郷従道のひきいる台湾征討軍は、風土病などで苦労はしたけれども、戦闘はついに勝利をおさめ、現地軍のあいだでは、六月下旬に休戦講和が成立した。眼の前に広がった領土拡張の夢にほくそえんだ者も少なくはない。

けれども事はそう順調にはいかなかった。遠征軍が台湾に到着してまもなく、清国から抗議が出た。

「台湾は清国の領土だ。勝手な進駐は困る——」

身勝手といえば身勝手な抗議。しかし、日本の朝野はこれを逆手に利用した。

「清国にとって、ついに台湾は化外の地ではなかったのか。それならば占領するわけにはゆかぬ。が、そのかわり賠償は当然——」

日本帝国として、はじめて一人前に外国から賠償をとることになるはずで、明治四年と明治五年三月に、琉球と小田県の同胞が蕃地に漂流して大量殺戮されたという悲劇は、むしろ日本帝国を発展させる踏み石のようなものであった。

まず休戦の始末について福建都督に照会。責任ある回答がえられないので、柳原前光を全権公使として北京に駐在せしめて談判。しかし、清国の鷹揚なごまかし問答にらちがあかず、ついに太政官は、参議内務卿大久保利通を北京へ派遣する命令を出した。明治七年八月一日であった。

大久保全権が随員を伴って出発したあと日本の新聞は、あたかも事件とはこれだけだという顔で緊張した。

たとえば、九月一日に天津に到着したと報道したあと、九月九日、十日ごろ、北京に到着したのかどうかわからないといって騒いだ。そして、到着が明らかになったあと、清国政府との会談がなかなか予定できないとあせり、十四日にいよいよ総理衙《が》門で応接することになったとき、すでに新聞の緊張は頂点に達していた。

新聞の緊張といってもしかし、根はやはり国民感情の緊張であった。その緊張を終始しずかに見守っていた東京在番津波古親方は、十月三日の「新聞郵便報知」に注目すべき報道を見て、さてこそと嘆じた。

「山県《やまがた》陸軍卿諸将校へ内諭書」という見出しで、その内諭書全文が報道されていたが、それには大久保全権が派遣されたいきさつをくわしく述べたあと、

「兵権以て彼を制圧するに非ずんば、何を以て我帝国独立の大権を示さん……」

「我あえて和好を破るを欲せざるなり。故に、事態あるいは兵を接する必要なきが如しといえども、彼は現に兵衆を徴し器械を購い、日一日ときびしく戦備を整いつつあり。これ、その戦端をひらくの勢い旦夕に迫るというべし……」

などと、おだやかでない切迫感をあおっていた。

談判が始まって半月がたっていた。大久保全権も柳原の場合と同じく、清国がわの

根気強い逃げ口上に悩まされながら、なお必死に解決を迫り、しかもいよいよ国際外交の苦渋を味わっていた。日本人が官民あげて苛立つのも無理はなかった。しかし、陸軍卿山県有朋の言い分は、日本政府がもともと戦争を好み、兵に訴えて無理に帝国の威を海外に示そうと意図してきたことを、明らかに示していた。その粉飾された無礼が、たとい日本国民には予期どおり錯覚を与えて悲憤せしめたにしても、津波古親方にはその真意が冷静にくみとれた。

かれは、新聞を喜舎場朝賢あてに送り、喜舎場が藩王の御覧に供した。

「適当に対処するように――」

藩王は、言葉みじかに命じたきりであった。

新聞は摂政、三司官にまわされた。

「清国が戦争をしかけてくるわけはない」

摂政伊江王子が、みじんの疑いもはさまずに断言した。

「まったく――」

衆官は同感を示してうなずいた。かれらの観念のなかで、清国とはそういう国であった。

「ところで、……」

新任三司官池城《いけぐすく》親方の発言であった。かれは川平親方が病を理由に退官したあとを襲って、ほんの数日前に引き継いでいた。

「七月に出発した進貢船がもう北京に着く時分です。困難な立場を、うまくさばいてくれるとよいのですが」

これは、まったく新たに問題を発見したものといってよかった。

進貢使を見て清国や大久保卿らがどのような態度をとるか。琉球から幾万里をへだてた彼方への憂いであった。


「なに。琉球の進貢使が到来した?」

大久保全権は、思わず訊きかえすほど、驚いた。

十月十八日、交渉はちょうど最高潮というところで、大久保の辛苦も頂点に達していた。かれのいちばんの苦労は、北京駐在の外国使節たちが、みな清国がわに支援を与えて、大久保を圧迫したことであった。これは、台湾征討に踏み切るまでのかれの予測を完全に裏切るものであった。かれにはフランス人のギュスタフ・ボアソナードが法律顧問でついていたが、完全に孤立し、たびたび決裂、開戦の危機にひんしていた。

「このような苦労も、もとはといえば琉球のためにしているのだというのに、いまだに清国に朝貢するとは。……よし、会ってみよう」

進貢使は宮廷内にいた。清国政府を通じて対面を申し入れると、清国はこれをことわった。

清国朝廷は、明らかに満悦であった。この満悦の胸中は、大久保の憤懣《ふんまん》とまさに正反対のものであった。つまり、──進貢使たちは、到着するとただちに、清国朝廷に服従を誓う儀式を、伝来の習慣どおり取り行なって疑わなかった。かれらは黙々と、あるいはしらじらしく、日本を裏切っていた。それはいかにも清国への絶対の忠誠を示していた。

「遠路ご苦労。いかなる国難ありとも変わらぬ琉球の忠誠、うれしいかぎり──」

清国から珍しい表現でねぎらわれ、事情を聞いて、進貢使も驚いた。

琉球を出帆する前、台湾征討が実現したと聞いて評定所では騒いでいたが、それがはやこういう事態になっているとは、みじんも思い及ばぬことであった。とんだ鉢合わせというもので、

「どうしよう……」

進貢使たちは、とるべき態度について相談した。

「清国にいるのだから、清国がわにくみしたほうがよい」

「しかし、台湾征討は琉球のために日本が……」

「それは日本の言い分。それに、言いわけはのちほどに立つというもの。当面は清国

の世話になっている建て前を考えよう……」

こういう板ばさみと解決法は、幾百年来祖先たちがやってきたことを踏襲しただけだった。そこには、なんのやましさもなかった。ちょうど池城親方ら三司官が、進貢使の善処を期待しているのと、同じころであった。

またこの時分、東京では津波古親方が政府から、漂流者遺骨四十四頭を受け取るよう準備せよと命じられ、それを首里へ伝えた。

北京外交は十月三十一日付で、大久保の勝利に終わった。

「このたびの日本の行動は自国の国民を保護する上に正当なる方法であり、これを清国は不正と見なさない」

協定第一条はそう明言し、かつ清国は「殺害された日本国民」の家族の扶助料として十万両《テール》を支払う、とも契約された。

大久保利通は、このような「琉球への恩恵」を戦果としてたずさえ、かれに冷たい琉球使節をあとに残して、帰国の途についた。

明治七年十一月二十六日の朝、東京は冷たい雨が降りしぶいたが、街中軒なみに日章旗がかかげられた。

津波古親方は、その日章旗の渦のなかにいることを十分に意識しながら、新橋駅に出た。大久保全権の晴れの帰朝を迎えるのに東京市民が雨をいとわない歓喜のありさまは、街中にあふれていた。

「賠償金五十万両だといいますよ」

「まったくすごい。これでシナ人もこりたろう」

「おごれる者久しからずといいますからね。いつまで中華の国でもありますまいよ」

出迎えの人垣のなかで、そのような会話がいくつも聞かされた。

（おごれる者久しからず、か……）

まったく新興日本の国民が大きな声でとなえるにふさわしい言葉だ、と津波古親方は思った。大久保全権の北京外交はかなり苦戦であったらしいが、それでもついに清国が折れたということは、どういう事情によるものだろう。日本の言い分に理があるとしても、昔日の清国であり日本であったら、このような結末にはならなかったろう。やはり清国の衰えであり日本の興隆なのか。こういう現実は、琉球としてよく認識しなければならぬ。

（しかしまた……）

その日本が、いまようやく中国に代わっておごりの坂にのぼろうとしているのではないか。琉球が日本の興隆についていくにしても、そのおごりの態度とつきあうには、よほど腰を構えて向かわなければならぬ。それにしても、

（かつて歴史上一度も国際間におごったためしもなく実力もなかった琉球という国は、そもいかなるものであろう……）

津波古親方は、雨のなかに国運開発の英雄を迎える日本の首都で、遠い故国への愛着をもてあました。

（この国運開発も、元はといえば琉球の帰属の問題からだ。しかし、世間の心はもはや琉球への関心を離れている……）

汽車から馬車へ移る大久保全権の姿を遠望しながら津波古は、それもやむをえまい、と考えていた。

（大久保さんは、いまなにを考えているのだろう……）

かれは、大久保利通が、いま琉球問題どころではない大きな国政のなかに焦慮していることを知っていた。

大久保の発議した征台とともに、木戸孝允の提唱で議院憲法が五月に発布されたけれども、不穏の空気は去らず、板垣退助は自由民権運動をあおり、西郷隆盛は鹿児島で青少年に反政府の教育を始め、木戸孝允は政府を去った。全国の政界はこぞって政府の大久保専制をならし、新聞も多くは士族が主宰していたせいか、反政府の論調は官僚の耳を蔽わしめるほどであった。

このような情勢のなかで、もはや琉球のために何が行なわれよう、と思われた。管轄を内務省に移し終えたし、難民家族への救済金は、かつて津波古が日本政府から出させようとしたが、清国からせしめて、そのうち下付されるだろうし、当分琉球のことはあずかりになろう、というのが津波古親方の観測であった。

が、この観測は誤っていた。

「漂流民の遺骨どくろを受け取る準備をするように言ってありましたが、このほど琉球から返事が来たようで、自分らが台湾まで出かけてもち帰りたいから船をまわしてほしい、と言っているそうです」

松田大丞が報告すると、大久保は、

「のんきなことを言っている。西郷ももう帰るころだ。日本軍が引きあげたあとへ、のこのこ出かけて行って、また生蕃に食いつぶされるがいい」

と、まったく不興であった。

「では、凱旋軍がもち帰りましたら、当地で在番へでも引き渡すことにします」

松田はそう言ってひきさがろうとしたが、大久保はとめて、

「どくろの件、在番は感謝の意を表明したか」

「はい十分」

「なんと言った？」

「日本国なればこそ、このような恩恵を……と」

「それだけのことならば、琉球にとっては年始あいさつのたぐいだろう。それ以上にはなかったのか」

「津波古親方という仁は、ひとかどの碩学と見うけました。国際情勢について話しましたところ、のみこみがはやく……」

「なにか、いいことを言ったかね」

「大久保さまが北京まで出向かれたお気もちは、よくわかると」

「たわけたこと。いずれにも当たりさわりのないセリフだ、それは。で、松田大丞はそれにまどわされて引っこんだか」

「いいえ」

「なにか言ってやったか」

「それ以上のことには思い及ばぬか、と聞いてみました」

「で……？」

「よく考えてみると……」

「なに？」

大久保は聞きそこねたというように耳に手を当てて、

「よく考えてみろ、ときみが言ったのか、それとも、向こうが……」

「向こうが言ったのです。考えてみる、と。それっきりです」

大久保は床をならして椅子を起った。松田は坐ったまま、

「わたしは、それ以上を言いませんでした。藩王じきじきに上京の上、お礼言上をすべき……」

「それだ。話に聞くと、琉球は守礼の国と自負しているそうだが、それくらいもわきまえぬか。台湾征討という、これだけの恩義に藩王からの謝礼状一枚きりか」

「そのことを言ってやろうか、とも考えましたけれども、全権がどうお考えかわからぬと思いまして」

大久保は松田の顔を見た。端然と落ち着いた顔であった。

（それくらいのことも、おれが帰るのを待たねば言えぬのか……）

そう考えると、松田の落ち着きかたが、いかにものろまに見えたが、ふと思いなおした。松田の口のきき方には、よどみというものがない。あとをも先をも十分考えつくした上で勢いをみずから制しているもののようであった。それは、上司に礼をつくしているようでもあり、上司の心をすみずみまでほじくりつくしてみようと試みているようでもあった。

「北京で琉球の使節に行き逢うた……」

大久保は話題を少し転じた。松田は受けて、

「外務省から派遣された小牧昌業氏からも、外務省に報告が来ているそうです」

「どんな……？」

「琉球進貢とあれば琉球はなお支那の属国たるに似たり、事は不都合をきわめ候儀と嘆息の至りに堪えず候……」

「まったくだ、かれらの守礼とは中国への礼を守ることだけだ」

「歴史のしからしめるところ、止むをえないこととかとも思われます」

すると、大久保がわずかにけわしく、

「松田君。きみは、何のために琉球の学問をつんだのだ」

「は……」

「北海道、千島、樺太の国境問題はほぼ片付いた。ロシアもこれで当分は納得しよう。朝鮮が相変わらずかんばしくないが、そこを将来うまく納めるためにも、琉球の領土問題ははっきりさせておかねばならぬ。きみもよく心得ているだろう」

「心得ております」

「ただ、琉球はもともと外国ではないというのがわれわれの見解だ。歴史的な関係でかれらが誤った考えをもっているなら、それを正常にもどすための努力をわれわれはしなければならぬ。きみの琉球文献あさりはそのためのものだと、わたしは期待している」

「恐縮です。読んで考えるほどに、一筋縄ではいくまいと思われるのです」

「いっそのことに、思い切って藩を廃して県を置くか」

「諸外国の意向はいかがでしょう……」松田は続けた。

「時期を選ばないと、琉球には刺戟が強すぎましょう」

「ふむ」

大久保は考えこんだ。時期とはいつか。——かれの頭に、アメリカ、イギリス、フランス、等々の列強の意向と、北辺ロシアとの国境線の始末の現段階が、ひとつひとつ浮かんで計算にのり始めた。

窓の外をこがらしが渡って、戸を鳴らした。まもなく明治八年が明ける……

「清国の同治帝が崩じられたそうですね」

突然、松田が思いついたように言った。

「電信を、わたしもけさ見た」

大久保は憮然と答えた。

「琉球藩王は、帝国への謝恩には来ずとも、清国の新帝即位式には慶賀使節を派遣するかもしれませんね」

すると、大久保の額にみるみる青筋が立って、

「松田君。すぐ起案したまえ。時期を待つのみが策ではない。時期はみずから招かね

ばならぬ。なるほど、きみの言うとおり、いきなり藩王に上京しろと言ったのでは琉球の大人《たいじん》どもを動かすことはできまい。実質をもって段取り正しく会得せしめることだ。だから……」

大久保が案をねるのを、松田道之は紙と筆をかまえて待った。

# 巨塔と古井戸

明治七年の年の瀬もおしせまった十二月二十四日の朝、地震があって、尚泰はねざめを驚かされた。巷に被害の出るほどではなかったが、ちかごろとみに健康のおとえた尚泰は気にした。

「凶事の兆でなければよいが——」

が、しばらくは、なんということもなくすぎて、尚泰はようやく安堵した。かれにふたたびこの日を思いおこさしめたのは、およそ一ヵ月のちに、日本政府から津波古親方を通じて届けられた、ごく簡単な一通の命令書であった。

「御用これあり。三司官一名と与那原親方を至急上京せしめるよう——」

それだけの命令のほかに、なんの添え書きもなかった。

「どういう御用だろう……」

評定所は沸いた。台湾漂流者の遺骨と見舞金がもらえるものと喜んでいた矢先である。

念のために内務省出張所へうかがってみると、

「わたしにも上京命令が来た。ただし用件はわからぬ」

伊地知貞馨は、そう答えて、しぶい顔をした。琉球藩庁と同じく日本政府の蚊帳《かや》のそとに置かれた、という不満がわずかに胸にあった。

しかたなく、そのままを藩王に言上すると、

「津波古から、別に私信はないのか」

「ございませぬ」

「異なこと……」

尚泰は、それだけで不吉を感じるようになっていた。なにごとであれ、津波古親方の通信だけが、かれにとって無上の指針であった。

「ついに、地震はまさしい兆であったか……」

命令書の日付を見ると、明治七年十二月二十四日。奇しくも大地震のあった日と同じであった。

三司官一名に与那原親方を加えたということにも、なにか特別の意味があるものかどうか。たんに言葉が達者だからという、便宜的なものにすぎないのかどうか。――

こういう際には、すべてが疑いの種となった。

とにかく人選をととのえて出発するほかはなかった。

三司官池城《いけぐすく》親方、与那原親方、鎖之側《ざしのそば》幸地《こうち》親雲上《ぺーちん》、それに随員八名が、旧正あけの十一日、新暦二月十六日に出発した。

かれらは、行く先のことは皆目見当がつかないし、いまはただ、暇乞いをしてゆく藩王の健康を気づかった。

「心配はいらぬ」と尚泰は伺候した三人の使節に言った。

「譜久島《ふくしま》の話では、さわりがないと言っている。それより、わたしの健康については、津波古へはいたって元気だと伝えておきなさい」

三人は、退出すると侍医の渡嘉敷《とかしき》と譜久島を呼んで、藩王の健康について真実をただした。

「五臓に明らかな障りとてはございません。ただ、気のお疲れによるものか、貧血、頭痛をときどき……」

譜久島のそれだけの報告を聞いて、

「けっきょく、御心をわずらわし奉らぬよう、万全の外交をつくすことだ――」

とかれらは語りあったが、さて、その任務の目標がはなはだ漠然としているのは、いかにももどかしいことであった。

なかでも与那原親方は、憂鬱この上もなかった。

「もとはといえば、日本語が達者なばかりに、この苦労だ。才能がのろわしくもなるね」

良朝を相手に碁を打ちながらこぼすと、

「むしろ誇りになさいませ。お父さまにしかできないことで、せっかくのご奉公をするのですから」

良朝の言葉に何の曇りもよどみもないのを見て、父は少し驚いた。しかたがないから、

「それはそうだ。行くと決まれば、むしろ腹をすえてかからなければならない」

「そんなに日本政府が頼りなくなったのですか。一昨年いらっしゃったときは、あんなに晴ればれといらっしゃったのに」

言われて与那原良傑は思い出した。なるほど東京藩邸詰を仰せつかって上京したときは、ずいぶんと日本への認識をよくして行った。いま考えても、あの新しい認識が誤っていたとは思わないが、いつのまにか感情がひとひねりしてしまったのは否めない。

「伊地知さんが第一おかしい。あのとき、よほどわたしと肝胆相照らした。それが東京へ行ったら、ときどきおかしいのだ」

「しょせんヤマト人です。それくらいの線は引いておいてもいいでしょう」

良朝は、大湾朝功の口をまねて言った。それは、いかにも大人びた感じを父に与え

た。

「お前は、いつからそう思うようになったのだ」

「は？」

「八重山から帰ってきたときはずいぶんと日本を讃美していたものだが」

「それは、いまでも讃美していますよ。だからこそお父さまを安心して東京へお送りするのでしょう」

　ひとごとのような、軽い言いかたであった。

　与那原親方は、息子の言うことがわかるようなわからないような、妙な気がした。だが、ふしぎに心が安らぎ、それから何もかもよくわかり、うまくいくように思えてきた。

「とにかく元気を出して行ってくる——」

　ようやく晴れた表情で言うと、息子が逆にいたわるように、

「それがようございます。……それからお父さま。わたしは、お勤めを変わりたいのですが」

「どういうことかね」

「異国方あたりに移してもらってください」

「そういえば番代わりの時期ではあるが」

「取納座も、もう三年めですから、近いうちに異動があるでしょう。異国方へ行って勉強したいのです」

「異国方勤めだって、おいそれとロンドンまでは行けぬぞ」

父と子は、声をそろえて笑った。笑いながら、良朝の眼に薄く涙がにじんだのに、父は気がつかなかった。


使節たちが発った翌日、亀川親方盛武の老軀が、藩王居間のこがね御殿にあらわれた。

「日本政府の御用向きが見当つきかねるとのことです。もしもの事があっては一大事。上下あげて嶽々の拝所に御願を捧げしめるがよろしゅうございましょう」

尚泰は老人の誠実な短慮に微笑をもらして、

「それは大げさだ。日本政府がめったに琉球の不為になさるとは考えられない」

「とは限りますまい。日本という国は油断がなりませぬ。このたびの御使節たちも、無事安泰でお務めを果たして来られるよう、祈らねばなりませぬ」

なるほど、と尚泰は考えなおした。使節たちの無事安泰という問題になると、やはり一応考えてみなければならなかった。亀川の言う「無事安泰」という言葉は、ヤマトの人あたりから危害を加えられることなどを予想しているらしく、尚泰はそれほどまでには思わないが、十二分に安全を保証するだけの自信はなかった。薩摩侵入のあと尚寧王について薩摩へ渡った謝名親方が、降服調印を肯じなかったために殺害された歴史は、なにかにつけて思念にのぼってくる、息苦しいような記録であった。こんどの場合、まさかそのようなことがあろうとは思われない。だが、亀川のような家臣が大勢いることは、容易に予想されることであった。それらの諸臣を安心させることもまた王者の道であった。

「三司官に令しよう」

尚泰はうなずいた。

二月十六日に使節たちを東京へ旅立たせたあと、ただちに評定所から布令が出て、嶽々沖縄中の拝所には祈願者がふえた。地方にくだると、その地方の公儀の役目たちだけであったが、首里、那覇の近郊では、士族がほとんど総出でにぎわった。寒い日が続いたが、園比屋武《そのひやん》、末吉《すえよし》、弁《べん》のお嶽《たけ》などに、十日間ほども人出がたえず、石の上に線香が黒山をきずいて、奇観であった。

(これだけの人が祈願に出たところで、おそらく事柄の意味を知る者はいくらもいまい……)

宜野湾親方朝保は、園比屋武御嶽の前であたりの人の群れを見まわした。ひとびとは拝所を前にうずくまり、たんねんに手をあわせ、あるいは掌《たなごころ》をこすりまわし、なかにはなにやら口のなかで唱えているが、それはいかにも「つきあっている」という顔どもであった。かれらが布令に接して心配している心情に嘘はないかもしれないが、その心配の質が問題なのであった。大多数の人士は、藩王が「心配だから」と布令したから心配している、というかたちであった。いまは心配すべき時なのだ、と思ってつきあっているらしかった。日本や中国、あるいは台湾がどうなっているのか、あるいは身近なひとたちの問題である台湾遭難者の遺骨がどうなっているかにさえ、ほとんど関心のない顔であった。

(ほんとは、わたしはそのようなことについての蒙を啓いてやらねばならないのだが……)

そう心に言いきかせながら、下僕のさしかけている傘を出た。小雨が降りやんでいた。

「宜野湾親方……」

いきなり背後から呼ばれて、じつは少しどきりとした。考えていることを聞かれたような、少しばかりのうしろめたさだった。

「これは、翁長《おなが》親方。あなたも……。ご精が出ます」

宜野湾はさりげなく、あいさつを返した。

「日本政府も苦労させますな。さきほど名護《なご》按司も見えて、さかんにこぼしておられた」

「そうですか」

「悪い時代になったものです。亀川親方も、ほれ、いまハンタン山をヨイヨイ降りて行かれる。いまさきそこで宜野湾親方がどうのこうのと、愚痴っておられたが」

「わたしのことを？」

「なに。例のよしない無駄口です。気になさるにも及びますまい。とにかく、いちばんお気の毒なのは上様。ご使節たちも、この上、上様を悩ませ奉ることをせぬよう、務めてくださらねば」

きれいにつくろった言葉だが、宜野湾はとげを感じた。

上様を悩ませるのは、おそらく日本政府でも使節たちでもなく、じつはこういう人士であるに違いないのだ。亀川親方が藩王にすすめて世をあげての祈願となったようだが、これこそ必要以上に世の心を乱すもので、宜野湾一個になにがしかの気分的な風当たりがあるのはいとわぬが、こうした世の迷妄こそ困ったもの……。

宜野湾親方は考えながら、場所のあくのを待って、たたずんでいた。

空はまだ晴れない——

内務卿大久保利通は、まだ少し半信半疑であった。

かれの前には、新聞が二枚置かれている。一枚は旧年十二月十五日の北京通報、もう一枚は一昨年の十一月六日付上海ワールド・ヘラルドで、片方は漢文、片方は英字紙であるが、資料係が訳文をつけてあった。

十二月十五日付。北京通報には、琉球から進貢使が届いたと、事務的に報道してあった。

「十二月十五日といえば、清国政府が自ら〝琉球は日本の属国なり〟と公式文書を認めて、まだ半月にしかならぬ。それをよくもぬけぬけと……」

しかし、その人を食った記事には怒りを発したが、なんとも切ない気さえするのは、ワールド・ヘラルドの方だった。

「福州総督は最近北京朝廷へ報告書を出したが、それによれば、さきに琉球国から進貢のため来訪した使臣一行はすでに任を果たして福州を出発琉球へ向かったが、このたびは朝廷におかれて特に〝かくのごとく外藩の遠国から来貢することは奇特なこと〟との思し召しがあったので、福州税関においては、琉球使臣の貨物にたいする税金三百有余両を、相当多額なるにかかわらずとくに免税したところ、使臣たちは帰国の際地方官や税関などを訪問、あつく敬意感謝の意を表して帰った、ということである」

読みかえすほどに、中国と琉球との伝統的な交情のこまやかさがほうふつと眼に浮かんでくるのである。

「日本政府だって、これくらいの免税は、わけはない。しかし……」

歯ぎしりする思いで、眼の前に腰かけている松田道之に、

「われわれが免税してやったところで松田君……。きみには日本が中国ほど琉球から感謝を受けるという自信があるか」

「感謝なら、いくらでもする国です」

「するかも知れない、形だけは。だが、同じ日本人として……」

「得心のゆかれぬお気もちはよくわかります。けれども、それを疑うべき時期はもうすぎたのではないでしょうか。琉球藩の使節は、今日あすのうちにも出発するはずで」

「だから、よけいに気になるのだ。いいか松田君。琉球から使節がここへ来るのだ。それからわれわれが、閣議へ提出し承認をえた通りの話し合いを始めるよ。いろいろの事項があるけれども、みんな琉球の将来にとってありがたいことばかりだ。むろん、日本政府として、国家の保全統一上なさねばならぬことであるにしても、琉球にとって、とにもかくにもよく考えれば、ありがたいことに違いないのだ」

「まったくです」

松田は、大久保の言いかたが少しくどいと思いながら、あいづちを打った。

「しかし、こういう琉球人たちが、はたしてありがたく思ってくれるだろうか」

「思わせなければならないでしょう。伝統ある清国との交情を絶って日本へ切り換えさせようというのですから、よほど熱意と技術のいることです」

「熱意と技術と、ね」

大久保は、葉巻きをとって火をつけた。少し湿っているのか、つきが悪いのを無理しながら、眼を細めて、

「あるいは、そのへんのところが正論かもしれない。が、問題はまださきにある。かりに、われわれの熱意と技術とをもって琉球藩を納得させたとしても、諸外国の理解をどうするかだ。当事者である清国のほうは何とか片が付くとしても、ほかの……」

大久保は、言いよどんで英国製葉巻きをふくんだ。吐いた煙が、ゆるい速度で二人の頭上いっぱいを蔽うた。大久保の頭のなかに、北京での列強の外交圧迫の情況がよみがえった。

「ご懸念のほどは、よくわかります」

松田は、言った。

「しかし、問題は必要なことをなすべきにあります」

「それもわかる」

大久保は、しずかに言った。そして、机をまわって歩き始めると、松田がかすかに笑いをもらした。

「閣下、反対になりました」

「反対？　なにが……？」

大久保が、松田に背を向けていた姿勢をひるがえすと、

「先だっては、閣下がその必要を強調されて、わたしがそれをためらう気味でした。それがいまは逆に……」

「そうか、なるほど」

大久保はにわかに唇をふるわせて笑った。それから、

「どうも、わたしは琉球とのつきあいは苦手らしい。鹿児島出身だもんで、先祖のやってきたことが暗々に気になるのかもしれぬ」

「それを気にやまれることはないと思います。わたしは鳥取県の出身。それが、ときには閣下とまったく同じ事で引っかかります。しょせんは、同じ日本人だということでしょう」

「歴史は恐ろしい。われわれと琉球人とが、そんなに遠いのだろうか」

「伊地知君が言っています。琉球出張所に勤務して二年、その間琉球人と自分たちの間柄について割り切れないものが、いつでもなにか溜まっている。二年このかた変わ

りなく」

「琉球人とあれだけつき合っている伊地知がそうだとすると、われわれがこうなのも無理はない」

「口幅ったいようですが、そう真剣に思いめぐらされるお気もちを大切にあそばされることだと思います」

「つまり、熱意と技術か」

「芸もないようですが」

「いや、案外芸のあることかもしれぬ。少し気もちがすっきりしてきたようだ。伊地知君は着いたのだね」

「けさ、ごあいさつに参上しましたがお留守で。さきほど、そのことから申しあげるはずでした」

「すると、琉球使節はいつ着くのか」

「伊地知君が那覇を発つまで、まだ出発予定が決定しなかったそうですが、たぶん旧正月は一応家族とすごしてから、ただちに発つのではないかと」

「予定のたてかたが、真剣誠実でかつ抜けてるという感じだね」

大久保利通は誇りの高い男であった。まず、帝国日本の近代的政治家であるとの自負が、いつでも前に出た。征韓論に反対したのも、北京に乗り込んで行ったのも、それである。だが、いかなる場合にでも他に劣るのを好まなかった。劣るように表面的な印象を与えることすら好まなかった。持論をひるがえして台湾征討を強行したときは、さすがに朝野の批判が気になって、北京外交は是非にも負けられない、という感情があった。これは、国家政治のたてまえだけでなく、かれ個人の面子にもかかわっていた。だから、北京で琉球の進貢使に出会わしたときのかれの感情がどのようなものであったか、知る人ぞ知るというところであった。

琉球を相手のしごとは、かれ自身も告白する通り、まったく苦手である。それはしかし、かれが言うところの「鹿児島出身だから」という、うしろめたさだけではない。かれの近代的政治感覚が琉球にだけは全然通じないようす、おかげで愚かなのはどちらかわからないようす——それがたまらないのである。〝合理的〟ということだけで納得させることのできない相手は、たとえば清国でもややそれに近いが、これは戦争で片を付けようと思えばできる。けれども、まさか琉球に戦争をしむけるわけにはいかない。

琉球をも諸外国をも合理的に理解せしめる、しかもそれをできるだけ速かに。——ということを考えた大久保は、数日後、法律顧問ボアソナード氏に諮問を発した。

1　日本が琉球に権力を拡張することが適法であるかどうか？

2　琉球の現状に大きな変化を与えずに日本の権力を広げる方法は？
3　琉球が従来とってきた清国との関係をどうするか？
「これまでのわたしなら、わかり切ったこととして片付けていたはずの事項ばかりだが……」

諮問案ができると、松田に見せて自嘲めいた調子でそう言った。

「結構なことだと存じます。必然の行為といえども国家の大事。念入りに準備しておかれるにこしたことはありません」

「伊地知君があいさつに来たから、それとなく意向をたたいてみた。しかし、いけないね。世界情勢を話してやって、恩に着せること、とそれだけしか言わない」

「やはり、熱意と技術ですか」

「ということになる……」

その晩、松田道之は伊地知貞馨を料理屋へ招いて、労をねぎらったあと、大久保との話し合いのようすを告げた。

「なかなか、よい知恵も出ないものだね」

「お察しします。内務卿にも申しあげたことですが、世間なみの知恵でつきあえる相手ではありません。押せば引く。引けば押す。知恵より根気ですね」

「大久保さんの北京外交のさい、中国がわがそうだったらしい。やはり中国式になるのかね」

「島国で大陸的な気質をもっているというのが、わたしにもよくわからないのですが、じっさい、単純なようでなかなか複雑ですよ」

「ふむ……」

「しかし大丞。このたびの上京命令は一体どういう御用ですか。わたしも何も聞いていませんが」

伊地知は、わずかに不満な口ぶりを出した。

「なるほど、お膝元の出張所長が知らないというのは気の毒だが、まあそのことは明日にしよう。秘密事項だからこんな場所ではまずい」

松田は、とりまいている女たちをかえりみて言った。

「まあしかし、抽象的ながら簡単に言ってみるとね。実質的にわが版図としての条件を備えしめるため、きみのいわゆる恩恵をたまわる。それから細かい部分的なところを、個々に日本化していく。当分、名目はどうでもいいとしてだ……」

「なるほど。具体的にはよくわかりませんが、実質的にというところが気にいりました。昨年、外務省への復命書にも書いたと思いますが、琉球人は名目と実質をはっきり分けます。これまで日中両属の体制を続けてきて、何の不自然をも感じてないのは、その思想だと思います。それを逆用するのは、よい手です」

わが意をえたりというように銚子をとりあげた伊地知の手が、宙でとまった。ふすまが開いて、見知らぬ客が闖入《ちんにゅう》してきたのである。

「内務大丞、松田閣下ですね」

はいってきた男は言って笑った。紙と矢立てをもっている。ひとめで新聞記者と知れた。

「だれだ君は？　失敬じゃないか」

松田が色をなした。

「失敬はいずれのおわびとして、政府はこんど琉球藩を懲戒処分するために、琉球藩から人を召されるそうですね」

「誰がそんなことを言った。そんなことはない」

「大久保卿が北京で琉球の進貢使に会って腹を立てたからだといいます。一体、どんな処分をなさるんです？　その条件を……」

男は筆をかまえた。

「帰りたまえ！」

「人を召されたことは事実ですか。いつ来る見込みです？」

伊地知が起って、男のえり首をとらえた。

「出たまえ」

しずかな命令であった。

「きみも、もとは侍だろうが、役人と新聞記者が喧嘩をするのはみっともない」

手の出ないうちに退れ、という意味であった。凄味がきいた。

新聞記者が去ると、伊地知は、

「いまの男の話はほんとですか」

と松田をにらんだ。

「ぼくを信じたまえ、伊地知君。絶対に懲戒ではない。ぼくらは、国策遂行のために国内の誤解とも戦わねばならぬ。とくに新聞は単に政府攻撃のために反対をするから」

「わかりました。では、いまひとつうかがわせてください。わが国の版図なら、当然県を置いてしかるべきだと思いますが」

「時の問題だな。必要と可能性を見なければならぬ」

「失礼しました。ご賢明な策と存じます」

水がはいって白けたから、松田と伊地知は、ながく坐っている気がしなくなった。で、いくらも語りあわないうちに別れたが、伊地知貞馨に圧倒された感じであった。ふしぎに強く印象に残る晩であった。一口にいえば、伊地知貞馨は松田道之にとっては、ふしぎに強く印象
翌日、内務省へ出勤すると、伊地知貞馨がやってきて、昨夜約束したことをうかが

いにきた、と言った。

松田は、机のなかから、旧年十二月十五日に内務卿から政府に建議した長文の文書を出して見せた。

伊地知は、熱心な眼つきでそれを読みくだした。それから、言った。

「わかりました。ご成功を祈ります」

松田は笑った。

「ひとごとみたいに言うな。どう思う？」

「私なりの意見がないこともございません」

「いいよ、遠慮なく」

「政府の仁慈とお心づかいが全篇ににじみ出て、琉球藩といえどもこれには感じましょう。台湾遭難者の遺族に米を支給する。また海難予防のため汽船を下賜する等、きっと感激いたしましょう。刑法教育等の制度改革も、わが国ならではの美挙と存じます。ただ、その他の条項が気になります」

「なるほど……」

「いきなり藩王に謝恩のため上京させるのは突飛だから、まず藩の高官を上京せしめて説得する、というのは、大丞がお考えになったのでありますか。それとも内務卿手ずから……？」

「内務卿手ずからの起案にかかるものだが、日ごろ私と話していられるせいもあるかもしれぬ。まず、合作かな」

「おみごとであります。琉球に関するご研究の深さに敬意を表します」

「おだてるな。これなら成功しそうか」

「わかりません」

「なんだ。どういうことだ？」

「どうといって、別に変わった考えがあるわけではございませんが、なにしろ藩王を動かすのは難しいことです。ちょうど日本人が朝廷を……」

「これ。慎め！」

「はい。つまり、この問題ほど測りかねるものはありません」

「藩王は一県知事にすぎぬことを知らしめるのが、そんなに難しいか」

「恐縮ながら、談判の上で努力しなければわからぬことでしょう」

「内務卿は、談判という形でなく、命令ということにしたい、との御意向だが」

「それはかまいませぬ。しかし、そのような態度で鎮台分営を置いて軍隊を常駐させようと打ち出せば、恩義よりむしろ恐怖心がさきに来るのではないでしょうか」

「軍隊を置くのは、琉球の防衛なんだよ。清国や列強が琉球をねらっているのは、君も知っていようが」

「私の問題ではありません。琉球人から言わせると、余計なお世話だと思いかねないでしょう」

「ふむ……」

松田は、日一日と事の難しさを思うばかりであった。

「とにかく、琉球を清国から完全に引き離すことだが……」


琉球問題は、大きな切開手術にひとしい、と松田道之は考えた。

鬼手仏心——幕末の蘭方医者は、西洋外科手術を輸入するとき、こんな言葉を発明した。手は鬼でも心は仏、あるいは心に仏のごとき仁慈あればこそ手は鬼のごとく思い切った荒さで……琉球問題を始末する上で、日本政府はそのような立場だ、と松田は考えた。

(けれども、大手術は紙一枚の差を誤れば、患者を殺すという……。このさい患者は琉球だけであろうか……)

松田は慄然とした。かれの頭には、大久保を北京で露骨に苦しめたという列強の勢力と、国内で何かにつけて政府を攻撃しようとする新聞、雑誌、また地方に下った反政府の要人たちの動静が、蜘蛛の巣のような重苦しい印象でのしかかってきた。

松田は、伊地知貞馨がさすがに琉球へ島流しになっている者らしく、気軽に新聞記者を侮辱したりする勇気を、おかしくも頼もしくも感じた。そして、大久保内務卿が、あんな強引な性格をもちながら、用心深く、わかり切ったようなことを、ボアソナード顧問に確かめてみる、という心がけを、嘆賞した。

そのボアソナード氏から回答が来た。

「やはり、用心するにこしたことはないのだな」

大久保は、松田にその回答を見せて言った。

「しかし、少なくともこれだけの事は可能だという自信をえたのは、うれしいね」

「清国が台湾事件協定のなかで琉球に日本の主権を認めている、という解釈は、まずありがたいですね」

松田は、回答書簡を手にしたまま、注意深い口調で答えた。大久保はそれを聞くと、皮肉な微笑を浮かべ、

「苦労のしがいがあった、と言うべきか。……ところがだ。琉球がとってきた清国との関係については、日清両国政府で十分の話しあいをした方がよいだろうという。私は、また北京へ行かねばならぬのか、と思うばかりだね」

「進貢、慶賀の臣従的交際はただちに廃せしむべし、だけでも、大きな効果はあると思います」

「こういう話を、伊地知君に伝えたことがあるかね、松田君」

「ええ。いくらかは」

「かれはどういう見解だろうか」

「思ったより政府は琉球を理解しているが、あくまでも困難な相手であることを理解してほしいと、申しております。たとえば、ここにボアソナード氏も藩王を上京せしめよと言っておられますが、伊地知君は、その難しさを一番強調しております」

「急激な圧力を加えるなかれ、というのがボアソナード氏の意見の大要だな。租税、兵事、裁判所などになお多少の独立性を残しておき、藩王に諸官任命の権を与え、政府はその認証権をもち、島民の生活に利便を与うべき灯台、電信等の事業を創始整備して、これを理事官の直接担当事務として、駐在の名目をつくり……」

大久保は、熱心に読んだ証拠にほとんど暗誦しながら、窓の外の空を眺めた。三月中旬だが、春にはまだ遠かった。

ボアソナードが大久保の諮問に回答した翌日、三月十八日に、琉球使節は着京した。

津波古親方は、さすがに荷を分けてもらった安堵を感じたが、一方では、いよいよ新しい事態を迎えるという緊張もあった。

かれらは、着京したという報告をまず内務省へ届けておいて、〝お呼び出し〟を待った。が、〝お呼び出し〟がくるまでに、十日もすぎた。この間に、かれらは古い新聞記事をあさっていて、清国同治帝が十二月に薨じたことを知った。これがまた、わけもなく不安を昂じさせた。

見当がつかないままに落ち着かないのは、琉球使節だけではなかった。新聞記者が琉球藩邸を訪れたが、正直何も知らぬとの答えに、ただいらだった記事が出るばかりだった。

「政府は、琉球藩から何のために呼び出したのだ。大久保は、台湾問題の関係からも、それを明らかにする責任があろう……」

その大久保はしかし、この十日間のうちにも、なお、琉球使節との応対策について、結論を出しかねていたのである。

「基本的な対清関係をいちばん大きく打ち出すべきか……」

「事務的な内部制度の問題をまず納得させてからにするか……」

過去一ヵ月、松田と議論を続けて堂々めぐりのままますごしてきた事柄である。

加えてもうひとつ、鎮台分営の件がある。松田と伊地知とが、これは少しやわらかく行こうと話しあったのは、ついこないだのことである。が、琉球使節到来と聞くや、陸軍卿山県有朋が張り切って、大久保内務卿の前にのりこんで、申しいれた。

「列強の動静は火急を告げている。国防問題は早急に運んでもらいたい――」

「とにかく会ってみるか。熱意と技術も会った上でのこと——」

大久保は、とうとうそんなことを言って、使いを出した。

三月三十一日午後一時——

池城親方、与那原親方、幸地親雲上の三人は、大久保内務卿に謁見した。大久保のそばに松田大丞がひかえていた。与那原親方は、

「一年ぶりです。お元気でいらっしゃいますか」

ぐらい言おうと思ったが、相手が神妙にひかえているので、やめた。

（それにしても、よく知っていながら知らないような顔ができるものだろうか、松田さんというひとは……）

与那原親方は、そのような人間関係には慣れていないので、松田のそれが官僚的公式主義の態度だということに思い至らなかった。松田のその厳正さを思い知らされたのは、ずっと後のことである。

「遠路上京、まことにご苦労。太政大臣からもよろしくねぎらうようにとのことです」

大久保が、背をまっすぐにして言った。与那原が受けとって、

「火急のお召し、なにごとか存じませぬが、ご命令とあって参上いたしました。わた

くしは二度めでございますが、こちらは池城親方、こちらが幸地親雲上。よろしくお導きのほどを」

と一応の礼をつくすと、大久保はさっそく本題にはいることを宣言して、続けようとしたが、急に思いついて、顔をやわらげた。

「どうかね、台湾問題について聞いているかね」

「承っております」

与那原は答えた。

大久保は、少し拍子ぬけがした。「聞いているかね」に「承っています」では、尋常すぎる。尋常でかまわないといえばそれまでだが、これでは先をせかされているような気になって、

「先年、琉球の人民が台湾に漂流して災難にあったね。政府ではまことに痛ましく思った。同じ同胞として、いかに相手が未開の生蕃のなすわざだと思っても、そのまま捨てておくに忍びなかったから、断じて琉球のためにその始末をつけようと、昨年わたしが全権大使としてわざわざ北京まで出向いて、困難な談判のあげく、清国の諒解をえて賠償金ももらってきた。まったく、こんどの台湾問題というものは、琉球が日本である以上、当然のこととはいえ、政府がこれに払った苦慮というものは、たいへんなものだ。この事にたいして、琉球藩ではどう考えているかね」

与那原と池城とは、琉球語でながいこと相談した。そして、池城が答えた。

「はい。その件につきましては相談してご返事申しあげます」

「なに？」

大久保は、とっさに大きな声で反問した。さきほどからつくった演技のやさしさが、とたんに消えた。

「なにを相談する？」

「藩の意向でございます」

「政府の処分方法について、その得失厚薄について、きみら自身の意見を聞こうじゃないか」

「それはもう、お手厚いご処分で、藩王はじめ感謝申しあげております」

大久保は、考えてしまった。

「台湾問題の始末をどう考えるか」と言えば、ふつうの常識では当然「感謝しています」と来るべきだが、「相談してみます」とは解しがたい。しかも、「きみら自身の意向は？」と追及すれば、「感謝します」とあっさりしたものである。こちらをバカにしているのかと思えば、眼をショボショボさせて、はなはだ礼儀正しい風情なのである。で、一旦は怒ろうとした気もちを、一遍だけは引きなおしてみるつもりで、

「感謝しているとね。だが、口先だけでは困るんだがね。実を示さなければ」

「では、帰ってから、よく考えてご返事いたします」

「改めて言ってきかせるがね……」

大久保は、ようやく苛立ってきた。

「日本政府がなぜあれだけの犠牲を払ってまで琉球を保護するかというと、それは世界の公法としてそうしなければ一分が立たないからだ。いまこの東洋の近海には西洋列強の軍艦がしばしば入りこんで来る。琉球はいま、どの国へとも所属がまだ定まっていないような形であるが、そのようなことでは、いつ外国から侵略を受けないとも限らない。日本政府としては、琉球を明らかに日本の一部分と認めるからには、十分な実力をもって琉球を保護する責任があるわけだ。だから、これから琉球に陸軍鎮台の分営を設ける計画もある……」

三人は、顔を見あわせた。陸軍鎮台分営という新しい言葉が出てきたからである。ただならぬようすがうかがえるけれども、大久保の話はなお続くので、そのまま謹聴することになった。

「なお、政府ではこんどの台湾事件にかんがみ、琉球が海にかこまれていながらろくな船舶もないから海難も多いのだ、ということで、蒸汽船一隻をたまわることになった。また、清国からの賠償金をもって撫恤米《ぶじゅつまい》をたまわり、遭難者遺族への慰めとする。こうした恩恵をたまわる政府にたいして、琉球藩としてどのように考えるか。これはいかにも大切な問題だ。琉球藩がその特殊な事情からして余儀ないことであれば政府においていろいろと酌量することもあろうが、目前の末節のことばかり考えた返事なら、とうてい聞きとどけられないぞ」

結びの声がいかにも大きく、大久保自身が少し鼻じろむようすであった。そして、与那原親方がなにか言おうとすると、いきなり、

「では、今日はこれだけにする」

と打ち切った。

琉球使節の三人は驚いて顔を見あわせたが、大久保が腰を浮かせかけたのへ、あわてて、

「では、帰ってよく相談いたします」

と言った。

大久保利通は、自分の部屋に帰り机の前に腰をおろすと、ついてきた松田道之に言った。

「根気というものが何であるか、今日はじめてわかった思いだ。わたしは苛立つばかりだ。こんどから、きみにまかせるよ、松田大丞」

松田道之は、なにも言わずに、大久保の命令を受けてから考えた。

大久保があれほど深刻に考えていた〝熱意と技術〟なるものが、一瞬にしてなんの

意味もなくなるまでに崩れ去ったのは、滑稽といえば滑稽だが、笑ったあとひそかに涙ぐみたくなるようなものであった。大清国を相手に勇敢にたたかい抜いてきた大久保にしては、あまりに呆気ない敗北である。松田は、清国の外交態度というものが、どういうものであるか知らない。ねばり強いとは聞いていたし、琉球人もその点は大陸的だと伊地知が言っていた。しかしながら、同じくねばり強いにしても、清国のとでは違うようだ、と松田は考えた。清国のねばり強さは、自信のある大国が、その自信からくる寛容と十分な期待とによるものであろう。けれども、琉球の使節にそれがあるとは思えない。あの表情にはひとかけらの偽りも感じられないが、真実自信のない表情にみちみちているのだ。すると、自信のないねばり強さなるものが世のなかにあるのだろうか。大久保は、たぶんはじめてそのような人生を眼の前に見て、とまどってしまったのであろう。熱意と技術ということを考えたとき、それは大久保や松田なりの常識で相手を頭に描いていたわけで、結局たたかおうにも相手は眼の前にいないという錯覚をおこす瞬間がいくどもあったのだから、始末が悪い。

「命令だから受けたものの、正直のところ、わたしもどうしてよいか迷っている」

松田は、使節たちを帰したあとで、伊地知に言った。

「きみは大陸的と言ったが、あれは大陸的などというものではないね」

「そういうことでしょうか」

「大陸的な充実した強さではないのだよ。あくまでも島国の——貧乏な島国のものだ。なんにももたない空しさだけだ。決してかれら自体が強いのではない。が、あの空しさを見て、ぼくらが薄気味の悪さを感じとるだけなのだ。口がせまくて底の深い古井戸のようにね」

松田は、この表現をわれながらうまいものだと考えたが、琉球の使節たちは、大久保が代表している日本政府を、しだいに天井のしれない塔のなかのように感じていた。

かれらは大久保と別れて、そのまま上野の森を訪れた。花には四、五日はやいということで、茶店で団子を注文したが、一行の頭には、なお片付かないものがいっぱいつまっていた。

「鎮台分営……鎮台分営は驚いた。だいたい鎮台というのは何かね」

池城が、改めて与那原の学に期待すると、

「要するに軍隊です。いくさの準備ですよ」

与那原は、にべもない顔をした。

「軍隊？　それは大変だ。わが国はいくさのない国だのに」

「いくさの準備をすれば、いくさが寄せてきますよ。いくさをすれば、あの通りです」

与那原は、怒ったような顔で指さした。その方向に、よしずを通して、遠く大きなこわれた柵が見えた。

「維新のいくさで彰義隊奮戦のあとだといいますがね。あさましいものです」

「とにかく、いくさはいけないね。ヤマトのひとは、なぜそうすぐ、いくさいくさと言うんだろうね」

「昨年わたしが上京していらい戦争の話ばかりですよ」

「いったい、日本はそんなに戦争が強いのかね」

「自信はもっているようですよ。だから副島さんも大久保さんも、北京へ行って大きな声で談判したのでしょう。現に台湾でも大勝利をおさめたし」

「あれは生蕃が相手だからさ。薩摩はあんなにいばったけれども、イギリスの軍艦から大砲を撃ちこまれて手をあげたというじゃないか」

「あれはもう、十三年も前のことで、今日では日本ももっと強くなってはいるでしょうがね。しかし、軍艦大阪を見学したときも、おもしろくはなかったですよ」

「とにかく、いくさの準備はいけない。お断わりしようよ」

「首里に報告しなくてよいですか」

「断わるのに報告はいらん。なにしろ、あまり突飛なことはありがたくないに決まっている」

「それもそうですね。蒸汽船はどうです。これは便利だ」

「そうね。それはありがたいようなものだが」

「撫恤米もいいじゃないですか。難民の家族がありがたく受けますよ」

「そうだね……」

池城親方は、浮かない顔をした。

「どうしました」

与那原親方は、問うてみた。

「わからないね」

「なにがです？」

「そんなのも、いいかどうか。お邸へ帰って津波古親方とも相談してみなければわからない」

「そうですかね。わたしはこれはよいと思うのですが」

「あなたは、人がよい。いくさの準備をさせようという心根と、そのような情けをたまわるという気もちとが、ひとところから出ているということが、わたしには納得がいかない」

気もちが片付かないままに、いちおう津波古親方に相談してみてからということになったが、池城はいよいよ「何もかもお断わりしたほうがよい」と主張した。

「ね、津波古親方。蒸汽船も撫恤米も、ありがたいには違いない。しかし、それをもらうと鎮台分営を断わるわけにいかなくなる、とわたしは思いますが」

「何もかもお断わりとね」

津波古親方は、池城親方の顔を見て考えた。

撫恤米や蒸汽船を断わるのは、まったく惜しい。こういう、民衆のための政策は、おそらく明治日本の基本政策というものであろうし、琉球藩ごときの財政では、とうていまねることができない。撫恤米など、かねてから、自分が日本政府に陳情してもらってやろうと思っていたくらいだ。これを断わるのは、まったく惜しい。

ただ、問題は鎮台分営だ。これは津波古にも突飛に思えた。しかし、突飛とはいいながら、過去から一貫した日本の領土、外交政策の流れを見てくるとき、それはやはり必然の成り行きだと思われてくる。これは、おいそれと断わることもできまい、断わっても相手が聞くまい。

（しかし……）

とまた津波古は反転して考えるのだった。あの沖縄の島に軍隊を置くとなったら、どんな騒ぎがもちあがることだろう。現に、この三司官たちですら非常な怖れを見せているし、ほとんど無智な泰平のなかにいる衆官、士族、百姓たちの怖れというものは、想像のほかであるに違いない……。

「なにもかも、断わってしまった方がよいのですよ。その方が、さばさばしてよい」

考えこんでいる津波古に、池城はまた強引にあびせかけた。

津波古は反射的にうなずいていた。

「それでいいですよね。それで安心ですよ」

やはり池城が念を押すように、重ねたのである。

津波古は微笑をもらした。かれには、それで安心とは決して思えなかった。高官三名まで呼びつけて達したことを、一度断わられて退くような日本政府だとは思わない。しかし、そのことをいま池城らに言ってみたところで、始まらない。「それで安心……」と単純に思う信念を、複雑な現実の壁に、いましばらく当たらせてみることだ、と思った。

津波古親方の賛成をえて、三人はたいへんに喜んだ。翌日から幸地親雲上は、嘆願書の起草にかかった。

嘆願書は、提出と同時に突っ返された。四月八日、第二回目の会見の席上、相手は松田道之に変わっていた。

松田は、眉ひとつ動かさずに淡々と述べた。

「あなたがたは、他県における改革を知らないのか。琉球藩は県ではないが、政府からみれば他県とひとしいものだ。政府は統治の義務として、いろいろの改革をやっている。鎮台分営も、経営に手数はかかるが、しかたなしに公法上設置するのだ。蒸汽船も撫恤米もそうだ。あなたがたの弁解、陳情は、筋のたたない申し立てというもの。この書面は返すから、相談しなおして来なさい」

にべもなかった。

使節たちにとって、提出した書面が読まれずに返されるということは、想像もできないことであった。

三人はしきりに、事が志と違った旨を津波古へ告げた。

「大久保内務卿の方が、態度に抑揚があり表情が読みとれるだけ、まだ相手にしやすい」というのが要旨で、「さてどうしよう」というのが結論であった。

津波古親方は、いよいよ自分も一緒になって当たらねばなるまいと考えた。かれの考えでは、大久保と松田のあいだに多少の態度の差があっても、それは二人の性格の差からくるもので、政府の方針大綱にそれほどの差があろうとは思えなかった。嘆願書を読まずに返すというのは、池城や与那原も驚いているが、大変に礼を失していることであり、日本政府が琉球藩の地位をどれほど軽く見ているかの証拠と見てさしつかえあるまい。その半面、琉球藩の体制にそれほど関心をもっているとすれば、こんどの外交はなみたいていのことではあるまい、と思われるのだった。

津波古親方が胸のうちでそんなことを考えていると、政府ではその日に琉球使節に各施設を見学せしめる案がたてられ、翌日その通知がきた。

陸軍練兵、学校、製作寮、工学寮、横須賀製鉄所、開拓使官園、富岡製糸工場、などと聞いたこともないものばかりであった。

与那原親方が、「また見学ですか」と浮かない顔をするのを津波古は聞きながす一方で、その与那原たちへその日のうちに、蒸汽船と撫恤米を拝領した上で鎮台分営の件をお断わりした方が得策だということを、説得した。

この策をもって、十日の後、四月十八日に第三回目の折衝を行なったときは、津波古親方が同伴であった。

蒸汽船と撫恤米を拝領する旨述べたあと、四名は助けあってつぎのように陳述した。

「周囲百十里ほどの小さな島、兵器で外憂を防げる大きさではありません。外国人を相手にするには、もっぱら礼儀をつくしておれば平穏です。分営の設置で多人数入りこんでは人心も落ち着きますまい。内地とは違い遠隔の小邦のこと、いろいろと煩いものです。

それにです。本藩は皇国と中国とに両属し、両国のおかげを以て一国の備えが立ち上下万民が安堵しているようなものですから、中国への進貢は本藩の重大事であって万世万代にわたって変わらぬ忠誠を励むのが本願です。そこへ分営など設けられては、中国へ申し開きが立たず、ご洞察の通り数百年来の親切、恩義を厚くこうむっていますからその都合をそこなっては信義も立たず、またどんな難題をかけられるかもわかりません。それは怖いことです。

外憂の懸念をおもちのことは承知していますが、各国の船が来ましたら、御駐在の官員衆に立ち会っていただき、次第によっては本省のお指し図をもらうことにしますから、外国から侵略されることはないでしょう。どうぞお察しくださって、今まで通りにしていただくよう、幾重にもお願い致します」

ながながと述べつくしたあとでまた書面を出すと、松田は「いちおう報告の材料に」とそれを受け取った。

「嘆願書をおさめたから、この前とは違う」

池城はそう言って喜んだ。が、松田道之は、内務卿に報告した上で、池城らの期待とは逆のことを上申していた。

「このままでは堂々めぐりです。どうにか蒸汽船と撫恤米は拝領すると言っていますから、この際いろんな制度改革をいっしょに押しつけましょう」

「中国への進貢、一切まかりならぬ、と押しつけてしまうか」

「さあ、それはちょっと飛躍しすぎましょう。いずれ時期をみて適当にはからわなければなりますまいが、現段階ではまず、さきに立案されました五項目の件を」

「しかし、ぐずぐずしていると、清国の新帝即位への慶賀使が、ちかく派遣される季節だよ。時機をはずしてはまずい」

「七月ごろでございましょう。まだ四月ですから、できるだけ納得ずくでいきましょう。将来のためにも」

松田は、いつのまにか琉球問題に関するかぎり大久保にたいしても主導権をにぎっているふうであった。ただ、態度があくまでも政策にそうて理づめでいくという線をはずさないから、大久保も意地をはるわけにいかなかった。

五日たって四月二十三日に、こんどは松田から先手を打って琉球使節四名を召した。

「鎮台の件は、上申したが、わたしも至当とは思わぬから、御沙汰を待て」

まず、あっさりとそれだけの釘をさした。それから、有無を言わせず述べたてた

——

「たびたび言う通り時勢のいたすところ、他の各藩すべて情義をなげうって異議なく命令にしたがったのだ。琉球藩だけ、しかたなく特旨をもって異例とするが、最低の改革は必要。各府県同様としたいところだが、旧来の慣習もあることだから、官員を出張させて適度に制度を改革させよう。また藩内一般に明治年号を奉じ、年中の祝祭日儀礼等御布令通り奉じなさい。第三に刑法は国家の重大事で、司法省の定律通り御

施行になるはずだから、刑法調査のため担任の者二、三名上京させる。それから、人材教育も大切だから、見込みのある秀才を学事修業と時勢勉強のため上京させせなさい」

　使節たちは聞き終えてしばらくぼんやりしていたが、池城があわてて言った。

「あの、どうか箇条書きに……」

　ごくしずかに侵されつつあることを、使節たちは感じた。

　あきれた末に池城が要求したので、箇条書きの達書が示されたが、改めてその書面を凝視すると、事はいよいよ本格の難所にかかっていた。

「鎮台分営の件がぬけているが、五項目に入れるまでもなく当然すぎることだという意味に違いない」

　津波古が言うと、誰もがだまってうなずいた。

　しかし、会見は続けなければならなかった。

「祝賀儀式などは日本式でかまわない。留学生も刑法研修もありがたい。だが……請けられるだけ請けて、なお自分らだけの権限で処理しがたい大問題があった。
　一　鎮台分営のこと
　二　諸制度改革のこと

そして四月二十八日に、また陳情書を出して突っ返された。

「これで二度も返された」

池城のため息が深かった。

その後、五月二日朝、同日午後、翌三日と、双方の焦りで会見はしだいに気ぜわしく早められ、その間を縫って施設見学は実行された。

五月二日の朝、与那原親方の頭にあるひらめきがおこった。かれは、一昨年副島種臣の私邸を訪問したさいに見た藤田東湖「正気の歌」の軸と門前の柳を思いおこしたのである。

「副島さんはあのとき、廃藩のことはあるまじく、国体政体も相変わるまじ、とおっしゃったし、そのことについての文書も伊地知さんを通じていただいたのです」

与那原親方は、重大な記憶を興奮とともに呼びおこし、その文書の写しは藩邸の書類箱にもしまってあったので、それをもって訴え出たが、松田は、

「むろん藩を廃せられるということではない。だが、台湾御征討いらい形勢は移った。通らぬ理屈を述べたてずに、大きな情義を理解すべきが肝要。だから、藩王もこのさい朝廷まで謝恩に馳せ参じるのが至当と申しているのに――」

口調はしずかだが、もはや一方的権威を誇示する頭ごなしの叱責にひとしかった。

藩王上京のことは、最初に大久保から言われたあと、十日間ほども忘れたようにな

っていたのに、結局はこれも、首尾一貫した難題のひとつであることを、かれらは思い知らされた。

「二、三日考えさせてくれ」と答えると、「明朝まで」とちぢめられ、使節はいっそのことにと、それを翌朝まで待たずにこの日の午後に実行した。

「藩王上京の件は、事重大、清国にも大きく障りあり、遠方への旅行では藩内一般の人心も安んじがたい。病身でもあり、お許し願いたい」

はじめて藩王病気のことをもらした。松田はむろんこれを信用せず、翌日にもちこされた。

翌三日も同じような問答に暮れた。

問答の上では結びはついていなかったが、政府は五月七日付で、

「その藩保護のため第六軍営熊本鎮台分遣隊置かれ候条、この旨相達し候事」

と決定的な公文を発した。

これにたいし使節からは「藩王へこの旨伝えます」と回答したが、精一杯の回答であった。松田道之は五月八日に中間報告をした。

「藩王上京の件はやむをえません。使節帰藩の上で決定することにしましょう。清国との関係が問題です。鎮台分営を置けば清国との関係はおのずと気まずくなると琉球藩では考えているようですけれども、政府としては、琉球と清国との冊封、朝貢の関

係、それに福州にある琉球館をどうするか、正式に決定する必要がありましょう。はじめに申しあげましたように、これらの諸問題も納得ずくで決めたかったのですが、これ以上の問答は無意味だと思われます」

「さすが松田道之の根気でも無理か」

大久保は笑ったあとで、

「かまわない。無意味な長談義だったような気もするが、重大な時局だということを理解させるには成功したろう。慶賀使派遣と朝貢の二件はさし迫っているから断然廃しよう。琉球館と冊封の二件は時期が切迫しているでもないから藩の都合にまかせようか」

「やはり段階を追うてしか改革できまいと思われます」

「それははじめからわかっていたことだが、使節たちがあくまでも自分たちの権限では決定できないと逃げているのは曲者だ」

「それです。しかも藩王は目下病気中と称しています」

「一体、われわれは琉球を支配しえているのだろうか、松田君」

大久保は、強情ななかにもわずかに敗北感を禁じえなかったが、琉球使節のがわでは、心配ばかりしながら、みじんも日本政府を困らせているとは思わなかった。

# 冷える夏

与那原良朝は、ひと汗いれるために縁に腰をおろした。

首里《しゅり》当蔵《とうのくら》村、松村の空手《からて》道場である。十幾人かの門弟たちが広い庭で、巻き藁《わら》を突いたり、サイ、ヌンチャクの素振りをしたり、熱心に稽古をしていた。

「与那原、ひとわたり立ちあってみるか」

太い声にふりかえると、たくましい肩幅をもった男が、笑顔で立っていた。

「ああ、仲吉《なかよし》さん」

良朝も、兄弟子への愛想を返して、

「いま休んだばかりです。もうしばらく」

「情けないな。このごろ、さぼってばかりいるからそうなるのだ」

それでも、いや味はなく、兄弟子は弟弟子の横にかけた。

「嫁とりの準備でもしているのか」

「とんでもありません。おはずかしいが、まだ考えたこともない」

きまじめとも冗談ともつかぬ答えを返すと、

「はやく嫁をもらっておかんといくさになるかもしれんぞ」

「え？　いくさになるんですか。仲吉さん」

「しッ。声が高い」

「でも……」

「冗談だよ。仲吉朝愛《ちょうあい》の眼が黒いうちは、戦争なぞおこるものか。きみのお父さまがたが東京へお呼び出しになって以来の、世間の騒ぎようが、あまり仰々しいから、少し茶化してみたくなっただけさ」

「では、仲吉さんは、少しも心配でないのですか」

「そうだな。おれなどが心配してみたところで、たかが山筆者《やまひっしゃ》ぐらいの分際では、天下の勢いをどうしようもない、とでも言っておくか。はっははは」

本気か冗談かわからない高笑いに、十ほども年の違う良朝は、だまってしまうほかに手はなかったが、このような気もちで暮らせたら、さぞよかろう、と考えた。そして、この上にその洞察がそのまま当たっていたら、これほどうらやましいことはない、とも考えた。

（しかし、おれがいまの時局を気にしすぎるのは、お父さまがその真只中にいらっしゃるせいであるかもしれない……）

ふと、そう思ってみた。しかしよくはわからなかった。

「仲吉さん。お願いします」

良朝は、手拭でもう一度首のあたりをなでると、起ちあがった。少し、仲吉朝愛にあやかって元気をつけてみたい、と考えた。

「いくか。よし」

仲吉は、良朝との間をはかって構えた。

陽は、かなり傾いたが、それでも構えて力をこらすと、いちどきに汗をふきださせた。

「……………！」

良朝は、一歩踏みこんで突こうとした。が、相手の仲吉が急に力をぬいた。それは良朝の背後に亀川盛棟が来て、そっとたたずんだからであった。

「なんだ、来ていたのか」

良朝の微笑に、盛棟はにこりともせず、

「東京から評定所へ、たったいま、大変な手紙が来た」

「どういう手紙？」

「日本政府から、清国との縁を切れと言われているらしい」

「なに。清国と？　ちょっと……」

与那原良朝は、亀川盛棟の袖をひいてまた縁に腰をかけた。

「もう少し、くわしく話してくれ」

「くわしくと言ったたって、おれは手紙をじかに読んだわけではない。三司官たちが騒いでいらっしゃると、うわさを聞いただけだが、御用これありとだけで上京理由を示されなかったのは、そのためだということだ」

「それは、おれのお父さまの手紙か」

「知らない。上京使節一党とみるべきだろう」

「その達しは、大久保内務卿とかいう方が、北京で清国政府と取り決めてきたことだろうか」

「それならば、こないだ帰任した進貢使の報告に出るはずだ。しかも進貢使は先帝崩御の白詔と新帝即位の紅詔とを持って来たんだよ。それで国交断絶はおかしい」

白詔、紅詔というのは、中国皇帝の崩御、即位についての知らせである。それを受けて琉球国は慶賀使節を派遣することを決めたのであった。幾百年来続いてきた習慣を、進貢使は北京で大久保利通と行き逢うたことと何の関係もないものとして、受けついで来たのであった。

「そういえばそうだ。しかし、おかしいな。日本政府はつい最近台湾遭難者遺族への見舞いだといって、米をいくらか下賜されたんじゃないか」

「たしか、千七百石あまり。各家に三十石ずつか、いま配ってるところだろう」

「おれが異国方へ勤務替えになって、まずその仕事をさせられた。日本政府のおみごとな手のうちに感心したものだ。その日本政府がいきなりそんな裏腹なことを言い出すなんて、あるだろうか」

「とにかく、台湾を征伐したことだって、琉球は清国のものではないという考えが、さきに立っているわけだからね」

「しかし、清国との関係を絶つなんてことは、実際には琉球の自殺を意味する。そうじゃないか」

「そうかもしれん。しかし、日本政府はなにか深いところを考えていらっしゃるのではないかと思う。というのは、お達しのなかにそのほか、琉球に熊本鎮台の分営を置く、ということがあるそうだよ」

「なんだ、そういうのは？」

「だれもよく知らない。手紙をもたらした随行のひとの話では、軍隊らしいということだ」

「軍隊？」

　与那原良朝は、仲吉朝愛をかえりみた。仲吉は、かたわらで興味深そうに聞いていたが、別に口をはさまなかった。良朝は面をかえして、

「戦争をするのか、ここで」

「知らない。琉球を保護防衛するためなんだそうだ」

「保護防衛か……」

　さすがに与那原良朝は、そんなのは不必要だとは言わなかった。かれは、久しぶりに軍艦大阪で受けた教育を思い出していた。


　石垣ごしに見える遠くの空に、あかね雲が、黒みをおび始めた。日が急速度に暮れてゆくのだ。宜野湾親方は、縁に出てそれを見あげた。亀川親方をいましがた玄関まで見送ってくると、広い邸のなかに、いきなりそらおそろしいほどの静寂がやってきたような気がする。

　宵の蚊が出始めた。うすぐらい軒びさしの前に、無数の粒々が切りもない気ぜわしさで舞い、頭のシンをこまぎれに刻みこむような音をたてる。宜野湾の脳裏に、亀川親方の表情と声とが、蚊のうなりを押しのけて、よみがえってきた。

「日本政府からのお達し、おかげで国中が大騒ぎになります」

　亀川は、座敷に位置をしめるが早いか、そう言った。

　いつもの亀川のくせとして聞きながしたかったが、そうさせないものが宜野湾の胸中にあった。この訪問はかならずあるものと予想されたし、またひそかにおそれていたからである。

「使節がまだ帰られませぬ。くわしい事情はそれから吟味してよいことでありましょうが」

　そんなことを言ってのがれようとした。が、それは消極的な応じかたで、しょせん言いのがれにすぎなかった。報告を受けてみずからも衝撃を受けた事実を隠すことはできなかった。かれは、亀川親方のかん高いわめきにとりまかれて、珍しく深刻な表情で口数が少なかった。

　しかし、かれがこのように考えこみ沈みきったのは、亀川親方の責めを受けたからではない。それに口答えできないような事情に追いこまれたことが、いかにも口惜しく思われたのである。

「あんたらが東京までわざわざ出かけて行って、日本政府から藩王などという得体の知れない冊封を受けてきた。そのわざわいが琉球をこのような事態にまで追いこんだのだ」

　亀川のこの一言を聞いたときほど、宜野湾が驚いたことはなかった。それほどのことだろうか、と改めて胸が騒いだのである。

〝鎮台分営を設ける――〟

〝諸制度を改革する――〟

このような決定がつまりは
〝清国との交通断絶のこと〟

を意味するという事態。

これが寝耳に水というもおろかな驚きであったのは確かだ。この二、三年来ようやく高まってきた日本帝国への信頼——台湾征討にはかなりあわてたが、それも結局は清国から何のとがめもなく、同時に日本から実質のあわれみを受け、ようやく民心も落ち着いていたところだ。いくつかの小さな波瀾ののちに、宜野湾親方はほんとうの自信を身につけた、といってよかった。使節上京のさい島うちの拝所に人々が群れた折り、かれはこの民心にどのように本当の安心と真実の了解をえしめようかと腐心したのである。それは、腐心とはいえ、かれ自身は安心の上に落ち着き、多少は先覚者としての高踏的な自負をいだいた上でのことであって、えぐっていえば、むしろおのれの誇りを確かめる楽しみさえあったのだ。それが裏切られたという衝撃がまずあった。

しかし、これまで三年来積みあげてきた安定感をくずされたという驚きは、宜野湾にとって、狼狽ではあっても悲しみではなかった。

「あなたは日本政府を神のように尊敬していたが、こんな国を尊敬するのがあなたの魂か。琉球国を売るのがあなたの理想か」

亀川親方はそうも言った。このときはじめて宜野湾親方朝保は涙を流した。腹の底までしみわたるような屈辱感を耐えかねた。

（わたしは、このような辱しめを受けるために日本を尊敬してきたのか……？）

悲しみは、そこからきた。幾十年来思ってもみない挫折であった。宜野湾朝保という一個の琉球貴族が、日本を尊敬し、日本の学芸をたしなむことは、世間の眼にあるいは栄誉なことと映り、あるいは軽薄なことと映った。その批判をさりげなく流して、ひたすら信念を通してきたのは、ひとえに、それがいずれは琉球のためでもあると信じたからだった。かれは、「明き、清き、直き、誠のこころ」という万葉人の合い言葉を、日本にも琉球にもひとしく通じ、あまねく人の世をしあわせにする大道だと思っていた。日本精神に通うものにかぎり、無条件に呑みこんでしまうような無邪気な一面を、かれはもちあわせていた。津波古親方があぶなげを感じた一面であったが、これまでのところとにかく、その一面がかれを強くもしたし、尚泰から信頼をよせられる因縁でもあった。それはほとんど、かれの人格的な誇りであったのだ。

（日本政府は、このわたしの人格を傷つけてまで、その政策を急進強行しなければならないのか……）

胸に、こどものような怨み言葉がのぼっていた。

使節の帰島を待てば、いきさつについての正確な報道にも接しよう――という理性的な判断は、亀川へのくやしまぎれの反論として一言言ったきり、あとはかれの頭から去っていた。

見あげている空の、雲がいくつにも黒く小さくちぎれて、すこし残っていた紅みが、急になくなった。空も庭も家のなかも、暗灰色にみちて、宜野湾朝保はそのなかにたたずんでいた。

「兄さま……」

実弟の朝宏《ちょうこう》が、うすぐらい縁に来て、背後から呼んだ。妙に力のこもった呼びかたで、朝保は肩をふるわせるほどびっくりしてふりむいた。

「東京からの報告について、話を聞きました」

弟は、ともしたばかりの灯の前にすわるが早いか、言った。兄はその顔を恐ろしいほどの鋭さで見つめながら、

「亀川親方が見えた……」

「やはり……」

弟は兄の心のうちを読みとったもののように、深くうなずいたが、やがて言った。

「野にすだく虫……その声と、聞き捨てられましょう」

せいいっぱいの肉親からの慰めであった。と、

「お父さま……」

障子の向こうから、長男朝邦《ちょうほう》の声がして、次男朝範《ちょうはん》といっしょにはいってきた。宜野湾家の男子たちがそろった。こうそろうことは、珍しいことではないが、祝いの座や茶の会など、宜野湾朝保のまわりに暗い集いはなかった。ところが、今日の集いは暗い。

それでも、さすがに宜野湾親方には、なんとなく力になるものが感じられて、

「野にすだく虫……というのか、亀川親方からの追及を」

弟朝宏に問いかえした語調は、落ち着いていた。が、弟がいつもの柔和な細い眼でうなずくと宜野湾は頭を横にふって、

「これまでの亀川親方なら、そうでもあったろう。とるにたらぬ老先輩の妄言として聞き捨ててきた。しかし、このたびの問題については、わたしがすっかり自信を失った以上……」

「お父さま」

長男朝邦がさえぎった。

「話を聞きました。さぞご落胆のことと察し、朝範と相談してやってきたのです。しかし、こんどの件は、池城さまがたのお受けしたこと。お父さまに責任はないはずです」

するとˎ宜野湾親方はかすかにさびしい笑いをふくんだ。

「わたしもそう思う。亀川親方にもそう申しあげておいた。しかし、問題はそれではない。亀川親方は、琉球が清国の大恩を忘れるのはいけないと言われる。琉球を恩知らずにするのか、宜野湾は売国奴になるのか、と言われる。明治五年の冊封のときに防いでおれば、このようなことにならなかった、と言われるのだ。亀川親方だけではあるまい。おそらく、世間の多くはそう言うだろう」

「しかし、日本からもおかげで恩恵が……」

次男朝範が、せりだすように言った。これは気が短かった。

「そうだ、恩恵はあった。いや、このたびの御沙汰もあるいは恩恵であるかもしれぬ。わたしは、そう信じたい。わたしは、わたしたちが日本人であると信ずるし、また日本という祖国のまことを信ずるからだ。だが、そのまことを信ずることが、逆に裏切りを招くことになりはしないかと……」

「裏切り……？」

長男が、同じ言葉をくりかえして反問した。言葉の意味が激しかったのである。

「そうだ。言いたくはない言葉だ。けれども、わたしは亀川親方から売国奴扱いをされた。この責めは、おそらく琉球国中から集まるかもしれない。琉球じたいも清国への恩を裏切ることになろう。たとい、将来は日本の恩を多くいただくようになるとしてもだ……」

宜野湾は、ここで咳きこんだ。次男朝範が背をさすると、やがておさまり、

「あまりにも突然すぎた。日本政府は、琉球への同情がなさすぎる。近いうちに混乱がおこるに違いない。わたしへの責めは眼に見えている。お前たちにも来るかもしれぬ……」

「大丈夫です」

次男の声が明朗だった。

父は、そのほうを見て、思わず笑顔をもらした。だが、その笑顔がなぜもれたか、憂いにみちている父は、自分でもわからなかった。

宜野湾殿内で親子のあいだに暗い息が通いあったころ、ちょうど亀川殿内では、はなやかな声が飛び交った。

「使節たちが旅立ったころ、その行く手をまず案じられたのは、亀川親方でした。それがこのように的中したのは、感服と申しましょうか。悲しいことですが……」

翁長《おなが》親方だった。

亀川親方は大きくうなずき、

「いろいろと思い当たることばかりです。わたしが三司官を退いたときのいきさつも、夢のようで忘れ去ったところでしたが」

「こうなれば思い出さないわけにいかない、というところですか」

これはいまひとりの客、沢岻《たくし》親方だった。

「使節の帰りを待てば、このたびのいきさつについて、確かな報告がえられるだろう、などという。宜野湾がわたしを玄関で見送りながらの言葉だ。いまさら確かないきさつを知ったところで、どうなるものでもない。こうなってしまったのだ」

「むしろ、因縁は古いのではないですか」

「それも言いました。明治五年の藩王冊封を受けてきたことがそもそも災いの源だと。だいたい、中国の冊封をちゃんと受けている以上、日本の冊封まではいらない」

「それに、日本という国のあつかましさはどうでしょう。冊封をしたからといって、矢つぎばやにいろいろの干渉をつけてくる」

「なんといっても、中華の国の偉大さには及びますまいよ」

「そのわかり切った道理を信じない蒙昧が理解できません」

「恥しらずというものです。本人の恥だけならよいが、国王さまを忘恩の徒にしかねない」

「園比屋武御嶽に願かけに行ったとき、会いました。あのとき、ほかの衆の表情と違うのが、ふしぎでもあり、小憎らしくもあり……」

はてしのない意気投合であった。

「――盛棟。話を聞いたか、お国の大事がくるかもしれぬ。お前たちもしっかりせんといかん」

亀川親方は翁長と沢岻が辞したあと、孫に言った。教訓とか叱責とかいった表情はなかった。意気投合の喜びが余勢をかって、このような言葉をもてあそんだ、という感じであった。

（久しぶりで、お祖父さまに活気が出てきた……）

盛棟はそう考えながら、これにはふれなかった。

「佐久田筑登之は帰りました」

自分がいま祖父に告げなければならないのは、これだけだ、という顔であった。

「なんだ、帰ったのか。悪いことをした」

一時間ほど前にとつぜん訪ねてきた佐久田を用人部屋に待たせてあったことを、亀川親方はすっかり忘れていた。

「いっしょに座敷に加われと言ったのに」

「高家ばかりの話の仲間にはいるのは、さすがにはばかられたのでしょう。用人の部屋でいましがたまで……」

「引きとめなかったのか」

「いつ終わるかわかりませんから」

「まったく、今夜ほど話がはずんだことも、珍しい。みんなお国のよい臣下だ」

盛棟のくいいるような冷たい視線に気がつかない、亀川親方の上機嫌であった。かれは、部屋へはいってすわりながら、

「与那原殿内も、はやばや引きあげてくるとよいのだ。あんな御使節など……。どうだ盛棟。真鍋《まなび》にまだしるしはないか」

話の中心がぐらぐら落ち着かないが、そのなかに一本通っている筋は、自分の感情と家庭への愛着と固執とであった。


佐久田筑登之元喜は、月光をあびて、辻原《つじばる》にたたずんでいた。十三夜の月は、深夜の空高くかかっている。慶良間《けらま》島のおもかげもかすかに見えるほど明るく、海にくだける月光が漁火よりはるかに美しい。

(今宵は、マカトをつれて、この月を見るはずだった……)

そう悔やんでも、しかたがないと思う。金のない身分で遊女に恋した身の運命を、しみじみとかえりみるのだった。

幾度かの逢う瀬のためには、金が必要だった。職もなく資産もなく、あるだけの家財道具をほとんど売って、父親がいないから勘当をまぬかれているというしだいであった。一度、金をもたずに辻まで来て、マカトに逢えずに帰された。そのあと、月の

ない晩に、妓楼の軒下をうろつき、たまたま夜ふけて客を送りに玄関の外まで出たマカトをしばらく引きとめたことがあった。なんとしても金をつくらなければならない、とそのとき考えた。それをマカトに言うと、たまらなく悲しい顔をしているのが暗いなかでもわかった、と佐久田は思いおこす。

(今日こそ、亀川親方からお借りできると思ったのに……)

そう考えると、やはり口惜しくなる。よくよく運悪くできている、と思う。

(里之子がいなければ、そのままねばったのに……)

ふとそう思う。日ごろからなんとなく気もちのしっくりしない里之子が、ときどき用人部屋の前の廊下を意味ありげに往き来して見せつけていた。それを耐えがたいと思った。しかし、それだけではない。

(あの高家の大名がたが大声で話しあっていられるそばでは。紹介してやるとも亀川親方はおっしゃってくださったのだが、やはり……)

考えめぐらしたあげく、佐久田は自嘲の微笑をもらした。しょせん、貧乏ゆえに卑屈になったのだと思う。

家では老母が結婚をせかす。それをいちいち拒んできた胸のうちには、マカトの面影があった。遊女との恋など、恐ろしい因縁をつけたものではある。つきあうにも金がいる。結婚して遊里から救いあげるには、なお金がいる。それに遊女と結婚するには身分を捨てなければならない。

（それでも、おれはマカトをあきらめることができない……）

ゆくゆくは、この因縁がどうなってゆくかわからないが、とにかく当座の逢う瀬に最善の努力をはらうことだけを考えていた。

（今宵も、夜が更ければあるいはマカトを連れ出せるかもしれない……）

その時間をつくるつもりでたたずんでいる。

もうすこし、さきのほうまで行ってみよう——と足を運ぼうとして、人の気配に気がついた。

「おひとりですか。よい月ですね」

そう話しかけた男も、ひとりだった。いつのまに来たのか、一間とは離れていなかった。佐久田は顔を見るために、少し視線をあげた。体格のいい男であった。

佐久田がだまっていると、

「つきあいませんか」

男は、また言った。そして、歩き出した。

辻原は墓が多い。そして衣裳のようにたくさんの竜舌蘭が鋭い掌を広げている。月夜には、それらの影があやをなして表情をもつ。佐久田は、五つか六つほど年かさと見える体格のいい男に誘いかけられて、なんとなくついて歩き出した。

海のほうへ降りるかと思ったが、そうではなかった。墓のたてこんだあいだの細い道を、海の方角とは逆に部落のほうへはいって行くようであった。

「どこへ行くのです」

佐久田は、男の背後から聞いた。けつまずいたような語調で、少し迫っていた。

「あなたは……」

男が言った。佐久田が待っていると、ふりかえって、佐久田の顔をまっすぐ見た。

佐久田はこのときはじめて、はっきりと男の顔だちを心に印象づけた。月光を真上から浴びているので、顔の彫りが深くなり、いくらか硬い感じであった。正直のところ、佐久田は少しはっとした。しかし、

「なにか、悩みをおもちか」

顔に似あわずやさしい言葉で話しかけてきたのは、こんなことであった。

「は、いいえ。どうして……？」

「どうしてということではない。わたしが見るところ、どうしてもそうなのだ」

佐久田が否定するのも聞こえなかったように、決めつける調子でさらにかさねて、

「女か、金か……」

「どうして、おわかりになりますか」

佐久田はついに折れた。

「当たったか。わたしは、力になってさしあげようと思う。どんな悩みでもよいのです」

男は、はじめて微笑を見せた。

「あなたはどなたですか。わたくしは……」

佐久田ののどから、ため息といっしょに叫びのような質問が出た。

「名乗りは、いましばらく伏せよう。悩みや救いを語りあうのに名前なぞもともといらないのです。ついていらっしゃい」

男は、また歩き出した。このような妙な意味あいの言葉を、佐久田は聞いたことがない。かれは、相手の男を疑おうとした。が、どうしても悪人とは思えなかった。佐久田元喜はこれまでの人生に、不可解な善人というものに出会ったことはなかったが、多少の不気味さは伴いながらも、いまはついて行くほかないような魅力にひかれていた。

墓の列が、しばらく続いて尽きた。そのはずれのあたりに、大きなアコウの樹が茂って、わりと古めかしい家があった。男は、その門をはいった。邸内にはいると、玄関へまっすぐはいらずに、中門から庭へまわり、大きく裏へまわって行った。そこに、はなれのような建物があった。ふつうの邸構えとは違った位置で、そう考えると、建物も少し新しいようであった。

男はそのうすぐらい軒の下に立って、案内をこうた。すると、奥にも部屋があるらしく、暗く短い廊下をつたって、初老の百姓らしい男が出てきた。

「お客さんをつれてきました」

男はそう言った。

「どうぞ」

初老の男は、いかにも善意だけといった柔和な表情で、佐久田を迎えた。こんな客を迎えることがもともとわかっていた、という顔であった。

「ここは、何ですか」

佐久田は、あがろうとして、用心のために念を押した。

「ここで、あなたのお力がえられます」

つれてきた男は言ってから、初老の男に、

「お師匠さまは？」

と聞いた。

「お待ちでございます。宮城さまはおそいが、と案じながら、いま、おそろいの方々だけで始めていたところです」

初老の男が答えた。

廊下を奥へ通りながら、佐久田は、つれていた男が宮城という名だと、頭のなかにきざみつけた。

（すると、師匠とは何者だろう。そして、いったいここは何だろう……）

かれは、いぶかりながらも、そのまま導かれてしまった。そして、この家を出るまで、とうとうそれについて質問する機会をえなかった。

奥の部屋では、上座に師匠と呼ばれる六十をこしたぐらいの老人と、男二人、女二人ぐらいとが車座になっていた。宮城が佐久田を伴ってきたと報告すると、みな一応の会釈をし、歓迎の心を示したけれども、はずんでいた話を続けるふうで、佐久田にどれほどもこだわらなかった。佐久田は、一歩さがったほどの位置をしめて話に聞きいった。

「でもお師匠さま……」

年増の遊女らしい女が言った。

「弥陀《みだ》を拝みまいらせるのは、わたくしどもにとりましては、極楽へ通う道と心得ております。それを地獄へおちてもお恨みに思わない、という心がわたくしにはよくわかりません」

「そこが上人さまのみ教えの尊いところです……」

師匠がやさしくかんでふくめる調子で受けた。

「つまり親鸞《しんらん》上人さまは、そのお師匠の法然《ほうねん》さまに、心から、いや魂の底からお慕いし、おすがり申しあげていた。自分みずからは何の力も値打ちもないものと考えて、ひたすら法然さまにおすがりして仏の道をえようと志された。このような一心だけが自分の生命だと念ずれば、あとはひたすらおまかせするほかはない。おまかせした以上は、それによって地獄におちることになろうとも、悔いはない、とこのように念ずることが、つまりはおのれ一切をあげて仏におすがりするほかない、人間煩悩とどのつまりの一筋道ということになる。一切の欲もさかしらも捨てて、ひたむきに凡愚の心で仏におすがりしてくることを仏さまは微笑をもってお待ちになってくださる……」

「わたくしのような、けがれ、しいたげられ、花を失った遊女のなれの果てでも……」

「もちろんですとも」

師匠は根気よく説教を続けた。

「わたしたちの仲間には、遊女がむしろ多かったのです。涙の果てに仏の道におすがりして得度したひとが多かった。仏はその御手の上にのせたまうのに、身分の差をおつけにならない。貴賤善悪みな一如。善人なおもて往生す、いわんや悪人をや、とも上人さまは仰せになった。みずからを賤しく醜いと思うほど、南無阿弥陀仏の念仏一行が無上のお救いとなります……」

佐久田元喜は、この場のようすを少しは解した。仏のみ教えで人の苦悩を解き放つ話だとは、察しられた。けれどもそれから先はわからない。念仏とは葬式に唱えるあれか。上人さまとは誰か。南無阿弥陀仏とはなにか……。

佐久田は、力をこめて師匠と呼ばれる人物を見つめた。それから宮城を見つめた。佐久田を月光の下で苦悩をもつ人間だと見抜いた眼力はさすがで、頼りになるひとたちかもしれないと思われた。

「…………」

佐久田は、なにか言い出そうとして、のど元で押し殺した。頼りになりそうでいて、いざとなるとなにか冷たいものを感じてしまう雰囲気だった。かれは、はっきりしない気もちでそれを感じたが、まだよくはつかみとれなかった。かれが改めて部屋の造作を見まわしたとき、

「おそ出ながら、寄らせていただきました。お邪魔を……」

部屋の入り口で女の声がした。

「あ！」

声でさとってふりむいた佐久田と女が、同時に叫んでいた。

「マカト！　どうしてお前は」

「あなたも」

ふたりが、驚くやらうれしいやらで呼びかわしあうと、いきなり部屋のなかがはなやいだようで、説教が中断された。

「ああ……」

宮城が思いついたという顔でうなずいた。

「あなたがたは、たがいに悩みあっていたのだね。ちょうどよかった。ではここに」

宮城の誘いで、マカトが慣れたものごしで、腰を浮かして前へ出ようとした。そのとき、とっさに佐久田の頭にひらめいたものがあった。それは、マカトが佐久田の知らぬ間にこういう場所になじんでいるという驚きに根ざしていたが、急転してそのことが嫉妬のような感情になり、さらにこの場所に、深い因縁ばなしめいた秘密のにおいをかぎつけたのだった。

「マカト、来い！」

佐久田はやにわに女の手をとると、引きずるようにして部屋を出て戸外に飛び降り、月明りの小路を墓のあいだをぬいながら、一町ばかりはなれたコバデイシの樹下まで来た。あたりは、竜舌蘭やアダンが密生していて、風が鳴って通った。

「マカト。あれは一向宗だな」

佐久田は、言葉を鋭くして言った。部屋のなかの宗徒たちの話を聞いただけでは気がつかなかったことが、ふと頭にのぼった。マカトにあの場所で会った異常な刺戟のせいであった。

「……………」

うなずいたマカトのまつげが怖れでふるえた。

一向宗は不逞な宗教。肉食を許し、妻帯を許す、仏の教えにあるまじき宗教——佐久田元喜は、聞きおぼえの知識を思いおこした。——そして西洋の切支丹と同じく、領主や高貴に反抗することも教えるという不逞な宗教。薩摩お国表でもそれは法度になっているというし、琉球でも二十年前、その宗徒が多数罰せられた、と仮屋で薩摩の役人から聞かされたことがある。

(仲尾次《なかおし》政隆《せいりゆう》といった。二十年前、一向宗の信徒がしらとなって罰せられたひとの名。あのころはおれは生まれて三つぐらいか。亡くなったお父さまから、話に聞いたことがある。でも、あれはもう滅びたと思ったが……)

佐久田は、激動のあとの呼吸をしずめながら、マカトの肩に手をかけた。

「一向宗はご禁制だということを、マカトは知っているのかね」

やさしい言葉であった。激しく詰問しようと思ったとたんに、しばらく会わないうちにこのような驚きの種をもたらしたマカトが、いじらしく思われてしまったのだった。

マカトは、意外にやさしい言葉に少し驚いたが、

「わかっております……」

すなおに、深くうなだれた。そのうなじが白く月光をはじいていた。と、また匂う顔をあげて、

「けれども悪いみ教えではありません。阿弥陀さまの尊いみ力にすがって、心をしあわせにしあげた人が多いのです」

「わたしにはよくわからない。けれども禁制は禁制。万一、お上に露見したら、そのしあわせということも、つゆほどの値打ちもなくなるのだよ」

「そのようなことを、誰も気にやんではおりませぬ。たとい、露見してお上に引かれようとも……」

「マカトは知らないのだ。わたしは聞いたことがあるよ。二十年前……」

「うかがいました、お師匠さまから。仲尾次さまたち御一党は、阿弥陀さまのみもとへ参るのだと、心しずかに刑に服されたということです。わたくしたちも……」

佐久田は驚いて、ちょっとのあいだ、マカトの眼を見つめた。いまさきのあの驚いた色がもうなかった。それどころか、もう佐久田の思考のさきに立って、かれを説得し、自分の方へ引きよせようとする強引な望みが見られた。

「お師匠さまとは、誰だ？」

ふとそんな質問が出た。言ってしまってから、そんなことはどうでもよい、いま大

切なことはマカトの身の危険だ、と思いなおしたが、そのマカトが心をあずけ切って安心しているお師匠さまという人の名を知ってみたいという、わずかばかりの嫉妬めいた欲もはたらくのだった。

が、その質問にはマカトでないべつの声が答えた。

「備瀬《びせ》筑登之親雲上。……み仏を信ずる仲間に名はいらぬと言ったが、知りたければ教えてあげよう」

宮城が、いつのまにかコバデイシの幹に隠れて立っていた。

「備瀬筑登之親雲上……」

佐久田は肝にとめるように、つぶやいた。

「あなたは、その名前をどう使う？」

宮城のよい体格が、そういうとぐっと佐久田の前に迫ってきた。月光をふりはらって力を見せているようなものを佐久田は感じた。

「どう使うか、とおっしゃると？」

「一向宗残党がいますとお上へ訴え出ることが、いまのあなたにはできる」

「…………」

佐久田は、こんどはだまってうなずいた。

「あなたは、そうするつもりか」

ついさきほどの宮城とは違う者が、そこにはいた。佐久田の悩みに救いを与えてやろうと申し出た宮城は、ふしぎな温かみにつつまれていたものだが、いまの宮城は違う。あくまでも冷たい。佐久田は、答えに窮してたじたじとなったが、無理に一言、

「訴えたら、どうします？」

「いや、あなたにはできない」

いきなり佐久田の顔へはねかえってくるような、宮城の言いかたであった。佐久田は自分では受けながら攻めこんだつもりでいたが、こういう意外なきめつけかたに一瞬ぎくりとした。すると宮城は、ようやくさきほどの落ち着いた笑顔を取りもどした。

「さきほどあなたは、世に最大の不幸を一身に負うているという顔をしていた。それがマカトに会ったとたんに、あなたの顔が輝いた。マカトの悩みとあなたの悩みとがひとつであるかどうか、わたしは知らない。けれども、少なくともあなたにとって、マカトが一向宗を信じているということは、耐えがたいことだ。あなたは、一向宗を訴え出てマカトもいっしょに罰せしめることのできる人ではない」

「できる！　あなたは卑怯だ。わたしらの仲を利用して」

「そうではない。わたしは、自分の眼に狂いはないと信じている。あなたは仏を信じることのできるひとだ。阿弥陀さまの法名を唱えることのできるひとだ。わたしが、

見も知らぬあなたを誘ったのは、その自信があったからだ。意地をはらずに来なさるがよい。あなたは救われる」

「行かぬ。マカトもやらぬ」

「これは手ごわい……」

宮城は、すこし笑いをもらして、

「しかし、マカトはきっと来る」

「やらぬ。腕ずくでも」

佐久田は、勢いよく、たたかう姿勢をとった。が、宮城のからだにその反応がおこると見るまに、マカトが、佐久田のからだにとりすがっていた。

「いけません。どなたもそれだけにして。み仏の話をしているのでございます。訴えるとか、また……」

そのあとが、のどの奥でなえてしまったように、ふるえる声だけが聞こえた。

やがて、佐久田のからだに沿うて地面にくずれおちるマカトを、宮城は見おろした。そして、からだから力をぬいた。かれは、マカトが佐久田にめったなことをさせまいと考えた。

「マカトを信じよう。み仏のために」

宮城は、それだけ言い残すと、二人を残して、もどって行った。

「佐久田さま。……一向宗は決してよこしまなみ教えではございませぬ。どうか……」

マカトは、また佐久田の腰のあたりを抱くようにして、言った。そのあたたかくわびしい力を下半身に受けとめながら、佐久田は冷たい声をつくろった。

「マカト。お前は、おれとみ仏とどっちが大切なのだ」

頭に落ちてくるような言葉に、マカトは顔をあげた。月の光をまともに受けたその顔から、涙がみるみるかわいていって、恐怖の色がそのあとにおおいかぶさったかと思うと、一瞬ののちにはそれがまた悲しみの顔に転ずるのを佐久田はふしぎなものを見る気もちで認めた。やがて、

「わ……わかりませぬ……」

マカトの頭がこきざみにゆれて、その声を散らした。

「わからない……？」

佐久田は思わず叫んでいた。かれには、マカトの返事が意外であった。マカトが仏に頼った動機をかれは考えようともしなかった。かれは自分の悩みがマカトと添いい一心であったと思うと、マカトの悩みも当然二人のあいだの慕情につながるものであると、知らず知らずのうちに考えていた。仏がもともとその悩みを解くためのものであるのに、その仏がしたう男より貴いものであるということは、かれには耐えがた

いことであった。

「…………」

佐久田は、あとを言わずに歩き出した。

「佐久田さま……」

マカトがころげるように走ってきて、胸の前をふさいだ。

「どうか、訴えることは……」

それだけ言って、頭を激しく左右にふった。

月の光をやどした女の眼を佐久田は、しばらく見つめて考えていた。

（やはり、おれにはこの女を獄へ送ることはできない……）

かれは、しいてやさしい表情をつくって、大きくうなずくと、女の手をからだから引き離して遠ざかって行った。

マカトは、そのまま伏して泣いた。

泣いている眼に、仲吉良春のおもかげがしのびよってきた。

佐久田元喜――

仲吉良春――

弱い女の胸をいつもしめつける二つの魂のからみあいだった。

（この苦しみをのがれるすべを、わたしはみ仏に求めたのだった……）

マカトは、やはり師匠の前でみ仏にぬかずこうと、足を踏みしめて起ちあがった。

安政二年に仲尾次政隆らが刑に服してから二十年たつ。生き残った備瀬知恒《びせちこう》の前に、辻の遊女たちのような悩む者が、ふたたび救いを求めて集まりつつあった——。


尚泰が病んで床についた。

東京の使節から報告を受けた日、驚きのあまり、めまいで倒れ、その晩、夕食がのどを通らなかった。侍医が二人とも枕頭にはべって徹夜で看護し、煎じものなどの流動食が二日ほど続いた。

「あまり、み心をわずらわしませぬよう」

喜舎場朝賢が言うのへ、

「わたしが心をわずらわさないで、どう解決するのだ」

珍しく激しい、理屈ぬきの叱責だった。

「津波古は、まだわたしにじかに手紙をよこさないのだ。喜舎場ただひとりへ、しかも気休めのはげましだけ……」

眼のふちがぴくぴくひきつるほど神経的な怒りであった。

思慮深い津波古が、真実を知っているならば、藩王へはともかく、喜舎場へはもらすはずなのに——喜舎場は、在京使節の苦しみを遠く察した。

宜野湾親方も臥した。これは三日ほどでいちおう起きなおったが、五十ちょっと過ぎだというのに、はや老衰に見えた。このことを喜舎場は、むろん尚泰へ告げようとはしなかった。

亀川親方がついに藩王の寝所へあらわれた。近習たちの制止を聞かずに、

「おいたわしいことでございます」

藩王のやせおとろえた顔を見るなり、声をうるませて落涙したが、すぐそのあとに激しい進言を続けた。

「東京のご使節をただちにお呼びもどしあそばせ。出発のとき、わたくしが心配申しあげた通りでした。この上いつまでも滞在することは無用です。日本政府とはきっぱりと縁をお切りくださいませ」

尚泰はだまって聞いていた。

亀川が帰ると、喜舎場を呼んで、

「城下のようすが知りたい」

と言った。

亀川親方のような考えをもっている者がほかにもいることは、尚泰にも容易に察しられた。城下のことを喜舎場たちは少しももらそうとしないので、病床であれこれ推しはかるほかはなかったが、このたびの報告に接して落ち着いている者がいくらもい

ると は思えなかった。

「津波古でさえ気休めの手紙しか書いてよこさないとき、宜野湾も、報告が届いた日このかた顔を見せない。おおかたの士民の不安がどんなものか、わたしはようすが知りたい」

外は、小満《しょうまん》に降らなかった雨が、芒種《ぼうしゅ》にはいってけだるく降り始めていた。

「宜野湾を呼びなさい。津波古がいなければ、宜野湾にでも相談してみるほかはない」

使節からの報告を受けて半月目、喜舎場朝賢は雨のなかに宜野湾殿内を訪れた。

宜野湾朝保は床に臥していたが、喜舎場を見て起きなおった。

「どうぞ、そのまま」

喜舎場はおしとどめたが、

「ひとと話すときだけでも起きていよう」

宜野湾は、さびしげに笑って、

「寝たまま話していると、相手が必要以上に興奮するものと見えるので」

と冗談とも本気ともつかないことをつけ加えた。

喜舎場は、胸をつかれる思いで、

「どなたかまた……」

「亀川親方が、きのうも見えたよ……」

喜舎場は、答える言葉も見いだせなかった。亀川親方が、退官いらい宜野湾親方とほとんど口をきく機会がなかったと聞いているのに、ここ十日ほどのあいだに、二度もわざわざ出向いて宜野湾親方と話したということは、その感情の動きの激しさを物語っているようであった。

「上様のごようすはどうだろうか」

喜舎場がだまっていると宜野湾が聞いた。

「ご機嫌うかがいに参上しようと思ったが、おのれがこの調子だ……」

自嘲めいたものはあるが、思ったほど沈んでない口調に、喜舎場は少し話しやすかった。

「上様が、宜野湾親方と話したいと、おっしゃいまして」

「おっしゃらずとも、参上しなければならなかったこと。おひとりで悩んでいらっしゃることであろう」

「おそばに仕えながら、なにひとつはっきりした意見を申しあげられない不敏を恥じます」

「さすがの喜舎場朝賢がそうだ。このたびのことは、誰にもなかなか察しのつくことではない」

喜舎場は、ようやくいろいろのことを話すことができるような気がして、

「亀川親方には、どのような言葉をお返しになったのですか」

「わたしが……」

宜野湾は、言いさして喜舎場の顔を改めて見つめ、

「わたしは、三司官を退こうと思うよ、喜舎場」

「退かれる……」

喜舎場は、驚いた。いましがた、宜野湾親方がそれほど沈んでいないようすに安心していたのが、じつはおろかな早合点であったかと、改めて気がついたが、とっさに察しをめぐらして、

「そのことを、亀川親方にもらされたのですか」

「つい面倒に思ってね。わたしが官を退けばよいのでしょう、ということになった」

微笑さえ浮かべている淡々とした語りくちが、底に深い絶望をひそめているのだった。

「しかし、それではいよいよ亀川親方に、誤った誇りをいだかせることになるのではありませんか」

「それも考えた。しかし、亀川親方のあの、筋もなにもない強引な押しには、そう言ってさがってしまうより、手はなかった……」

「で、宜野湾親方はやはり三司官を……」

「一時のがれの言い草だったと笑われたくはない。それに……」

「それに？」

「いまのわたしは、あの亀川親方の筋なき言い分にも、反論の筋を通すことができない」

喜舎場は、宜野湾のうなだれた額を見つめた。聡明ながら、津波古親方ほどの決断をもちえぬ優柔な宜野湾がそこにいた。

（しかし……）

その津波古親方さえ、まだ何をも言ってこぬ……。

喜舎場が思いめぐらしていると、にわかに玄関のあたりが騒々しくなった。

「朝範、どうした！」

長男朝邦のとりみだした声であった。

宜野湾親方と喜舎場朝賢が聞き耳をたてているところへ、長男の朝邦が次男朝範を伴ってあらわれた。

「お父さま。朝範が何者かにこのような傷を……」

朝邦が弟の左ほおを指した。そこが紫色にはれあがっていた。

「どうしたのだ」

宜野湾親方は、しいて驚かぬふうをよそおうた。

「卑怯者です。石垣の角《かど》を折れたとたんに、二、三人飛びかかってきたのです」

「それでなぐられっぱなしか」

「いいえ。もちろん、相手にもひとつずつは当てました」

「世の乱れか。二、三人も組んでのカケダメシ（練習試合）とは」

「いいえお父さま……」

朝範は、ほおをおさえたまま、父の眼を見た。

「カケダメシではありませぬ。明らかに衆をたのんで私を害しようと」

「どうしたことだ」

「逃げしなに捨てぜりふを残しました。国賊め、と……」

「国賊……？」

宜野湾親方と喜舎場とが、思わず視線をあわせた。

「どこの者か。顔は見なかったのか」

喜舎場がはじめて口を開いた。

「顔を見ました。どこの誰ともおぼえがありませぬ。軽輩らしゅうございます」

負けぬ気の次男は、改めて軽輩に当てられたことがくやしいというように、力をこめて左ほおをさすった。

「よし。さがって休め」

宜野湾は言った。

二人の息子は、なお未練が残るらしく、父の顔を少し見ていたが、しかたなく退がって行った。

「このたびの報告と関係があるのでございましょうか」

喜舎場は、眉根をよせて、宜野湾を見た。

「国賊……か」

宜野湾はつぶやいた。

「まさか、亀川親方が軽輩を使って……」

「口をつつしみなさい。喜舎場親雲上」

「おそれいります。でも……」

喜舎場が、軽率を恥じながらもやむにやまれないという顔をすると、

「亀川とて大名の門、まだまだそのような卑劣なことを考えるとは信じがたい。それより、世間には、わたしの敵がふえた、と考えたほうがよさそうだ」

宜野湾は言いながら、かたわらの文箱をあけて、そこにはいっている短冊を出した。

「亀川親方が二度めに見えたのは、朝早くだった。お帰りになったあと、この一首が

できたよ」

喜舎場は、ていねいに宜野湾の手から短冊を受けた。

「いたずらにながらえる身をあさなあさな笑うに似たり朝顔の花……」

小さな声に出して読みくだしていくと、その自嘲の響きが、夏だというのにそこはかとない冷気をともなって、喜舎場の周囲にただよいめぐった。


とにもかくにも、宜野湾親方朝保は、藩王に会わなければならなかった。

あくる日、さいわいに雨が小やみになったので、おしてこがね御殿にまかり出ると、尚泰は頬のこけた顔いっぱいに喜びをあらわしたが、せくようにそれが消えて、きびしい質問が宜野湾をせめた。

「このたびの報告にあった、清国への朝貢差し止めについて、宜野湾が東京にいたあいだに、それらしい動きはなかったのか」

尚泰は言った。この質問は、報告の届いた日にも出たものだった、と宜野湾は思い出した。ありませんでした、と簡単に答えては、あまりに礼を失する、と考えて、

「わたしたちが清国のことを言い出すのを、政府の要人たちは非常にきらっておられました。しかし、それは末ながく日本が責任をもって琉球の面倒をみてくださるとの親心から出たものと、わたしたちはむしろ感謝申しあげたのです」

「冊封をお受けして帰ってきたとき、世間には喜ばぬ者も多かったようすだね……」

「いたようでございます。けれども、その後政府からのいろいろのありがたい御沙汰のおかげで、ようやく民心もおしなべて安定してきたようでございましたのに」

「あのときを思いおこし、このたびの御処置を考えあわせ、日本政府のお考えの底をどのように察するか、宜野湾」

「はい……」

宜野湾はようやくつまった。臥所にあるとも思えない尚泰の激しい追及であった。

喜舎場は、息をのんで宜野湾と尚泰とを見くらべた。

「いや、そなたを非難しているのではない……」

尚泰は、声をやわらげた。

「ただ、わたしがどのようにすればよいかと、迷っているのだ」

病床にある尚泰の声は、感情のたかぶったときが普通の調子で、やさしくすると消えいるようであった。

宜野湾は、いよいよ言葉を見つけるのに苦心した。

日本こそ頼るべき国——この考えはいまだに変わってはいない。ただそれが、どれほど心から信頼してよいのか、それがこのごろわからなくなったのだ。

「ごもっともなお悩み、お察し申しあげます。ただ、そのお苦しみをいまただちに解いてさしあげることのできない不敏を、恥じいるばかりでございます。いま一応の報告を待たねばなりますまい。わたくしからも、質問の手紙を東京へさしむけてございます。ただし、ご心配になるような士民の困却につきましては、わたくしたち重臣の全力をあげて、落ち着かせるよう、努力いたします」

宜野湾は、ついにそれだけのことしか言いえなかった。

かれは、藩王の前からさがると、改めて喜舎場朝賢を呼んだ。

「これをあずかってほしい」

宜野湾が出して見せたのは、辞任願いの書面であった。

「今日、上様にさしあげようと思ってきた。けれども、病床の上様をいきなり驚かせまいらせるにしのびない。ひとまず、そなたにあずかってもらおう。わたしが時機をみはからって伝えるときに、さしあげてほしい」

その時機とは、いつになるのであろうか。

上様の病がいえるときか……

宜野湾への圧迫がいよいよつのるときか……

東京から改めて第二段の報告が届くときか……

喜舎場は、ようやく、政治責任をもたない自分にも、なにかしら政治の重みのかぶさってくるのを感じとった。

津波古親方政正が単独で松田大丞に会おうと決心したのは、思いつきであるにせよ、ひとつの深刻な結論であった。

そのころ、使節たちに不安で退屈な時間が見舞っていた。五月四日にいちおうの話しあいがすんでから約二十日、琉球へ帰ることもかなわない、という事態が不気味であった。

「もう、琉球へ帰ってもよろしいでしょうか」

と伊地知貞馨に聞いたら、伊地知が松田にうかがい、その返事が、

「しばらく休んでいけ」

ということであった。

かれらはもはや、これをすなおに言葉通りに受けとることができなくなっていた。

「休んでいけとは、どういうことでしょう。裏になにかが……」

とにかく、砂糖車をひく馬の目かくしを思い出させられる生活だった。使う人の言いなりだ。砂糖車の馬は、歩く路線が円周上と決まっているから、まだよい。だが、この馬たちはどこへ連れて行かれるかわからない。

「わたしどもがどこへ連れて行かれるかわからない、というだけなら、まだしも。ひいては、琉球の士民全体の行く末のことだから……」

みんなの視線がなんとなく津波古に集まって、救いを求めているような雰囲気を感じると、津波古親方には新しい決意が必要であった。

(思えば、半年来、被害者として受け身にまわされるだけで、積極的に開拓する意志を、いつのまにか失っていた。いまの琉球に大事なことは、その意志ではないか……)

政府では連日会議が開かれた。その多くは、内務卿大久保利通と内務大丞松田道之との二人だけの打ち合わせであったが、あくまでも公式な会議であり、厳重に記録に残された。

太政大臣を中心にすえた閣議もあった。

「琉球使節と話しあっても、責任のがれの言いわけばかりでラチはあかぬ。松田大丞を派遣してじかに藩王と談判せしめたい」

内務卿の提案にたいして異存はなかった。そして、松田へ出張命令の出たのが五月十三日である。「処分官松田道之」と呼ばれた。

「台湾遭難者への撫恤米をみんな喜んでいる旨このほど、謝礼状が来た。約束どおり下賜する新造蒸汽船大有丸は、品川港に堂々と待ちかまえている。松田処分官をこれに乗せてやれば、国威も恩恵も実質となって琉球の士民にあいまみえることができようというもの」

こういう大久保の企画と論議にはよどみがないようであった。だが、

「鎮台分営の設置はどう運ぶ？」

陸軍卿山県有朋にとって、それだけが大問題であった。それは無理もない。清国との交通断絶には手続きは口先だけですむ。藩制改革でも、多少は時間がかかるだろうが、頭脳と口先だけが道具だ。だが、

「何百名という兵隊をいつ運ぶ？　いや、まず兵営だ」

「まあ、せくな」

「せくなと言ったって琉球処分の第一義は国防だとわたしは考えているから」

「と言ったって情勢は一歩一歩築いてからだ。処分官派遣のこともまだ琉球使節に告げてはいない。いたずらに騒がせては困るからだ。それくらい慎重を要する相手。騒がせずに受け入れ態勢をととのえさせるのが、いちばん肝心なことです。松田大丞といっしょに誰か陸軍省からでも派遣するとよい。分営敷地から定めぬことには話になるまい」

「なるほど」

「処分官のしごとがいつ終わるかわからぬ。が、そのあいだ陸軍省では分営設置の事務上の準備だけを進めておけばよいではないか」

大久保は、琉球使節を相手にするより閣僚たちを相手に論じているほうが貫禄があった。

「大臣諸公は、琉球に関するかぎり、わたしの言いなりだ。この上、琉球の諸公が信用してくれるとよいがね」

大久保は、松田にそんなことを言って笑った。

「そのほうがむしろ先決だから、話は皮肉なことになるがね」

「琉球の諸公は、松田におまかせください」

「そう、いつまでぐずぐずながびいてもいけまいが」

「連中は、話がすんだものと思って琉球へ帰りたがっていますが、わたしといっしょに連れて行ったほうがよいでしょう。そのほうが親密感を生んで、ひいては受け入れ態勢もできることになりましょう」

琉球使節到来このかた、閣僚は大久保に、大久保は松田に、すべてをあずけ切っているかたちであった。

（受け入れ態勢か……）

松田の頭には、日夜そのことばかりがあった。そうしたころ、津波古親方が松田を訪問したのである。

「政府のこれからの具体的なご計画を、ぜひおうかがいいたしたく、あえて参上いたしました」

津波古親方は、内務大丞室で、松田に正面から向かった。

松田はゆっくりと葉巻きをくわえて、火をつけたあと、

「琉球藩に対する、清国交通のさし止め、藩内諸制度改革。とくにご承知のはずだが」

「それは存じております。でもそれをどのような手続きでなさるのですか。わたくしたち使節には何のご沙汰もありませんし、伊地知さまにも何のご命令もないとのこと。それから、なによりふしぎなことは、なぜ使節たちを琉球へはやく帰そうとなさらないのでしょうか。ゆっくり遊んでゆけとおっしゃっても、使節たちは落ち着いて遊んでいるだけの心のゆとりがありませぬ。むしろ、このまま滞留しているほどに、郷里のことが気になり、責任を重く感ずるばかりです」

「わたしといっしょに行きましょう」

松田は、煙をはいて言った。

「は？」

津波古は、とっさには解しえなかった。

その津波古の見ている前で、松田道之は、机のひきだしから一枚の書面を出して見

せた。津波古親方は、差し出されるままに、手にとって、あざやかな文字の群れを読みくだした。

「内務大丞松田道之、御用これあり、琉球藩へ差しつかわされ候事。明治八年五月十三日、太政官……」

「これは出張命令ですね。しかも十日も前に出ていること。なぜ、わたしたちにこのことを……」

「津波古親方」

松田は、居ずまいを正して、口調を改めた。

「これから、わたしとあなたと男同士の腹をわってお話ししたい。承知してくださるか」

ようすの急変に津波古は少し驚いたが、とにかくうなずいた。

「わたしは、あなたの言われる諸手続きを施すために琉球へ出張します。このことをなぜ、決定したときに話してくれなかったかと、言われるのだが、それについては重々おわびする。しかし、わたしにとっては、松田一個を不義理な者にしても、国家の大事を保つ必要があった」

「と言われると……？」

「こんなことを申しあげると心証を害されるだろうが、わたしは琉球のひとびとの理解力をまだそれほど信ずることができない。もしわたしが、出かける日取りも決まらないうちに出張のことをもらせば、その情報がただちに琉球に飛び、琉球の士民があらぬ想像に騒ぎたてるかもしれぬ。わたしは最もそれをおそれた」

「で、いつお発ちになるのですか」

「まだ決定してない。だから、まだあなたにもお知らせすべきではなかったかもしれぬが、津波古親方になら、理解し協力していただけると信じて、打ち明けたしだい。わかってくださるか」

津波古は、松田の口髭のかすかなふるえを見た。そして、うなずいた。

「しばらく遊んでいけと達したのは、わたしの出発の時まで待ってもらうつもりの処置です。ひとをバカにしているとお思いになるかもしれないが、やむをえないこととご理解いただきたい」

「…………」

津波古は、答えず窓を見た。まだ午前である。日が暑い。外は風がわたっているが、この重苦しさはどうであろう。いわば裏切りである。藩邸においてきた使節たちは、どうしていることだろう。

「それにお叱りを受けるのは、やむをえまい。清国は、そのような信義を裏切るようなことはしない、と比較して追及されてもしかたがないとは思う。しかし、津波古親方……」

津波古は、視線を松田に返した。

「それくらいの理由で、琉球が日本より清国を貴しとするのは当たらない。そのような形ばかりの信義なぞは一旦国難あるさいはどこに吹き飛んで行くか知れたものではない。はやい話が台湾問題だ。清国は、口では琉球を藩屏だと称していながら、ついに責任をのがれた。一昨年の上海の新聞に、福州で琉球の進貢船に関税を軽くしたという記事が出ていたが、平和時の恩恵など恩恵とは言えまい。国難あるとき庇護してもらうのが、まことの恩義ではないだろうか」

津波古親方は、なおだまった。台湾問題は、日本としては国威宣揚という自分の立場からしたことだ、と言えば言えた。それをそのまま恩義として買うのは早計にすぎよう。しかし、いま松田が言うように、一旦緩急あるさいに清国がたよりになるまいということも、また真実であるようだ。

「北京外交のさい、清国の外交談判は、きわめて非近代的なものだったと、報告に出ている。大久保卿が苦心なされたのは、列強のはたからの圧迫だ。西洋列強諸国は、自分たちの権益を東洋にのばすために清国を抱きこもうとしている。清国くみしやすし、日本はかりがたし、というのがかれらの観測だ。こういう世界情勢のなかで、津波古親方。まことの信義というものをいかに解されるか」

興奮にならないように、節度をたもった、松田の説得であった。

沈黙の時間が流れた。松田の葉巻きに、火が消えた。

津波古が、頭を下げて、

「ご高話のおもむき、よくわかりました」

それだけ言った。この上、なにもつけ加えることはないと思った。

松田の顔がほころぶと同時に、津波古は起ちあがった。

「藩邸へもどって、使節たちによく申し伝えます」

そして、背をひるがえそうとするのを、松田はおさえて、言い出した。

「使節たちが東京で責任をとれない問題のために、わたしは琉球へ行く。しかしながら、琉球藩の人士の思想が古ければ、しょせん無駄に終わることだ。あなたは琉球藩王の侍講だ。藩王はじめ重役たちの啓蒙に、全力をつくしてほしい」

津波古は、こんどは笑顔さえつくってうなずいた。

藩邸へ帰りついたのが、昼すぎ。それから約二時間、津波古親方は、使節たちの説得につとめた。

使節たちは、案の定はじめのうち、日本政府の裏切りをならした。津波古は、自分が松田から説得された過程を、ほぼそのままに、池城、与那原、幸地らの使節たちにたいして再現しなければならなかった。そして、どうやら納得させることができた。

それもしかし、いちばん役に立ったのは、津波古親方の世界情勢に関する学識の深さであった。

「津波古親方の言われることなら、信頼申しあげましょう」

というのが、かれらのおよその意向であった。

「で、出発の日はまだわからないということですな」

池城が、なおそれが心配でならないというようすなのへ、

「とにかくわたしは、上様へ親展の手紙をさしあげます。上様さえ確かな方向をもっておいでになれば、最後に誤ることはないのです」

「それがよい。それでは……」

与那原親方は、なにか考えこむしなをつくったが、

「松田さまに、なにかひとつ、物をお届けしましょうか」

このような場合に、誰かがすぐ思いつく、伝来の慣習であった。それは、〝賄賂《わいろ》〟というほどの深い意味をもたなくても、いちおうのあいさつがわりとして、意思、感情のつながりを示す手段とされた。

「それがいい」

池城らが、ただちに賛成して準備にかかるのを、津波古は松田の態度、ものごしを思い浮かべながら、なにかそぐわない気もちで傍観していた。それでも、それをさし

とめるだけの理屈をかれはまだもちあわさなかった。

急いで街へ出て買い求めたなにがしかの品物を、夕方ようやく松田邸へ届けたあと、使節たちは、ひとまずのんびりした。

「なにか、肩の荷が半分とれた気がする」

生来のんきな与那原は、現金にそんなことを言った。津波古はしかし、おそらくほんとうの荷はこれからかかってくるのではないかと考えた。

（わたしが積極的に松田大丞に会いに行かなかったとしたら、どのような事態がおこったことだろう……）

この二十日間に日本政府でどのような議論がなされたか、津波古にはおおよその察しがつく。琉球の行くべき道は、もはやひとつしかないのだ。けれども、その道というものが、琉球にとってどのようにけわしいものであるか、日本政府がまた、それをどのような手段で強行突破するか。脅威——松田の渡琉を手はじめとする脅威が、琉球の人士にとって、かりになんの予備知識もなしに行なわれたとしたら……。

翌日の昼間、藩邸に松田の使いがあらわれ、前の日に届けた品物と一通の書面がもたらされた。

「昨日は留守中、失礼。お贈りの品については、早速拝納したいが、諸君と私とはもともと深い交りもなく、ただ職務上の知り合いにすぎない。よってこの品も職務上のたよりだとすれば、お受けするわけにいかない。このたび私が貴藩へ出張するとなれば、将来諸君との職務上の交際はいっそう必要になるわけだから、この種の贈答はつとめてたがいに謝絶したい。せっかくだが、お返しするから、お受け取りの上、握手してください。以上不本意ながら、職務上の立場をおくみとりくだされたく……内務大丞松田道之」

舞いもどってきた贈品を前に、使節たちは顔を見あわせた。

「日本という国は、たぶん琉球を将来みちびくに足る、ひらけた国です」

津波古親方が、おもむろに言った。かれは、松田にしたがったことを満足に思った。今日の琉球にとって、漠然とした不安のなかに、なにかひと筋の希望を求めるとすれば、こういうところにしかないのかもしれない、とも考えた。

松田道之は偶然なことながら、津波古親方を説得する機会にめぐまれ、また贈与品を返してやることで当方の節度を示してやり、いよいよ琉球へ渡るきっかけはできた、と考えた。

「いよいよ準備をととのえて、出かけたいと思います」

松田は、内務卿大久保利通に申し出た。

「ちょうど今日、陸軍省からも派遣人員が決定した旨、連絡が来ております」

「よかろう」

「つきましては、任務遂行上、二、三のうかがいを奉りたいと存じますが」

松田は用意してきた、うかがいの公文書を提出した。

「一、琉球藩王は、名目は藩王だが、こんどの藩職制改革案では一等官をさずけられてある。政府では他の一等官にたいして、わたしは指揮権をもっている。このたびも琉球藩王にたいして、同様に待遇してよいでしょうか。

二、琉球藩は、むかしから一国の体裁をなしていたので、わが国との交際に、すべて贈答のくせがつよい。贈答というのは、人間交際上すべて悪いとはいわないが、害が少なくない。ことに、小官のこのたびの出張目的には、藩制改革ということもある。私からその害をさけるようにしなければ、とうてい任務を遂行しえないと思うので、贈答一切、断わってよいでしょうか」

大久保利通は、満足であった。完璧《かんぺき》な使節としての態度であると思われた。

「第一条は、うかがい通り認める。第二条についても、もっとも。まず、現地へ行ったら、従来の習俗を一変させて、国策のおもむきを十分貫徹させるよう尽力してもらおう」

大久保はすでに、松田道之という人物に、外交官としても全幅の信頼を置いているようであった。

松田は、これだけの信頼をよせられれば、自分の全能力をかたむけて仕事ができる、と喜んだ。文献だけで知っている琉球という国、その国で最も優秀に属するに違いない使節たちからおしはかった琉球人士の考えかた、そのなかにかつて中国からも薩摩からも国家使節がたびたび行った。かれらは、それぞれの任務をもって行った。けれども、松田のような使節はなかったのである。つまり、このような国家的変事を、いっさい近代的な合法性において平和的に処理しようというのが、松田内務大丞の誇りある使命であった。

「大丞。任務は重いですね」

出入りの新聞記者から世辞を言われて、松田の口髭がぴくりと動いた。が、新聞記者は、つけ加えるように言った。

「暗殺されませんかな」

「なに？」

松田は、思いがけない質問に少しばかりあわてた。暗殺がこわいと思ったのではない。使節たちの物腰からして、暗殺などということは考えられない。けれども、思わぬ事故というものを、できるかぎり予想してみなければならない、と気がついたのである。

「出発準備はいちおうととのいました。けれども考えてみますと、なお現地での困難がいろいろ予想されます。できるだけくわしく、具体的にご了解をいただきたいと存じます」

松田は、ふたたび大久保へうかがいを提出した。

うかがいは全部で十五項目、松田が使節たちとつきあった体験から、全知能をふりしぼって出した問題であった。

「処分官として一身に任務を負うて行くからには、究極の目的を達成するために、琉球の人士にたいして、あるいは寛にあるいは猛に、臨機の態度をもって処置してよいか」

という、自信にみちた質問で第一項をかざっていた。

池城らの使節は、すべて藩王にうかがいをたてなければわからない、と言っているが、藩王に会ったら会ったで、また同様な言いのがれに出会うのではないか、というのが最大の不安であった。清国との交通、進貢を断絶すべきことは、決定したことで、もはや再嘆願はかなわぬ。清国への連絡は許さない。清国からとがめを受けたら日本政府で引き受ける——これだけ言ってやれば、のがれることはできまい。

また、藩王の地位、権限についても、改めて強く藩王自身に認識させる必要があろう。藩制改革をいやがるかもしれないが、藩王とはいえ、琉球一藩を私有すべき時代でないことを認識させねばならぬ——明治維新の大本は天皇親政の実現であり、藩王とても、朝廷から土地、人民の管理をあずかる臣下にすぎない、ということ。

藩王の上京謝恩については、他府県知事にはその義務はないが、せっかく特別待遇で藩を存置した琉球の場合は、とくに人民のためにその必要がある。それを拒めばいきおい大変革して他府県長官なみに成り下がることを、おどかしておきたい。そして、上京については、いらぬ心配をさせないよう、拝謁のほかに別段の御用はないことを強調しておきたい。

以上は、任務の基本大綱からして、いちいちもっともなことであった。これには、誰からも異存の出ようはずがない。しかし、松田はなおこまかい予見をしなければならなかった。

藩王と会う――という簡単な手続きが、はたして単純に遂行しうるものかどうか。琉球には国王が元気でも、始終摂政というものがいるのだ。「藩王は病気だ」と上京使節たちは言っていたが、それは事実か。もし、現地でそう言われたらどうしよう。摂政と会ってよいだろうか。命令書は直接に藩王へ渡さなければならないかどうか。やむをえなければ摂政へ渡してよいか。

さらにまた――

「小事件は臨時処分の上お届けしてよいか」

「人心を動揺せしめないように親切にし、命令箇条のほかは不問に付したいが、将来置県に備える必要な資料は調べてきてよいか」

云々。

これ以上の注意深い予見はなかろうと思われる提案に、内務卿の異存はなかった。

六月はじめ、津波古親方の手紙はすでに海を渡りつつあった。

# 処分官と弁当

津波古親方からの手紙が藩王に新しい覚悟をよぎなくさせたとき、宜野湾親方朝保は三司官の冠をかけて官をおりた。琉球がこれからたどるはずの息のながい道は、新進の三司官にゆだねたい、という希望がかなえられた。

後任は富川《とみがわ》親方であった。就任あいさつのために藩王の居間にまかり出ると、藩王はひとこと、

「日本との関係がだいじなとき。しっかり頼む」

と言った。

おとなしい富川親方は、いちおう感激して引きさがったが、さがってから考えてみると、藩王の頭にはいま日本のことしかないことがはっきりしてきた。

「わたしは、日本使節と外交するために三司官になったようなものですね」

評定所に落ち着いてみてから、摂政の伊江王子に言った。伊江王子はうれしそうに、

「よろしく頼むよ。わたしたちは、日本とのおつきあいにはくたびれた経験がある。あなたは新鮮な頭で、むしろよい智恵が出るかもしれん」

と言った。その自信のなさそうな表情を見ていると、富川親方はいよいよ心細くなった。

「池城親方は、ずいぶん慣れていらっしゃることでしょう。ひと足さきに帰っていらっしゃればよいのに」

「帰ってくれれば、ひと一倍働かされると思っているのだろう」

「内務大丞というと、よほど偉いひとなんですね」

富川は、新任の緊張で、とにかくなにかしなければならないと考えて、

「上様がお出迎えなさらなければならないのではないですか」

「まさか、上様を出すわけにいかないよ。ご病気でもあるし。今帰仁《なきじん》王子に出てもらうとよいだろう」

その必要があれば、準備をしなければなるまい、ということであった。

伊江王子と今帰仁王子とは兄弟で、ともに藩王尚泰にとっては叔父であり、なにかにつけて代理をつとめた。

「それはそうですね」

富川はまた考えて、

「では、御使節の宿舎を考えておきましょうか」

「それも、内務省出張所が考えるのではないかな」

伊江王子は、きわめて不熱心であった。

「そうかもしれませんが、よしんば無駄になっても、こちらの誠意のあるところを示してあげればよいと思いますが」

いわば、無駄の効用というものであった。松田は、のちにこの得体のしれない力をいやというほど思い知らされたのであるが、琉球の政治家は、とにかくこれだけを生まれながらに身につけているようでもあった。富川が三司官に就任してまず行なった発言で、しごとらしいものは、それであった。

伊江王子は、さすがに反対をしなかった。

「では内務省出張所まで行ってようすを見てきます」

富川が気軽に那覇西村までおりてみると内務省出張所の福崎季連はこう言った。

「総勢七十余名。六月十二日に発つという通知だから、もうとっくに着いているころだが」

「それは大変だ」

富川親方は驚いた。

「宿舎を準備しようと思っているのですが、七十名ものおおぜいでは、ちょっと手数がかかります。いつごろお着きになるのでしょう」

　すると、福崎季連は言った。

「いや。気になさらなくて結構です。宿舎はすでに、わたしたちのほうで手配ずみだから」

「七十名もですか」

「そう」

「で、松田大丞はどこに」

「西村の山口親雲上《ぺーちん》の邸に」

「そうですか」

　富川親方は啞然とした。相手の手廻しがよすぎたのか、こちらの出方がおそかったのか、とにかく負けたのである。

　しかし、それではとすごすご引きさがるのはみっともない、とさすがに思いついて、

「では、山口親雲上にふくめて万事ご接待にぬかりのないよう手配いたしておきましょう」

　そのまま、ほど遠くない山口親雲上邸へ向かった。

　山口親雲上は恐縮した。わざわざ三司官が出向いて指し図をするということは、容

易ならぬことと思われた。

「日本政府の高官を、どのようにおもてなし申しあげてよいかわかりませぬが、ただ誠意をつくして」

山口は富川の前に平伏した。

「それでよい。わたしたちも、そのつもりでいるのだ」

富川は正直に言って、

「ところで、おもてなしの準備は？」

「はい。いずれ内務省出張所からお達しがあるかはしれませぬが、とりあえずお部屋の模様を新しくしまして」

「食糧、薪などのたぐいは？」

「そのうち内務省出張所から分けてくださることになっています」

「ああ、それはよくない」

富川親方は、ほっとしながら打ち消した。

「せめて、そのようなたぐいの物だけは、藩庁で負担すべきだ。お部屋の模様がえも、そうすべきであったのに。もっとはやく報告してくれればよかった」

「恐縮です。出張所から費用を出されるとのことでしたから」

「御冠船《おかんせん》（中国からの冊封使渡来）の御接待と同じくらいに考えてもよいことだが、

こんどは予算をたててないことだから七十名分は無理だとしても、松田さんはじめ当邸にお泊まりになる分だけでも、藩庁でもちたい」

「御苦心のほど、お察しいたします」

「だから、出張所から物を届けてこられても、お断わりするのだよ」

富川親方は、これでよいと思った。外来の賓客を接待することは、外交だらけの国にとって、古来大きな国事であったから、これだけのことをとっさに思いついたことは、何のふしぎもないことだが、それだけに誰かがかならず考えなければならないことであった。

ひと安心をして山口親雲上の邸を出る富川親方の姿を、少し離れたところから見て、微笑をもらした男がいた。鹿児島商人前田屋藤兵衛である。

「新三司官を利用したらよいな——」

かれは、つぶやいた。

翌日の午後、富川親方が評定所からさがってくると、まもなく前田屋藤兵衛が訪れた。

「三司官にご就任おめでとうございます」

前田屋は如才なく、鹿児島渡来の菓子折りを出して、

「いつもお世話になっている身の上、もっとはやめにお祝いにあがるところでございますが」

「いや。そちらも忙しいのですから」

富川親方は、悪い気はしなかった。鹿児島人というのは、商人として評定所に出入りする分には腰を低くして来るのもふしぎでないとしても、底にはどこか尊大なものをもっているし、そのために琉球人のほうでは高官も敬遠しているのだ。それが、こうして祝いの言葉を受けるのは、やはりうれしかった。

「このたびまた、たいへん大事な時期にご就任なされまして、ご心労のほどもひとしおかと存じます」

「まったく、たいへんなお務めだと思います。これもしかし、ご奉公がいのあるところだと考えましょう……」

富川親方は、ひとのよい得意さかげんを、まるだしにして、

「はじめてお迎えする日本の高官たちです。あなたがたのお力を借りることもありましょう。よろしく願いますよ」

「それはもう。お力になることでしたら、なんでも」

前田屋藤兵衛は、それを待っていたというように、相好をくずして頭を下げた。

「評定所のほうでは、ご準備もいろいろと、お忙しゅうございましょう」

「準備といっても、前田屋さん。こんどのは、はじめから思いがけないことばかり。なにを準備してよいかもわかりません」

「なんでも、蒸汽船を一隻たまわるそうですね」

「なんだか夢のような話ですが、かねてから台湾遭難いらいよほど同情していただいているから、ほんとうのことになりましょう。蒸汽船といえば、ペルリ提督に驚かされ、日本の軍艦大阪に感嘆したところですが、その蒸汽船を琉球ももつようになるとは、まったく」

富川親方は、前田屋が期待している以上に感動しているようすであった。前田屋にとっては思うつぼであった。

「藩庁としては、その運営にもたいへんでございましょうね」

「まったくそうなんです。船手座《ふなてざ》にその心得をしておくように申しつけたら、船手座でもびっくりしましてね」

「そうでございましょう」

「なにしろ、これまでは船の管理といっても、木造の帆前船だけ。蒸汽船というものは、鉄でできていて蒸気で走る。蒸気をどのように買い集めて貯蔵しておくのか、と大まじめで談じていたそうですよ」

富川親方は、愉快そうに笑った。

「いや。お察しします。じつは手前もそのお話をうかがって考えましたのですがいかがでしょう、その蒸汽船の管理運営を、この前田屋におまかせくださいましては」

「なに。蒸汽船の管理運営を、前田屋さんが？」

富川親方は驚いた。こんな突飛な話は生まれてはじめて聞いたという顔をした。前田屋はなお殊勝げに、

「突飛なことでびっくりなさいますでしょうが、まじめな話でございます。いや、考えてもごらんなさいませ。蒸汽船の運営などというものは、蒸気をどこで買いもとめてためておくかの問題どころではございますまい。船員の管理がいちばん難しいところでございましょう。蒸汽船といえば、琉球人ではどうにも間にあいかねるところです。船員はみんなヤマト人にかぎります。これにこんどの場合、政府から払い下げになるとすれば、船員もそのままヤマト官人の船員がつけられることになりましょう。そうなると、やはり評定所船手座の管理では……」

前田屋藤兵衛は、さすがであった。琉球藩庁の弱味をしっかりとにぎってかかった。技術や施設の問題より、人の問題だというのは、琉球としてはこの場合、確かに痛い急所であった。なにしろ、ヤマト人を部下として扱った歴史がなかった。那覇ではヤマト人といえば、商人といえども、琉球人の士族より大きな顔でのし歩いていた。船乗りというものは気が荒い。それに、ヤマト人官人が船員ということになる

と、どういうことになるか、ちょっと想像がつかない。想像がつかずに、ただ心もとなさだけが、なんとなく身に迫ってきた。

「そういうものですかなあ」

富川親方は、嘆息して前田屋の顔を見つめた。

「前田屋もながねん評定所に出入りさせていただいております。もともとのヤマト人で、ヤマト人の扱いでお役に立てるなら幸いです。もちろん、商人ですから、ただでご奉公するとは申しあげませぬが、ご恩返しくらいのご奉仕を申しあげたいものと存じます」

筋は通っていた。富川親方は、前田屋が「もともとのヤマト人」と言うとき、やはりもともともっているヤマト人への敬遠感が頭をもたげてきたが、前田屋がみずからそう言って飛びこんできたことにかなり好意をよせてしまった。

かれは、翌日、摂政伊江王子と三司官浦添親方にそのことをはかった。

「それはどうかね。前田屋という男はくわせ者だよ。士か百姓かわからぬ風情だし、ヤマト人か琉球人か節操のほども当てにならない」

伊江王子は、とにかくヤマト人はいつまでも敬遠するにかぎるという顔をしたが、浦添親方は、

「しかし、言うことを聞けば一理はあります。とにかく、それだけの心構えはもって

いて、いちおう松田大丞をお迎えしてみようではありませんか」
と言った。けっきょく相談はそれで終わった。なんら決着はついていない。またつけられるはずもなかった。この国では、たいていの大きな問題が、自分で結論をつけるわけにいかないようにできていた。むしろ、前田屋のほうが、もはやそのつもりになって、松田への供応のことなど積極的に考え始めていた。

松田道之は、ひどく緊張していた。

七十名あまりもの人員をひきつれて、異国まがいの琉球へ、海を渡って行く、という旅の重さのせいでもあるのだが、真実はやはり任務の重さだ。

六月十二日に品川を発って、那覇に七月十日に着いている。四週間かかった。ふつうの便船なら神戸と鹿児島に一日ずつ泊まるとしても十日というところである。神戸と鹿児島に十日ずつ泊まった。それぞれ琉球のことを調べていたのである。大阪へ寄って、大阪租税寮と琉球藩出張所で、納税事情を調べた。鹿児島では、旧藩時代の島津藩の統治状況を調べあげた。両方の資料をたんねんにひきくらべたあとで、副官として同行している伊地知貞馨に言った。

「島津の圧制は、容易ならぬものであった由。それにくらべると今日の政府の仁政に敏感に感応してきそうなものだが、なんともふしぎな藩だ」

「日本人は、みな薩摩と同じだ、と警戒しているようすがあります」

「きみもそんなに警戒されたのか」

伊地知は笑って答えなかった。このような会話なら、これまでにも幾度かくりかえされてきたのである。それどころか、松田が大久保と話しあっていたころは、ちょうど大久保がいまの松田のような調子であったし、松田がいまの伊地知のように落ち着いていたことを、伊地知は知っている。このようすを見ると、琉球藩の態度を問題にするよりも、日本人が琉球にたいする向かいかたを問題にしなければならないのではないか、と思われた。責任をもって琉球へ向かうと、誰でもいまの松田のようになってしまう。これは、一応は今日の琉球藩と日本政府との政治的関係からくるものであるらしく考えられるけれども、本当はもっと人間的な問題なのであろう、と伊地知は松田を見て思うのだった。

大阪で、琉球藩用達という商人が二人訪れてきたが、それぞれ贈り物をたずさえてきた。長崎武八郎という者が酒一樽、魚住源蔵という者が菓子箱。が、松田は、

「任務でおもむく途中である。政府の官員にそのようなことは遠慮されたい――」

と、にべもなく門前払いをくわせた。

またその後、松田は船のなかで、おもだった部下四名を呼んで厳重に申し渡した。

「出張中、贈り物を受けてはならぬ。往復文書はすべて松田の名義にせよ。貴官らの

私文書も松田の検印を受けよ。なにか談判を受けたら、ただちに相談せよ」

云々。

伊地知は、命を受けながら、

(なにか違う。間違ってるところがある……)

と、ひそかに感じていた。

かれは、二年前、那覇の辻遊廓で前田屋藤兵衛たちの供応を受けたことを思い出した。あのとき、かれも供応に抵抗した。だが、抵抗のしかたが、いま松田のするようなものではなかった、と伊地知は自負するのである。

「松田大丞は、もっとゆとりをもたれなければなりませんが」

伊地知は、鹿児島を出て間もなく、甲板を散歩しながら語った。相手は陸軍少佐長嶺譲である。

「しかし、琉球人は案外骨があって、少しでも油断を見せると逆手をうたれると聞いていますから」

長嶺は、陸軍省で含められてきたとおりに答えた。大久保の体験が山県陸軍卿に伝えられ、山県流に肩をいからした姿勢で部下に示されたものであった。

「骨は骨でも軟骨ですからね。ゆとりをもって、からかうぐらいの態度でかからんと、こちらがくたびれる。あなたも分営建築の準備調査をなさるには、ことに軍隊をきらう土地柄だから用心なさるがいいですよ。いよいよきらわれるばかりでは、どうにもなりません」

話しながら、伊地知は妙に自信めいたものを感じて、うきうきしてくるのが、自分でもおかしかった。

こんど内務省から呼ばれて上京したとき、松田が琉球のことにくわしいのに驚いたのを、印象深く覚えている。伊地知がなんとなく感じている琉球人気質というものを、松田は学問的に理解しているふうであった。伊地知は、はじめて会った松田だが、こういったところから、琉球関係の問題をまかせられる人物だと考えたのである。それが船に乗ってくるうちに、いつのまにか松田を見おろして批評などしているのは、どうしたことだろう。

(やはり、琉球に近くなるとおれの頭の皿に水がのるということかもしれぬ……)

三年ほどで琉球河童になったつもりの伊地知は、考えて苦笑した。

かれは、得意になって、池城、与那原らの船室を訪れた。船に乗ったらあまり琉球使節と慣れないように、と松田から言われていたのだが、そう無理することもあるまい、と考えたのである。

「どうぞ、どうぞ」

池城は、愛想をつくって伊地知を請じいれた。那覇はもう近い。故郷を乗っ取りに行く連中に守られながら帰る、妙な気もちに照れているような表情があった。

「ながいこと、ご苦労でしたね。ほっとしたでしょう」

伊地知は、ねぎらった。

「さあ、ほっとしますかどうか」

与那原が答えた。皮肉ではない。浮かない顔である。

「どうして？」

「宜野湾親方が三司官をおやめになったそうです。郷里ではさぞ心労なさっていることだろうと思いまして」

「なるほど。そういえば藩王もご病気なそうで」

伊地知は、言って口をつぐんだ。それ以上の同情をしても、相手に受け取ってもらえない立場を感じた。

宜野湾の退官、藩王の病気——それらの情報をかれらは鹿児島で受け取った。むろん松田道之にも伝わっている。そして、松田の受け取りかたは、違っていた。

「藩王の病気は真実か。とすれば、事はまことに難しくなる——」

梅雨あけの空は、白っぽいほど明るくて暑い。

大湾朝功は、背負った荷を軽くゆすりあげると、堤をあがった。あがると、コバデ

イシの巨木がある。その蔭にはいると、さすがにいい風がくる。荷をはずしてわきへおき、煙管をくわえると、

(相変わらずの風景だな……)

と思う。

商売の道筋になっていて、そして、疲れたと思うと、この木蔭に休む。しずかで、落ち着ける場所なのである。

だが一度はたいへんな光景にぶつかった。仲吉良春が伊地知貞馨と奈良原幸五郎に斧をふるったときだ。あのときの家は、相変わらず住む人もいないような姿でたっている。仲吉良春はまだそこへあのときのように来ることがあるのかどうか、大湾は知らない。ところで、この場所との因縁が、もうひとつある。与那原良朝が高村親雲上に馬のことでいじめられているのを助けたとき、じつはこの部落への道をはいりかけていた。

(妙な場所だ……)

のんびりした野良の風景を見渡しながら、大湾は煙草の煙をはいた。風があるから、煙が散る。一瞬だけ見えて、あとは白っぽい空にとけてしまう。

(おや……)

遠くに海が見える。空がそのへんではいよいよ白っぽくなっていきなり蒼い海でう

けている。そこに船が見えた。しかも、煙をはいている船だ。

（黒船か……）

突飛なことで、なお眼をこらしていると、いつのまにかそのあたりの野良にいる農夫たちが、ざわめき始めた。

「黒船だ」

「また戦か」

「戦でない。紅毛《ウランダー》が来るだけだ」

かれらは、なおはっきり見ようと、高い場所を選んで大湾のところへ来た。

「紅毛《ウランダー》とは限らん。ヤマトの船かもわからん」

大湾のわきにいま来て立った男が言った。

「あんな船が、去年も来た」

大湾は、男を見た。

「あ、仲吉……」

大湾は、不覚にも言葉に出した。

「なに？」

仲吉良春は、大湾を見た。

「あなたは？」

大湾は、名乗らなければならなかった。が、名乗ろうとして口を開きかけたかれの頭にひらめいたものがあった。

「あ。内務大丞が来る……」

かれは、もういちど煙をはく船を見た。

「なんだって？」

仲吉は、大湾の横顔と沖の船とを、等分に見くらべた。

「そうだ、仲吉！　話はあとまわしだ。行こう」

「どこへ」

「通堂《とんどう》へ」

「待ってくれ……」

仲吉は、面くらいながらも、

「道具を片付けんと」

「その家に、納屋にでも放りこんでおけ」

仲吉良春は、言われたとおりに鍬、鎌、モッコなどを、勝手のわかった納屋に放りこむと、急いで大湾について来た。

「さっきは失礼」

大湾朝功は、仲吉が肩をならべると、言った。

「驚いたろうが、わたしはきみを知っているので」

「どういうことです」

仲吉は、相手をふしぎな男だと思いながらも、いつのまにか漠然と信頼をよせてしまったようすがあった。

「三年前のことだ。きみは、そこの家でヤマトの人間三人連れに斬りかかった」

「えッ？」

仲吉が、思わず声をあげて驚くのにかぶせて、

「おれは、きみたちが連れだって行くのを、辻の座敷までつけて行った」

「…………」

こんどは仲吉は、言葉を出さなかった。そのかわり、少し足がよどんで、大湾がふりかえったとき、やっとまた歩き出して追いついた。

「みんな聞かせてもらったよ。きみたちの話を」

「そうですか」

「立ち聞きした失礼のわびを言わせてもらおう。それから……」

「は？」

「与那原良朝を知っているだろう」

「はい。与那原殿内の里之子で？」

「あれは、わたしの乳兄弟です。きみの話が、一度か二度出たことがある」

「おそれいります」

仲吉は、与那原里之子良朝とのいきさつについては、ろくなことはないと思ってい
る。それがこの男の耳にはいったということに、まったく照れた。

「で、あなたは……？」

自分についてどう思うか、という問いのつもりであったが、大湾は、

「あ、これは失礼。わたしは、大湾朝功と言う」

「は。わたしは仲吉……」

「知っていると言ったではないか」

「は……」

なんとなく両方から笑いが出るほど、打ちとけていた。

「与那原殿内には、分をわきまえぬ失礼ばかり申しあげています」

「聞いている。でも、当然のことだと思います」

「そうでしょうか。自分としてやむにやまれぬことではありましたが」

「与那原里之子は、きみに悪いことをしたと言っていた」

「そうですか……」

仲吉の顔に、うれしいことを聞いた、というような喜びの色が出た。

「きみたち百姓の希望をふみにじった責任が自分ひとりにあるような口ぶりをするから、そんなことがあるものか、と言ってやった」

「…………」

「仲吉。あのヤマトの船に、日本政府の偉い人が乗っている。その人は、おれたちとは無関係ではないのだよ」

「え？　なんですって？」

仲吉には、まるで突飛な話であった。

「あの船に、いったいどなたが乗っているのです」

「たぶん、与那原親方も、三司官池城親方も乗っていらっしゃる。だが、われわれと関係があるというのは、そういう意味ではない。三年前きみが斬りかかって説教された伊地知さんは、琉球の政治を変えに来た人だ。いや、日本からつかわされたひとだ。あれから、いろんなことがあった。今日いらっしゃる方は、日本政府のとても偉いひとだそうだが、やはり三年前からのしごとの続きでいらっしゃるのだ」

「ああ……」

仲吉良春は嘆声をあげた。

士族くずれとはいえ一介の農民にすぎない自分がこのような大きな政治につながっているというのが、思いがけない驚異であったが、大湾朝功という男が、やはり士族くずれだが一介の行商人でありながら、こうも自信ありげに時局を弁じうるということが、さらに大きな不思議であった。

「それで、どういうことになるのです。三年前のしごとの続きと言いますと」

「わからぬ。清国との交通をさしとめるようにとの日本政府からのお達しだと、首里《しゅり》ではうわさしている」

「清国との交通を……。するとお国の台所が困りはしませんか」

「困るかもしれぬ。しかし、われわれにはわからぬことが多い。あるいは困らぬようにするのかもしれぬ」

「さあ。どうでしょう。わたしたち間切間切からの上納が軽減になるのも、日本政府からのお達しゆえだとのことでした。それとこれと関係のあることなんですか」

「わからぬ」

「清国との貿易もさしとめ、上納も軽減されれば、お国の財政はもちますまい。さては、貿易をさしとめるから、上納軽減のことはおとりやめになったのですか」

「せっかちな言いかたをするなよ」

大湾は、少し手を焼いたように苦笑したが、またすぐ表情をもちなおすと、

「おれたちにはわかりかねることばかりだ。いつも与那原里之子と話しているのだが、ただね仲吉、世のなかが大きく動き始めているということはわかるだろう？」

「そうでしょうか」

「思わないか。伊地知さんらの話を聞いただけで察しがつきそうなものだが」

「あれから事がずっと続いてきているということが、まだ十分にはのみこめません」

「田舎までは、首里の話が行き渡っていないせいだ。いや、首里の内輪でだって、いくらも話はうかがっていない。おれなど、大名家と縁が近いから、これだけのことも言えるのだ」

「はあ……」

仲吉には、まだどう言ってよいかわからなかった。

「とにかく、通堂まで出てみよう。新しいようすがわかりそうな気がする」

大湾は、荷をゆすりあげて、仲吉をせかした。

通堂までは、急いでも二時間近くかかった。このあいだに聞き伝えた人々が、通堂崎から三重城《みえぐすく》まで黒い垣をつくっていた。対岸の垣花《かきのはな》でも、屋良座《やらざ》まで人が群れていた。

さすがにここへ来ると、浦添間切でのうわさのように西洋人の黒船だと言う者はいなかった。

「あの船に乗っていらっしゃるお方は、ヤマトの三番偉い人だそうな」

というような話になっていた。

「なにしに来るのだろう」

「軍勢をもってくるそうだ」

「琉球を攻めとりにか」

「いや。清国の軍勢を攻めはらうためだそうな」

「バカを言え」

そんなことができるものか、という顔が多かった。

大湾と仲吉が着いて一時間ほどすると、船は屋良座沖にとまった。すると、ちょうど時をあわせたもののように、内務省出張所の役人と富川親方が連れだってきた。大湾らの立っている場所が、ちょうど通堂崎の石段の降り口に当たっていたので、

「退け退け」

親見世《うえーみし》の筑佐事《ちくさじ》たちが、警棒で人垣を分けた。大湾の腰に当たってよろめいた拍子に、

「大湾」

と声がかかった。

与那原良朝であった。

「よく間にあったね。うちは、みんないっしょだよ」

良朝はふりかえって言った。良朝の兄たちがそろっていた。

「お出迎えですか」

あいさつを返しながら、大湾朝功は少し奇妙な感じにおそわれた。これだけの人垣ができたのは、多分に社会的な不安感のおかげである。そこへもってきて、与那原家では当主の出迎えというかっこうになっている。いかにものんびりした感じである。が、そう思いながらふと気がつくと、そこへ富川親方がやってきた。すると、長男の与那原良佐《りょうさ》が進み出て、ていねいに富川親方にあいさつした。

「ご苦労さまでございます。どうか、父のことをくれぐれもよろしくお願いいたします」

「うむ。心配するな。きっとお元気だろう。みな達者だと伝えておくよ」

このやりとりを聞いて、大湾は一瞬間前の気もちを少し変えなければならなかった。与那原家の出迎えは、けっしてのんびりしたものではなかった。ヤマトの船にヤマトの高官といっしょに故郷に帰ってくる与那原親方を案ずる身内の気もちというものは、おそらくこれだけの弥次馬群衆のたぶんに漠然とした不安より、もっと切実なものであった。

「与那原里之子。お久しゅうございます」

仲吉が進み出てあいさつした。

「あ、仲吉！」

良朝は、簡単にあいさつを返して、また沖を見た。

「今日、友だちになってね」

大湾がつけ加えると、

「ほう、そうかね」

良朝は少し笑っただけで、心は沖の船にあるようだった。

(これからさき、いちばん苦労するのは与那原良朝かもしれぬ……)

大湾朝功は、ふとそう思った。


富川親方は、沖どまりの大有丸に漕ぎよせて、帰任の使節たちと松田大丞以下日本政府派遣の人士にまみえた。

宜野湾親方の退官を伝えて、三司官としての自己紹介をまずした。

「それは、……おめでとう」

池城親方が、ひっかかりひっかかり複雑なあいさつを返し、与那原親方が、だまってしばらく、富川親方の額を見つめた。これだけで、かれらのあいだに、慰めあいの感情は通じた。しかし、そのあたたかい感情も、じきに消しとんだ。

松田は富川のあいさつへ返しながら言った。

「念のために言っておくが、いっさいの供応を受けつけないから、そのように藩庁へも伝えられたい」

富川親方は、ただかしこまった。来なければよかった、と考えた。この調子では上京使節たちがどのように苦労したろうか、と考えると、もう松田の言うことを聞くのも面倒になってしまった。

昼さがりになって、松田らといっしょに上陸しながら、与那原が、

「亀川親方は、どんなごようすですか」

と、こっそり聞いたが、富川にはそれもうわの空だった。かれは、松田に宿を提供するはずの山口親雲上を紹介すると、あっというまに自分は、池城、与那原、喜屋武らの使節をうながして、久米村の那覇《なは》里主所《さとぬしどころ》に来ていた。

「松田さんというひとは、たいへんなひとですね。あんなあいさつは、話にも聞いたことがない」

かれは眉をよせて扇子を広げた。と、そこへ、

「富川親方。たいへんです」

あわててやってきたのは、山口親雲上であった。

「拙宅にご案内しましたところ、ただちに邸内をくまなくご検分。米、味噌、薪その他の用度をそろえたのをお目にとめられ、どこからもってきたかとおたずねになりますので、藩庁からと申しあげますと、にわかに顔色を変え、みんなすぐ返せとおっし

やいます。どういたしましょう」

山口親雲上は汗だくである。

「なになに。なんだと？　もういちど言ってごらん」

富川親方は、扇子を閉じて叫んだ。

あわてててもしかたのないことであった。富川親方が三司官就任に当たって第一の手柄のつもりでしたことが、あっという間に無駄骨折りということになってしまった。

「どうも、お恥ずかしい次第です」

富川親方は、ひたすらわびたが、池城親方は、

「おたがい、用心しましょうね。この上は、むこう様の言うことを、なんでもいちおう承るという線で心がけようではありませんか。急《せ》いては事をし損じる」

であった。

富川親方を正面からなぐさめるかわりに、そんなことを言った。ひとりごとのようであった。そこには、東京で身につけた慢性的な挫折の感覚があった。が、この感覚も、故山に帰ればまた新たな空気にふるいたつことがあった——。

「日本政府をいちばん怒らせたことは何であろう」

評定所では、使節の帰任を迎えて、まずそのことを論じた。使節たちにとって、この話題はきわめて唐突なことであった。かれらは東京で政府の大久保や松田とぬらりくらりの談判をしながら、いちども日本政府を怒らせていると感じたことはなかっ

た。上京する途中は、御用がなにごとだろうと心配し続け、到着した上で御用のおもむきを承ってからは、お国の一大事だ。なんとかもう少し要求を負けてもらえまいかと、そんな心配ばかりした。それは、いかにも焦眉の急に追われたという感じで、日本政府がなぜ怒っているかなどと、とりたてて考えたことはない。その段ではなかった。

「台湾生蕃の事件で、お礼に上京しなかったので怒っていられるのではないかね」

「でも、お礼状をあげたよ」

「それで気がすむなら、藩王に上京せよなんて、開口一番仰せつけられるはずがない」

そういえばそうだ、と池城は考えた。このように当然すぎる論理を、なぜあれほど必死に阻止しようとしたのか。池城は、ふしぎな自己撞着の気もちをもてあました。

「では、さっそく今帰仁王子に上京していただくことにしましょうか」

池城は、言いわけかたがた提案した。

「〝藩王上京のこと〟じゃないのですか」

だれかがダメを押した、が、

「まさか」

ほかのだれかが一蹴すると、ひとたまりもなかった。松田道之はさいわいにその場にいあわせなかった。いたら、あきれたに違いない。堂々たる正論も、「琉球国王が海外に出ることはありえない」という因襲的観念の前には、あっさり引きさがるほかなかった。そうなると、正論を言い出した者も、「なに、言ってみたまでの話さ」といった顔をした。かれ自身、どれほどその正論に自信をもっていたか疑わしい。

「では、そういうことにいたしましょう。あすにでも、申し出ましょうか」

池城親方は、おかしなふうに責任を感じたあげく、富川親方への忠告をみずから裏切った。

「生蕃事件で、今帰仁王子を上京させたいと思いますが」

翌日の午後、浦添、池城、富川らの三司官がそろって、松田の宿を訪れ、申しいれた。そのような書面も示した。

「なに?」

松田は、出された書面をにらんで、叫んだ。

池城は、この瞬間、しまったと思った。と、その予感は的中して書面は、たちまち押し返された。

「そんなことは、あとの話だ。わたしは政府から達することあって渡って来た者。それについて藩王と話した上でのこと。いま決めるわけにいかない」

「でも、東京で大久保さんと約束でした。帰藩の上で、事情を見た上でやれということで」

池城は、すべりだした以上、やむをえず言った。言いながら、大久保とはたしてそんな話があったか、記憶があやふやだった。だが、松田はこだわらずに、

「それは東京では事情に適しないからだ。順序条理をふむべきが本意だと思いなさい」

歯がたたないとはこのことをいうのだろう、と思われた。順序条理はむしろ、こちらの方にあるのだが、と少し考えてみたが、やむをえなかった。

（やっぱり、いまごろから藩王上京のことを言い出すので、おそすぎると怒っていらっしゃるのだ……）

池城は、書面をひっこめながら苦いつばをのみこんだ。

だが、松田の不興は、池城の察したようすとは、少し違っていた。

（いまごろ、そんなことを……）

松田はそう思ったが、それは池城の提言がおそすぎたということではない。むしろ、逆みたいなものである。

松田は、着いた日に藩庁が用意したという用度品を返すように言いつけたが、その翌日の午後一時に摂政、三司官全員の来訪を受けた。藩王の歓迎の辞を書面で受け取

ったが、ほかにうかがいをもってきた。

「藩王が病気ですから、今帰仁王子を代理にしてよろしいですか」

ということであった。

「代理ではいけない。代聴ならとくに許す」

松田は慎重に答えた。代聴だけなら、藩王への取り次ぎだけで、答える権限はないのである。

かれらは、変な顔をして引きさがった。それから二時間たって大宜見親方というのが「御到着おめでとう」と言ってきた。なにか用かと先手をうって聞くと、物奉行で財政上恩を感じているから、ただお礼かたがた参上したのだ、と言う。松田は拍子ぬけがした。

その翌日がこの三司官の訪問だ。あいさつならまだよい。「代聴」と言ったことにたいして再要請というのなら、これもまだ納得がいく。ところが、いまごろ代理上京などとは、聞いたとたんに腹のへる思いである。

松田道之は、そろそろ会見を運ぼうと考えた。

「あす、今帰仁王子を代聴人として、城内で会見するから、そのつもりでいなさい」

それから、つけ加えた。

「弁当は持参するから、心配しないように」

「弁当をもってくると、おっしゃったそうですね」

与那原良朝は、登城のしたくをすませると、父良傑の居間にやってきて、父のしたくを手伝いながら、言った。松田道之が弁当をもって登城すると言った話は、すでにあちらこちらに伝わって、笑い話になっていた。

「遠出のあそびみたいだと、みんな言っています。ヤマト人はお城にも弁当をもつのかと言って」

良朝は、おもしろそうに笑った。が、与那原親方は笑わない。

「誤解してはいけないよ、良朝。松田さまが弁当をもっていくと言われたのは、深い魂胆があるのだ」

「魂胆？」

「一切の供応を受けないぞ、というおどしだ」

与那原親方は、しかたがないという顔で、東京で贈り物を返された事件を話した。いつもならそんなことを話さないかれだが、このたびの松田には、みんなが応接をまちがえてはいけない、という用心が、かれの胸中にふくらんできていた。

「すごい御仁ですね」

良朝は驚嘆した。

この時分——正確には明治八年七月十四日午前九時、真和志《まわし》村綾門《あやじょう》通り沿いの客館に、松田道之は部下四人を伴って到着していた。部下は、内務六等出仕伊地知貞馨、内務八等出仕中田鷗隣、内務権大録種子島時恕、内務中録河原田盛美など、伊地知のほかはこんど改めて引き具してきた直属の部下であった。

「朝からこうも暑いとは」

いちばん年若い河原田が少し先輩の種子島をうかがって、苦笑した。暑いからといって緊張をくずすわけにゆかなかった。いちばん大切な日だということを、前日から松田大丞にふくめられている。

「琉球の大人どもは、暑さのなかも寒さのなかも、同じような顔つきをしますよ」

伊地知が笑いをそえて言った。

「河原田君などが、かれらの先手をゆくか後手をとるか、この暑さに何時間耐えぬくかで決まるといっても過言ではないよ」

「何時間で片付くでしょうか」

おとなしい河原田は、ふと心配そうな声を出した。からだがそう強くない。

「さあ、軽く片付けたいが、そうも行くまい」

松田がようやく口をきいた。

「なんだか、見当がつきません」

少し性急な種子島は言った。

「今日は、ずいぶん集まるんでしょう？　琉球人の顔を見ていると、楽しいですよ」

のんきなところのある中田の言葉は、さすがの松田の固い表情をほころばした。

「新政府の官員として、宇内《うだい》の勉強をするつもりで臨むんだな」

どうも、やっぱり固いことを言っている——伊地知は、松田の横顔をちらと見て思った。

（もう少しくだけないと、大丞はいまに根まけするぞ……）

が、それを言う時ではなかった。一時間ほどして案内が来た。

# 首里城南殿

首里城南殿に、今帰仁《なきじん》王子を藩王代聴人とし、摂政、三司官以下有職の士百数十人その他志ある門家のひとたちがそろって、松田たちを待っていた。

こういう儀式の前には雑談の渦がみちひろがる。静粛にと下知があっても、なかなか消えない。下知は、表十五人どころから来る。が、この日はその高官席じたいが話題にみちている。雑談ではない。

「お城に弁当をもっていくと言われたそうな」

ということから、使節の東京での苦労、富川親方の那覇での失敗などに、しぼられていた。そしてそれらの話題は、すべて笑いの種として用意されているのが、使節たちや富川親方などの本人たちの気もちと違っていた。

だが、その渦のなかにあって、与那原良朝が亀川盛棟に、ひそやかな声で伝えていた。

「弁当をもつと言われたのは、賄賂《わいろ》を受けたくないという意味だそうだ」

これは、確かに亀川盛棟をも驚かせた。

「となると、これほど当たるべからざる相手は、史上まれだ……」

史上の外交に供応はつきものであった。それを断わった松田は、たしかに史上まれな存在である。だがはたしてほんとうに当たるべからざるものであるのか、道理や筋の通せぬものであるか、話はまた別であった。かれらにとってはただ、歴史の慣習で判断するほかなかった。たとえば薩摩の管理者たちは、供応を受けないとすれば、あとにくるものは非道な圧制と暴虐だけであった。松田の志している近代国際外交にのっとった行動というものは、琉球の衆官にとって未見であった。

与那原良朝はまた、仲吉朝愛を探して同じことを告げた。

「ほう。三司官も苦労するな」

仲吉朝愛は、言ったあと唇を固くしめて、そのまましばらく顔から笑いを消さなかった。

衆官はしまりなく笑い、ささやき、そのなかで与那原良朝と亀川盛棟とが、なにかを思いつめたような表情で、やがておしだまり、その二人のようすを喜舎場朝賢《きしゃばちょうけん》がおぜいのなかから探し当てて認めると、大事なことに思いいたったような顔で、ひとに知れないほど心もちうなずき、殿の入り口を見た。

松田道之は部下四人をしたがえてはいってきた。殿内は中央上段からしだいに階級をつけて下がるようになっている。三段下は広く、衆官が群れている。上の二段では、それぞれ東西に席が相対するようになっている。それは、下段に東が三司官、西が中田、種子島、河原田、上段に東が今帰仁、伊江、西が松田、伊地知となっていた。

いったん席についたあと、松田の指し図で三司官は上段にあがり、今帰仁と伊江に伍した。すると、松田はつかつかとそのさらに上の中央に立った。衆官のなかにちょっとしたざわめきがおこったが、じきにしんとしずまった。松田の無遠慮にたいする軽い反ぱつがおこったのが、その威厳を見ると照れてしずまったものであった。

「わたしは、内務大丞松田道之という者である。政府の使節として太政大臣の書簡をここで披露し、今帰仁王子を代聴人として藩王に呈する」

言葉短かな前ぶれで、殿内には物音ひとつなくなった。

松田道之は書面を朗々と読みくだした。

「琉球藩――

一、その藩の儀、従来隔年朝貢ととなえ、清国へ使節を派遣しあるいは清帝即位の節慶賀使をさしつかわし候例規これある趣に候えども、これより後さし止められ候こと。

二、藩王代替の節、従前、清国より冊封を受け来たり候趣に候えども、これより後さし止められ候こと。

右の通り心得べく、この旨相達し候こと。

明治八年五月二十九日、太政大臣三条実美」

松田は、いったんそこで切って書面を折りたたみながら、場内をうかがった。声はなかった。それどころか、表情もなかった。聞いたのか聞かなかったのか、うかがえない、という感じであった。松田はここではじめて、ここにたくさん集ったさまざまな形の髷が、はなはだこっけいなものであることに気がついた。その髷は、ひとりびとりのを見るときは、平和の国の貫禄を思わせたが、こうして集まってみると、衆愚の仮面に見えてならなかった。松田は、あやうく失笑するのをこらえて、つぎの書面を読みあげた。

「一、藩内一般、明治の年号を奉じ、年中の儀礼等すべてご布告の通り遵行いたすべきこと。
一、刑法定律の通り施行いたすべく、よって右取り調べのため、担当の者両三名上京いたすべきこと。
一、藩制改革、別紙のとおり施行いたすべきこと。
一、学事修業、時情通知のため、人選の上、少壮の者十名ほど上京いたすべきこと。

明治八年六月三日、太政大臣三条実美」

池城親方と与那原親方が、かなり離れた場所から、眼でうなずきあった。とうとうやってきたなという顔であった。それはちょうど、いままで悪夢を見続けてきた者が、それを正夢だと確認したときの、落胆やら安堵やらまじった複雑な表情であった。

衆官の表情も髯も、動かない。松田は、さらに別紙の職制一覧表を読みあげた。

「藩王、一等官、勅任官とす。大参事一員、四等官。権大参事一員、五等官。少参事二員、六等官。権少参事二員、七等官。以上奏任官とす。藩議を以て人選具状の上、宣下あるべし、……」

それから、判任官になるのを八種類ほど読みあげ、等外四種類を加え、

「俸給はすべて藩費を以て適宜給与すべし」

堂々と結んで、おもむろに殿内にみちた衆官を見渡した。これでどうだ、という顔であった。

衆官は、まだしばらくはぼうっとしていた。松田がそれでもだまっていると、ようやくそこここでささやきがおころうとしたが、松田は、またいきなり声をはりあげて、衆官を驚かした。

「ただいま読みあげたのは、政府から藩王へ達しられた公式文書であるが、簡潔すぎ

て諸官には不分明のところもあったかと思う。だから、これから、私の努力の及ぶかぎりかみくだいて説明を加えることにする……」

与那原良朝はかたわらにいる亀川盛棟を見た。盛棟もまた良朝を見た。これからの松田の説明を一言半句も聞きもらすまいぞ、といましめあう視線であった。良朝はそれから父を見た。父はまた池城親方とうなずきあっていた。

「いまお達しのあった条件は、当藩にとっては非常の事件であるから、藩内で議論がおこるかもしれぬ。それがいたずらにごたごたと重ねられた場合には、命令にそむいたということになりかねない。それをあらかじめ防ぐための説明であるから、よくまちがえずに聞いてもらいたい」

さらに念を押した松田は、まず琉球が本来日本に属するものであることを述べた。地理上、日本の薩摩大隅から地脈の通じてきていること、それから歴史上、武家政治のおかげで忙しがっているうちに琉球国王が明に通じてしまったのがもともと不条理であること、などがその骨子であった。

そのあと、今日の世界情勢からして、列強が航海政策上琉球をねらっていることを、ことに強調した。与那原良朝は、軍艦大阪に乗って八重山まで行ったときのことを思いおこした。当時あの紅毛人と話して、ロンドンあたりまでいまにも行けそうな予感がしたものだが、その時期の到来は案外おそく、この調子ではいつになるかわからない、とふと思った。けれども、眼の前で松田が完全なヤマト言葉でどなっているのをじかに受けとめると、いつのまに琉球はこの段階までやってきてしまったのだろう、と思われた。

松田は、御達書のいちいちの条項について、ていねいに解説をつけた。それらは、おおかた池城らが東京で談判したときのと同じことをくりかえしているのであったが、良朝たちには、いまさらのように新鮮な理論めいて受け取られた。とくに、藩王はその人民を所有するものでなく、天皇から統治をあずかっているのだ、という考えは耳に強く響いた。ほかのひとたちの表情をひそかにうかがうと、さすがにこの箇所だけは、真剣に聞いて心にひっかかっているようすの顔が、半分くらいあった。

良朝は、松田の説明を聞いていながら、思いついたことがあった。それは、前に話に聞いていた「藩王上京謝恩の件」が達書条項に抜けていることであった。しかし、それはかれの早合点で、松田は条項の解説が終わると、当然の付帯事項だとして、「福州にある琉球館を廃すべきこと」を述べ、そのつぎに藩王上京の件を言った。

「早く上京を実行しないと、藩王としての体面を失い、いきおい藩の体面変革の話はやまるかもしれぬ」

と奇妙なことを言っておどしたあと、「鎮台分営の件」を言った。これは結びであったが、場内にみちた百数十人がようやく騒然となり始めたのは、このときである。

その気配に与那原良朝のからだは、ひどく汗ばんだ。

「騒ぎがおこる……」

良朝は、盛棟の袖を引いて、ささやいた。

しかし、奇妙な騒ぎかたであった。一面にぶつぶつおこり始めた泡立ちが、いまにも沼の底の爆発を表面に引き出すかのように見えながら、いつまでも爆発はおこらない、しかも泡立ちはなかなか消えることがない——そういったようすであった。

その泡立ちの声を、与那原良朝と亀川盛棟は耳をかたむけて聞き分けた。じつにさまざまな泡立ちがあった。

「あのひとが、いま上様をヤマトに引っぱって行くというのか」

という声を聞いて、良朝はあやうく失笑しようとした。とたんに、

「琉球人は、みな反逆人だから紅毛人の船が来てさらって行くというのか」

という声が耳にはいってくると、良朝はもう笑っておれなくなった。

これだけの人数のうち、日本標準語の聞ける者がはたして幾人いるのか。御達書条項から解説にいたるまで、松田の言葉は、かれらにとって困難にすぎた。ただ、いくらか聞いたことのある単語だけを耳にとめて、それをつないで、自分なりの内容をつくりあげるようすであった。かれらは一様に、

「なにか国難めいている！」

という不安だけを感じ取っている。そうすると、幼いころから聞きかじっている、薩摩船の入寇、尚寧王の拉致、謝名親方の死刑、などといった歴史上の国難にすぐなぞらえてしまうようであった。

「たいへんなことでないか……」

そこでもここでも、そのような素朴な恐怖の言葉がもれた。

「摂政、三司官は、これからどうなさるのだ」

そういう者もいた。今帰仁、伊江をはじめ高官たちは、眼を細めて衆官の騒ぎを見まわし、松田へなにも言おうとしないのだ。

「あのお方が帰らないうちにお止めしなければ」

そう言う者がいた。けれども、誰ひとりとして、声をはりあげて上座に伝えようとする者はなかった。だが、声は泡立ちが遠鳴りの潮騒のように変わって、そのまま いつ消えるともなく鳴り続けていた。深夜に聞こえるそれのように、黒くひそんだ不気味なものであった。

「これは、どうなると思う？」

松田は、かたわらの伊地知に耳打ちした。かすかな不安が読み取れた。伊地知は、

「さあ……」

と言っただけであった。松田ほど不安のおもかげはなかった。中田、種子島、河原

田らは、たがいに見かわしては衆官に視線を移したり、高官たちの動きをうかがったりして、落ち着かないようすであった。

　十分ほど、あるいは十五分ほどもそうした状態が続いたか、伊江王子が今帰仁王子に耳打ちすると今帰仁はやおら起ちあがり、進み出て松田に言った。

「ごらんのとおり、重大事として騒いでおります。即答すべきこととも思われませぬゆえ、しばらく熟考協議の余裕を与えてくださいますよう」

　松田道之の使命の第一は終わった。あとは、今帰仁王子が名代として承った条項を藩王へ達し、その遵奉の返答を受ければ足りる。

「では、すみやかな返答を待ちます。遵奉の回答は、藩王みずからの出向を期待していると、伝えられるよう」

　松田は、それだけ言って、そのまま部下を具して那覇へ下った。

　内務省出張所へまっすぐ寄って問題の弁当を開いた。

「案外はやくすみましたのですね」

　福崎季連が、茶を出させながら安心したような口ぶりをした。

「ながくかかって、たまるものか」

　種子島時恕が茶をがぶがぶ飲みほしてから言った。

「でも、あの調子では、ながくても短くても同じですね」

河原田盛美が、相変わらず謙虚に考えるような表情で言った。

「どういうことだね、河原田君」

伊地知が興味深そうに言った。

「大丞のお話をしっかり耳にいれたかいれないかわからんのに、五里霧中の騒ぎかたをしている。あれでは、どうころんでも片付くまいと思われました」

「なるほど」

伊地知は笑って、それ以上を言わなかった。伊地知が過去の体験からかねて予想していた通りのことを、若い河原田も見抜いたらしいのが、かれには面白かった。かれは、松田の様子をうかがった。

松田は黙々と弁当をほおばっていたが、ふと箸をとめて、

「福崎君。だれかをつかって、首里の動静を見にやってくれぬか」

と言った。

「は」

福崎が突然のことに驚いて、姿勢を正したなりでいると、

「しかし大丞」

口を出したのは伊地知である。

「いま、おそらく城の内外をあげて騒いでいるかも知れません。そこへ一人か二人の

使いをやっては、危うくはございませんか」

「まさか。武器を捨てた国のことだ。それに、さきほど南殿であれほど不穏な空気をかもしながら、ついに一人もこれという意見を述べることのできなかった輩だ。めったなことはあるまい」

「南殿では、わたしたちの秩序正しい地位を眼の前にしていたからだと思います。それが一人二人、秩序をみだした闖入となりますと」

「白昼のことだ。大事あるまい。それとも、万一のことでもあれば、大有丸のことを追加通達しに来たと言ってもよいぞ。こんど乗って来た大有丸をそのまま御下賜になるのだということは、またの機会に話そうと思ったが、ついでに話しておいてもよい。折りをみて下検分に来るようにと」

伊地知は、こんどはなにも言わなかった。こういうのも面白いと考えなおした。

「では、わたしと河原田君と二人で行ってきます」

福崎は、そう言った。

「あまりようすを知らない者をやっても困りましょうから」

「そうだ。福崎なら琉球語もできるし、きみが行くならいい」

伊地知が言った。

松田らが退いたあと、南殿の内外は怒濤のように沸きたった。松田が眼の前にいるという恐怖心でかろうじておさえていた心のしこりが、急に爆発したのであった。

「三司官、これはどういうことになるのです」

ひときわかん高い声でどなったのが、浦添按司であった。この瞬間、騒ぎが急にやんだ。声に張りがある。まだ四十前後、気力も体力もじゅうぶんあるうちに親の身分をついで按司にのぼったものである。家格からいって三司官を上回っているから、その声を聞いてしずまるのも無理はなかった。

「しばらく……しばらくお待ちください」

三司官浦添親方が、あわてて両手で衆をおさえるしぐさをした。

「摂政、三司官で善処します。この場は、どなたもおしずかにお引き取りを」

「どう善処なさるおつもりか」

名護按司であった。亀川親方より三つ四つ若いが、かなり頑固だという評判があった。

「はい、一同よくはかりまして、上様にも……」

言いあえぬうちに、高村按司がおさえた。

「上様はご病体。御心をわずらわしてはなりませぬぞ」

急に冷たい静寂が満座をおおうた。高村按司のこういう言葉は、たんなるいやがらせにすぎないことを、誰もが知っていた。

(高村親雲上は来てないか……)

与那原良朝は見まわした。が、それらしい顔は見当たらなかった。だいたい国事に興味はないはずだし、日本語《やまとぐち》だけの話だと聞いて敬遠したのかもしれない、と思われた。

「出よう……」

良朝は、盛棟の袖を引いて出た。軒下へ降りたったとき、

「とにかく、まかせてください。このままでは、なんとも片付きかねますから」

伊江王子の声らしく、しわがれた老いの声をはりあげた声がかなりうろたえた調子で聞こえた。

「このままでなくとも片付くまい」

不意に背後で若い声がつぶやいた。良朝が驚いてふりむくと、仲吉朝愛であった。

「もうお帰りですか」

良朝は呼びかけた。

「また、なにかあったら、出かけてくることにしましょう」

仲吉はそう言うと、さっさと奉神門(きみほこり御門)をまわって出て行った。

「うらやましい達観ぶりだ」

良朝がつぶやくと、

「あれで、ほんとに将来のことがわかっているのだろうか」

盛棟が立ちどまって言った。

「さあ、わかっているのかどうか知らぬが、めんどうくさく考えるのがきらいなんだろう。それにしても、なにか知りぬいているみたいに毅然としているのが、シャクにさわるくらいだ」

「日本語が達者だというから、あんがい日本がわに気があるのかもしれないよ」

「なるほど」

仲吉朝愛がなにかのはずみで薩摩商人とよくして、そのおかげで鹿児島と何度も往来したという話は、世間にかなり通っていた。

「騒ぐほどのこともなく、日本政府の言いなりになるのは、わかり切っている、というのかな」

良朝は、いったん立ちどまった足を運びながら言った。

「まさか、そこまで割り切ってはいまい」

盛棟は、ついてきながら言った。

「いや、存外そうかもしれぬ。だが、おれもそうは思いながら、落ち着いておれないのだ」

良朝は、どうまとめていいかわからぬ気もちを、そんなふうに言って、奉神門をまわろうとした。

「与那原、亀川」

遠くうしろから、声が追ってきた。喜舎場朝賢だった。

「帰るのか」

「どうしようかと思っています」

良朝は、言われるとまだ少し気になるというようすで、南殿をかえりみた。

「不孝な息子だな」

喜舎場は、ひやかすように笑って、

「お父さまや池城親方が、いま責められようとしている」

「え?」

さすがに、良朝はわずかに色をなした。

「行ってみろ」

盛棟が言った。

良朝は、走って行って、南殿の階段をかけ登った。が、そのときちょうど、今帰仁王子が中央に立って大きな声をはりあげているところであった。

「御使節は御使節。上様の御名代として日本政府から御諚を承ってきただけなのだ。

しかも、東京ではつくすだけの努力はつくしてきたもの。いま、わたしが名代として
ここにまだ坐っている以上、御使節を責めることは許さぬ」
この理屈には、さすがに異議は出なかった。
「とにかく、今日のところは、みなの衆にお引き取り願いましょう」
伊江王子がそう言うと、評定所の高官たちは、うなずきあわせて南殿を出た。いま
はどうしようもないと認めたものか、さすがにそれを引きとめる者はなかった。
良朝は、父のところへ走り寄った。与那原親方は、それを見て表情もなく、
「これから評定をせねばならぬ。家へ帰って、心配せぬよう、いましめておれ」
そう言った。
良朝は、盛棟と喜舎場が待っている場所へ走りもどった。
「解散です。高官の衆はこれから評定だそうですが、ほかはなかなか散りそうもあり
ません。南殿から出ても、一日そこらをうろついているのではないでしょうか」
三年前伊地知が国旗披露をしたときもそうだった、と良朝は思い出した。
「では、わたしはその会議を傍聴しなければならんな。少し、きみたちと話してみた
かったのだが」
喜舎場が名残りおしそうな顔をした。
そのとき、門の向こうに急に人影があらわれて、

「喜舎場親雲上」

「あ、福崎さま」

喜舎場は、ほんとうに虚をつかれたという顔をした。

「ひとつ、追って伝えたいことがあって、もどってきた」

福崎は、すらすらと言った。

「なんでございましょう」

喜舎場は、姿勢をただした。福崎季連は、内務省出張所ができたあと、いろんな官員が東京から来るようになってからは、かなり下級にさがったが、もともと薩摩藩の在番奉行である。喜舎場にとっては、まだその威厳の印象は消えない。

「当藩に蒸汽船一隻を御下賜になるというお達しがあったのを、知っているかね」

「存じております」

「その蒸汽船というのは、とりもなおさず、こんど一行の乗ってこられた大有丸だ。ついでありしだい検分に来てよいとのお達しだ」

「わかりました。上達しておきます」

「べつに公文書のないお達しなので、大丞としてはまたの機会に達しようというご予定だったらしいが、思いなおしてよこされたのだ」

「よくわかりました。ご苦労さんでございます」

福崎はうなずいて、南殿に視線をなげ、

「ほう。評定中かな。まだ大勢いるようだが」

と、さりげない調子で言った。その表情を喜舎場は、鋭い視線でとらえ、

「もう解散でございます。評定はこれから高官だけで」

「なるほど。では、頼んだぞ」

それから、若い二人を眼にとめて、

「親しい者かね、喜舎場親雲上」

「はい。これが与那原親方の四男良朝。そちらが亀川親方の嫡孫盛棟です」

「ほう。これは御曹司たちだ。こんどの件は、きみたちによく衆を導いてもらわぬといかんと思っているが」

「よく心得ております」

良朝が、はっきりした日本語で答えて頭を下げた。

「ほう。りっぱな日本語だ」

河原田が驚いて、無遠慮にほめあげた。驚く喜舎場たちに福崎は河原田を紹介した。

「では、わたしはこれで」

喜舎場は、福崎と河原田に一礼してもどろうとしたが、思いついて良朝を呼んだ。

「宜野湾殿内に気をつけてくれ。血気にはやる者たちが、押しかけて行かぬとも限らぬ」

「わかりました」

良朝はうなずいて、盛棟をうながして歩きかけた。

「きみたちは、これからどこへ行くのかね」

福崎が、呼びとめて聞いた。

良朝は、しまったと思ったが、さりげなく、

「家へ帰ります」

「どこかね」

「儀保《ぎぼ》です」

「ぼくたちもいっしょに行こう。首里の町を河原田さんにも見せたい」

福崎は、河原田をつれて無遠慮についてきた。しかたがなかった。

「じつはね盛棟……」

与那原良朝は、数歩おくれて追ってくる福崎と河原田に聞こえないように、耳打ちした。

「さっき喜舎場さんがおれを呼んで耳打ちなさったろう。宜野湾殿内に気をつけてくれということだ。物騒なことになったものだ」

「で、これから宜野湾殿内に行って、構えておくのか」

亀川盛棟は、まだ勝手のわからないような眼で、良朝の横顔を、それから背後の闖入者を見た。

「さあ、どうするか。さしあたり門の前まで行ってから考えることにしよう」

「宜野湾親方は、まだお休みになっていらっしゃるんだろう」

「たぶんそうだろう。ところで、今日はお祖父さまは出ていらっしゃらなかったのか」

「ヤマトの偉いひとの前でけんかをするのは、なんとなく面白くないから、行きたくないとおっしゃったのだ」

「そうか。じゃ、きみはこれから家へ帰るか。いちおうようすをご報告しなければなるまい」

「いや、おれも宜野湾殿内に行く」

「冗談言うな……」

良朝は、そんな乱暴な、といった声を出した。

「冗談は言わん。まだ乱暴をするのは早いと思うから、きみと二人でくいとめてみたい」

「そうか。では、しいて止めもせんが。さて、あの二人はどうするかな」

いかにも迷惑だという顔をするのに、福崎と河原田は気がつかない。

「与那原里之子」

福崎が呼んだ。

「はい」

「宜野湾親方のお邸は遠いかね」

「いえ。近くです。その前をこれから通ります」

おかしな符合だと思いながら、ついうっかり答えると、

「ちょうどいい。ぼくらはそこへうかがって休もうと思う」

「でも、宜野湾親方はご病気だそうですが」

「それはいかんな。では見舞っておこう」

もうどうともなれ、という気で良朝は盛棟と顔を見あわせた。

「儀保というのは赤平《あかひら》のそばだったかね」

などと他愛もない質問を受けたり返したりしているうちに、これという思案も浮かばず、坂を降りてしまうと、もう宜野湾殿内の楼門が見えた。が、

「あれが宜野湾殿内で……」

良朝が背後をふりかえって告げたとき、盛棟が袖を引いて、

「仲吉さんがいらっしゃる」

とあわてて言った。

「どこに？」

「宜野湾殿内の前をうろついて、こちらを見ていた。いま石垣の蔭に消えた」

そのとおりであった。

かれらが楼門の前まで来ると、仲吉朝愛がそこから飛び出してきた。が、ちょっとびっくりしたような顔で、

「やあ。きみたちか」

「なにをしてるんです、こんなところで」

「あんな騒ぎのあとだ。このお邸にまちがえて飛びこむ奴がいないとも限らんからね。ちょっと番をしていた」

仲吉が答えた。

「なんだ。先回りしていたのか」

良朝は、じつは自分らもそのつもりだと言って笑った。

それから、福崎と河原田にこの邸が宜野湾殿内だと教えた。

「では、わたしたちはこれで失礼します」

そう言って福崎らを門のうちに送りこんでしまうと、ほっとした。

「なんだか、変なものですね」

良朝は、顔から首筋への汗をふきながら、そう言った。

「なにが」

「いや、なにがというわけでもないが」

良朝は、仲吉の顔をつくづく見つめ、それから盛棟のほうをちらと見たあと、邸へいまはいっていった二人が気になるらしく、奥をうかがった。

「しかし……」

仲吉朝愛が思いついたように言った。

「按司、親方部がそろって寄せてこられると、おれの手には負えんな」

「それは、わたしたちの手にも負えません」

良朝が言うと、

「そのほうは、うまくまるめて、盛棟がひきつれて亀川殿内へでも外らすんだな」

仲吉は、そう言うと声に出して笑った。盛棟は、少し気まずい思いの苦笑をもらした。仲吉はそれに気づくと、少し照れて、

「まあ、気ながに待とう」

と言った。

このようなようすを、奥では知らなかった。宜野湾親方は、福崎から南殿での達書式の模様をつぶさに聞いて、うなだれていた。

「騒ぎたてるのも無理はございませぬ。琉球国はじまっていらい誰も想像したこともない改革ですから」

しずかに、そう言った。

「そういうところを、宜野湾親方などに啓蒙してもらいたいと、われわれは望んでいたわけですが」

福崎は言った。河原田も、

「改革と言っても、復古です。琉球はもと日本の版図……」

「歴史は恐ろしいものです。ながく培われてきた中国への恩愛は、一朝一夕で断ち切れるものではありませぬ。日本政府からの恩恵がこのごろあると申しましても、それは形の上でのこと……」

「形の上でのことだって？」

河原田が、せきこむように問い返した。意外の面持ちが、あらわに出た。

「そうです。この宜野湾はもともとヤマトと親しい者として、ひともわれも認めてきました。それが裏切られる気もちになるのですから」

「裏切られる？」

「そうです。こんどのお達しのことです。もともとわたしは、明治五年の冊封を妥当なものとしてありがたく受けてきました。しかし、それはあくまで……」

宜野湾は、ながい述懐にはいろうとして言葉を切った。表門のあたりが騒がしい……。

「宜野湾親方は、ご病床にあられます。そう大勢で押しかけられては、ご迷惑でございましょう」

しずかだが肩をはって、仲吉朝愛が言った。相手は十人くらい、そのなかには、仲吉より家格の高いのも、年かさのいったのも、いる。礼を失せずに先手をおさえることを、仲吉は考えていた。

「病気病気といわれるが、卑怯の言いのがれであろう」

仲吉の言葉にかぶせるように言った者がある。

「無礼なことを言われるものではない」

仲吉は、さすがに色をなして、

「いやしくも宜野湾殿内の門前です」

「門前はわかっている……」

売り言葉に買い言葉のたぐいに走るのを、少し落ち着いた声が割ってはいった。

「病気をかかげることが偽りだとまでは申しませぬ。しかし……」

一行のなかでは重だった顔と見られる奥平親雲上である。

「藩王冊封を日本から受けてこられた宜野湾親方には、ぜひともご意中をうかがわないわけにいかぬ」

「なぜです」

「このたびの難儀は藩王冊封に端を発しているというのが、一般の見解」

「それはわかっています……」

仲吉は、その見解に反対することはこのさい相手をむやみに刺戟するだけでよくない、と考えた。とにかくこの場を払いさえすればよかった。

「しかし、それだけの用ならば、同行された伊江王子、喜屋武親雲上にお聞きなさい。なにも御病床をおそうに及ぶまい」

「理屈を言うな」

さっと仲吉のわきを抜けて門をはいりこむ者がいた。と、あとにどやどや続く。

(しまった……)

与那原良朝が驚いていると、なだれこんだ連中は、突然意外な相手にはばまれた。

「宜野湾親方はご病中。お話はわれわれがお伝えしよう。なんなりと言うがよい」

玄関に福崎と河原田が大きく立ちはだかっていた。

「…………」

日本語の心得もあり、多少は論客といわれる奥平でさえ、上気してうろたえた。

「いかん。引きあげよう」

だれかがささやくと、ひとたまりもなかった。三司官などより、ヤマトの官員は始

末に困る相手だった。

いまさきまでの勢いをにわかに失って、急ぎ立ち去る後ろ姿を見て、与那原たち

は、偶然知恵がついた。かれらは、福崎らに見られないように姿を隠したが、やがて

表のようすを見に出て来た用人をつかまえて言った。

「今日は物騒です。これだけでは納まりがつかないかもしれません。あと、誰が来る

かしれませんが、ヤマトの官員衆が来客中だと言っておやりなさい」

この入れ知恵は成功した。夕刻にいたって城中の評定がすんだあと、親方部をもま

じえた数人がまた寄せたが、この言葉でまた引きあげた。

# 屋良座《やらざ》沖の野望

「お城では、今日、ずいぶん騒ぎがあったそうですね」

と妻に言われて、大湾朝功は箸をとめた。

「どのような騒ぎが？」

なかば見当がつくようでもあるが、くわしいことを知りたかった。今日松田大丞が城へはいるということを聞いてはいたが、大湾は朝から西原《にしばる》あたりへ行商に出かけて、首里のようすを知らなかった。

「市場へ、今日はかなりおそく行ったのですが、みなさんの話だと、お城からまだ退らない衆が多いということでした」

「松田大丞は、まだ城内にいらっしゃるのだろうか」

「そうでもないようです。その方が那覇へお下りになったあとが、騒ぎになったのだそうですよ」

「今日は、西原から中城伊集《なかぐすくいじゅ》まで足をのばしたが、天気もよくて泰平だった。ふしぎなものだ。首里や那覇ではこんなに騒ぎがおこるというのに、あんなところじゃ何ということもない」

「それは、士族がほとんどいませんし、政治のこともかかわりないからでしょう」

妻は、しごくあたりまえのことを言った。だが、そのあたりまえのことが、大湾には実感としてこなかった。その政治というものは士族だけのものでもないはずだがという考えが腹の底にあった。

「宜野湾殿内にも、おおぜいのひとが寄せて行ったそうですよ」

妻は、大湾の気もちにかかわりなく、聞いただけのことを話し続けた。

「だれが?」

「知りません。たくさんのひとだったとだけ聞きました。与那原殿内の里之子や亀川殿内の里之子も門のところでうろうろしていらっしゃったそうです」

「門のところでうろうろ?　良朝がか。宜野湾殿内の……。亀川里之子と?」

大湾は切れ切れにつながらない言いかたをした。なにか事件めいたものを想像しようとして、うまく浮かばない、というふうであった。

「もうひとり知らないひとと、ながいこと……」

妻が言いさしたが、

「夕飯がすんだら、与那原殿内まで行ってくる」

大湾がいきなりそう言って、妻はだまった。急にそんなふうに突きはなされることがよくあった。

「お代わりを」

妻が手を出したとき、

「ごめん」

と表の闇で声がして、

「大湾里之子。うちの里之子がちょっと来てほしいということだが」

与那原殿内の用人がつかわされてきたところであった。

(これは、いよいよ事が大きくなったのだな……)

大湾は、そんなことを考えながら、夕餉もそこそこに与那原良朝を訪れた。すると、用事というのは、昼間の城中の話はむしろ前おきみたいなもので、

「大有丸を見学に行かないか」

ということであった。しかも、

「あすの晩、伝馬を漕ぎよせて行くのだ」

大湾は、しばらくあっけにとられて良朝の眼を見つめていたが、良朝のほうが照れずにまっすぐかれを見ているので、むしろ苦笑し、

「まるで病気だな」

と言った。

「堂々と頼みこんで見せてもらえばよいではないか。政府から藩へ下賜されるというから、喜んで見せると思うが」

「お父さまに話がもれるから、いやなんだ。こんなどさくさにいらん心配をかけたくはない」

「それもそうだ。しかし、夜半に漕ぎつけて見つかったら、ヤマトから罰がひどいと思わぬか」

「こういう非常時だ。おれを罰したりすると、いよいよ日本政府の言うことをきかなくなることぐらい、察しがつくだろう」

「勝手な想像をめぐらす奴だ」

大湾は苦笑するほかなかった。

翌晩――

二人は伝馬を借りて那覇港外に漕ぎ出した。船頭をやとってはあとがうるさいから、二人が交替で漕いだ。十三夜の月が真上にかかっているが、雲が多くてほとんど隠れていた。明るすぎては目立つし、暗すぎては観察が届きかねるし、ちょうどよいぐあいと思われた。

「あそこにも一艘行くようだが……」

屋良座《やらざ》を少し出はずれたところで、良朝が言って指した。

「なにか、ほかの関係だろう。こんなことをする物好きが、ほかにいるとは思われぬ」

大湾は打ち消した。

「そうかもしれない……」

そのまま大有丸の横腹まで無事に横付けした。さっき見た舟は、いつのまにか見えなくなっていた。

「こうして見あげると気味が悪いね」

良朝は、仰いだまま言った。明るい夜空にくっきりと黒い影絵のように浮かんでいる船のかたちには、いままでに味わったことのない巨大な物体の感じがあった。それはたとえば、夜の森とか夜更けの大伽藍とかいったものの不気味さとも違って、じつに親しみにくい物質感がこもっていた。

「どうする?」

大湾が、潮に流されないていどに櫓をあやつりながら、聞いた。

「なんとかして上がってみたいが、人が見えないね。みんな上陸したのかしらん」

「上がるのか。大丈夫か」

「こんな船の連中はあんがい親切だよ。気は荒いようだが、公務のほかはよく相手になってくれる」

良朝は、軍艦大阪の体験をうしろだてにしていた。大湾はその点に関しては、後手にまわるほかなかった。

「おれが日本語でどなりあげたら、珍しがって上げてくれると思う。向こうがわへまわって相手を見つけようか」

大湾が答えずに櫓をやった。船尾をまわるとき、赤い大きな舵が気味悪かった。

「ぶつけるなよ」

良朝が注意した。そのとき、

「だれだ！」

とつぜん、向こうがわから声が飛んできた。さっきの舟だ。

「そっちこそ誰だ」

良朝がどなった。

「ヤマト人だぞ」

その声は、首里なまりの琉球語である。

「三人だな。どなったのは、漕いでいる奴だ」

良朝は、頭を下げるようにして見すえると、言った。と、

「ヤマト船の見物かね、若い衆……」

いきなり先方から声がかかった。坐っている方のひとりだ。琉球語だが薩摩なまりである。

「寄せてみよう」

良朝はまた催促した。大湾はこんどは力いっぱい一気に漕いだ。舟が不意に荒い波音をたててすべって行くと、あやうく相手の横腹にぶつけそうになって、つとそらした。ちょうど平行に一間ほどの間をおいたが、

「なんだ前田屋さまに加治木屋さまか」

良朝のほうから、先手をうってかぶせていた。

「与那原里之子か。珍しい場所でお会いするもの」

前田屋も加治木屋も、評定所御用を達してきた関係で、与那原良朝とは顔をつないでいた。

「海で夕涼みとしゃれたつもりが、月は雲がくれで、酒の味も半減だ」

前田屋藤兵衛は、ゆっくり笑った。声が高くては船の甲板から聞こえるという遠慮がこもっているのを、良朝はさとって、

「さっきはびっくりしましたよ」

ずばりと言った。だが、前田屋はこたえぬ風に、

「ひとりかね」

「これは友人です」

あっさり白状してしまってから、

「ところで、さっきの声は船頭ですか。那覇なまりでないが」

すると、船頭が、唇をゆがめて笑い、心もち良朝のほうへねじって上体を折った。

その顔が、それまでそっぽを向いていたが、はじめて良朝からまっすぐ見えた。

「見覚えがある」

良朝は、無遠慮に首をかしげて、

「前田屋さま。今日雇われたのですか」

すると、こんどは船頭が少しふくんだ笑いをもらした。

「負けました。与那原里之子。松島です。松村先生の道場で」

「あ。桃原《とうばる》村の松島筑登之。いつのまにか道場で見かけなくなったと思ったら」

「那覇へ落ちました。首里では食えなくなりましたから」

「で、舟を？」

「なんだ、松島は与那原里之子の相弟子か」

引きとったのは前田屋である。

こうなれば、同じく大有丸をうかがいに来た双方の計画が、いっしょに流れるほかはなかった。

「釣りに出たついでに」

良朝は念のためにもってきた釣り道具を示して、言いわけをしたが、月夜の夜釣りはもとよりおかしかった。

「この顔ぶれではおかしな取りあわせだ。上げて見せてはくれまいぞ」

しかたがないから、今宵はおれがおごるから陸で飲もう、と前田屋は誘った。与那原と大湾は応じた。

舟を通堂崎《とんどうざき》に着けると、潟《がた》沿いに行けば辻に近いが、家から金を取り寄せなければならない。懐中にしのばせただけの鳥目《ちょうもく》では、遊びの代《しろ》にもならないのである。

「松島、お前は金を取ってこい」

前田屋は言いつけた。しかし、良朝があわててさえぎって、

「久しぶりに、松島筑登之とゆっくり月夜の道を歩きながら語りたいと思います。どうぞ、おさきに、あとから参ります」

そう言って、前田屋と加治木屋に別れた。

渡地《わたんじ》へ向かって東町《ひがしまちや》屋筋に折れ、親見世《うえーみし》のところを左へそれて行くのである。雲はいつのまにかすっかりなくなって、おそろしくはっきりと広い道筋を照らしていた。

「どうしてまた、前田屋なんかへ奉公したのです。薩摩商人なんて、むずかしいでし

よう」

自然に話はそんな方向に運んでいった。

「仕方がありません。食うためです。大湾里之子も、うちの店から品を卸してもらっている世のなかですから」

そう言って笑ってから、

「それはそうと、大湾里之子はずるいです。さっき、舟でわたしのことに、はやくから気づいていたのでしょう」

「いや。こっちはまた、前田屋がこっちの顔に気づくのを待っていたのです。でも、月光のかげんでなかなか気がつかないようすで、おかしかったから、松島さんのほうには気が向かなかった」

三人は、楽しそうに笑った。東町屋と呼ばれる大店《おおだな》は、大戸を降ろし始めていた。

「松島さんは、このごろの政治の模様を聞いていますか」

与那原良朝が聞いた。首里に住んでいなければ、正確な知識にはうとかろうと考えたのである。ところが、

「前田屋に奉公していて、その気があれば、たいていのことは察しがつきます」

松島はそう言ってから、

「前田屋はね。大有丸にとても興味があるらしいですよ」

と笑った。その笑顔に、ふしぎに不敵な色を与那原は認めながら、

「興味というと？」

「まさか、乗っ取ろうというわけでもないでしょうが、なにかこれでひと儲けできないか、と考えをめぐらしているらしい」

「藩庁の船で？　どうしてそんな……」

「わかりません。わたしを供につれて船を見に行ったり、船のことを話しかけたり、前田屋がそんなときはたいてい金儲けの蔓になりそうな発見をしたときなんです。同業者に言いにくいものだから、わたしを利用する」

「松島さんは、それでは、よほど前田屋に信用があるのですね」

「いや……」

松島は言いさして、だまった。親見世の前であった。かれらの前を若い侍がうろうろしていたが、ふと物に驚いたように、ふりかえってこちらを見つめたのだ。

松島筑登之が急にだまったので与那原良朝と大湾朝功も、その若侍に気がついた。

若侍は、心もちあとすざりするふうであったが、それでも念入りに三人のほうを見つめているようすであった。

「あ、あなたは」

最初に叫んだのは、与那原良朝であった。すると、大湾が良朝の袖を引いて、

「このひとだ。あのときの……」

と言いかけた。

するると、若侍はくるっと背を見せて駆け出した。が、あいにく場所が親見世の前であった。警備の筑佐事が、とっさに気をきかせたつもりで、その胸を警棒でさえぎった。

「悪い者ではないのです。どうかお見のがしを」

そう言って筑佐事を引き離したのは、すぐに追いついた大湾朝功であった。

「失礼しました」

若侍は、あっさりと観念すると三人に頭を下げた。

「あなたは、たしか……」

与那原良朝が思い出して言おうとすると、

「佐久田筑登之です。いつぞやは首里城内でたいへん失礼を」

もともと白い顔色が月光にぬれて青みをおびているように、良朝には見えた。

「どうして、さっきは逃げようと？」

良朝は、せっかちに聞いた。かれは、奇遇を喜ぶ気もちで、相手の複雑な感情には、あまり気をつかわなかった。

「いえ……」

佐久田元喜は、あとをにごした。マカトを思って、一向宗を訴えでようかどうか、親見世の前まで来て迷っていたところである。そんなことを、ここで白状できるものではなかった。

「それより、あなたが松島さんで？　前田屋の」

「そうですが……」

松島には、よくのみこめなかった。

「お恥ずかしいことです。以前、辻で……」

佐久田は、喧嘩を売ったとも言いかねて、

「高村親雲上が見物に見えたので」

とごまかした。が、松島にはそれでけっこう通じた。

「それでさっき、前田屋の松島という言葉が出たとき、ふりかえったのですね」

松島は、そう言って、微笑した。

「なんのことです」

与那原良朝は、無遠慮にただそうとしたが、

「親方部の里之子には、興味がありますまい」

松島が、皮肉めいたことを言ったので、良朝は少し鼻じろんだ。大湾が、そのようすを察してとりなし顔に、

「なんだ、松島さんは佐久田さんを店で見たんじゃないのか。わたしは、前田屋さんの店先で佐久田さんに会っているんですよ」

と言って、佐久田を驚かした。これは、たちまちみんなの気分をほぐした。

親見世の前に大きなガジマルの木があって、下に腰をおろして休める。四人はそこにはいった。月光が少しずつもれて、顔をはだらに照らした。

「お勤めは、見つかったのですか」

良朝は、さっそくそんなことをたずねた。無遠慮だが、かれとして率直なので、すなおに受けないわけにいかなかった。

「わたしも、大湾さんや松島さんのように商売をしようかしらん」

佐久田は、そんなことを言ったが、かれにはそんなことはできそうもないと、だれもが思った。

かれらのあいだには、もともとそれほどの交際はなかったから、いきおい、かれらが知りあった動機を中心に話しあうほかなかったが、ちょうどかれらのそばを、内務省出張所の官員たちが通りすぎたので、時勢の話にいよいよ油がのった。

「伊地知さんは、なんとかつきあえる人だと思うが、こんど来た松田さんという人は、こわい感じがする」

与那原良朝が、しみじみそう言うと、佐久田元喜は、

「わたしはとにかく、ヤマトの人間はだれということなく、きらいだ」

言下にそう言った。それから、

「前田屋とのつきあいがその原因ともいえるのです」

松島の唇にかすかに笑いが浮かんだが、さりげなく、

「そのとばっちりを、わたしが食ったというわけですね」

とはずしたので、良朝がみんなをびっくりさせるほど大きな声で笑った。かれは、松島や佐久田のような、境遇からくる複雑な心のあやを読み取るには、身分がよすぎた。

「しかしおそらく……」

大湾朝功が重い口を開いた。

「いつまでもヤマトの人間を毛ぎらいしているというわけにも参りますまいよ」

「なぜです」

佐久田は、そくざに切りこんだ。その語調に良朝は、瑞泉門の階段ではじめて会ったときの佐久田の気負いを思い出した。

「あとから軍隊もやってくるというんですからね。よかれあしかれ、相手にする気をもたないことには、やっていけますまい」

「軍隊を、あなたなら、入れますか」

「わたし？」

大湾は、思わず笑いをもらした。

「なにも、日本の軍隊は、わたしごとき者とかかわりなく、はいってくるものなら、はいってくるでしょう」

「わたしは、そうは思いません。心がけしだいです。げんに亀川親方などのような……」

佐久田は言いさして、与那原良朝を見ると、なにかに安心したような顔をして笑った。

「お会いしたとき、亀川里之子といっしょでしたね。あのひとはわたしはきらいですが、亀川親方は好きですよ」

良朝は、佐久田が亀川親方にたいへん似ていると感じた。そしてそれ以上は自分とは話があうまいと考えた。

「前田屋藤兵衛は、大有丸からなにか金もうけをたくらんでいるようです」

与那原良朝は、あくる朝、茶を喫している父の前へ出て、言った。

「どこから聞いた」

「……大湾の耳にはいったもようです。前田屋の店に出入りしていますからわかるそうで」

念いりな嘘をついた。

与那原親方は、気がつかず、

「大有丸の運営一切を請けようということらしい」

「へえ。そんなことですか」

そこまでは知らなかったのである。で、こんどは彼のほうから、

「どうしてわかったのです」

「富川親方に頼みこんできたらしい」

「あつかましい奴ですね。で、どうしました」

「まだ検分もしないうちは、摂政、三司官でも、なんとも言えないことだ。わたしは謝敷《じやしき》になんとかしてあげたかったが」

「謝敷親雲上に？　与那原の……」

「謝敷も台湾遭難いらい、すっかり参ってしまったからね。ここ二、三年来の国難と浅からぬ因縁を謝敷はもっている。その謝敷に大有丸をもたせてやりたいとも思う。技術の上で無理な野望とは思いつつも、前田屋が謝敷をあの船の借金でいじめたと思えば、その前田屋に大有丸を譲りたくはない」

良朝は、ひそかに昨夜を思い出して悔いた。いかに士族とはいえ琉球人が、薩摩商

人におごられるということは、例でない。それをあえてした前田屋には、魂胆があったのだ。与那原親方は、いずれは三司官になるほどの者――というより、処分官松田大丞と東京いらいの因縁が深い。将を射んと欲せばまず馬を、という。与那原親方がはたして松田道之という将の馬たるにふさわしいかどうかは別として、前田屋の昨夜の行動は、多少酔興にすぎたとしても理由のあることだ。昨夜は、松島筑登之がやはり前田屋の丁稚として玄関の表で待たされていることへの遠慮から、与那原も大湾も深酒を飲まずに引きあげたが、与那原親方がこのことを聞き知ったら、軍艦大阪乗込み事件より以上に怒ったに違いない。軍艦大阪の件には、少なくとも個人的な恩愛や義理の問題はからんでいなかった。

「大有丸御検分はいつになりますか」

良朝は話題をそらした。

「御達書条項についての結論を出してみないことには、評定所としても、その気になれまい」

だが、この親子がそんな心配をしているうちに、処分官松田道之の宿では、異様なことがおこってきた。

みやげ物をたずさえて訪れた前田屋藤兵衛を、松田は眉ひとつ動かさぬ顔で引見したが、前田屋がまわりくどいあいさつのあとで、やおら大有丸にふれたとき、松田は言下に言った。

「商人が官のことを考える必要はない！」

それを前田屋が愛想笑いでとりなおそうとすると大音声の一喝が飛んだ。

「くどい。帰らぬと引っ立てるぞ！」

前田屋藤兵衛の眉間に、かってない驚きのかげが走った。かれは、沖縄に住んでいらい、これほど権威に圧倒されたことははじめてなのだ。在番奉行は手のうちにあった。琉球王府の高官など物の数でもない。伊地知貞馨については、かって一度だけ、はかりがたしと思ったことがある。けれども、恐怖というものではなかった。だが松田道之の大喝には、腹の筋肉をふるえあがらせるような威があった。前田屋にとって、まことの時代の転換は、この瞬間にあったといってよい。

「よく、わかりました……」

つぶれたような声で一礼し、にがい顔をして前田屋がさがっていくと、

「ふらちな奴だ」

松田が吐き捨てるように言った。と待っていたように、隣室から伊地知貞馨がふすまをあけて、はいってきた。それに一瞥《いちべつ》を与えて、

「琉球藩庁の役人どもにしてやられまいとだけ考えていたのだ。まさか同じ内地の者に侮りを受けようとは思わなかったぞ」

「那覇には鹿児島商人がたむろして住民の咽喉をしめあげるような中間搾取をほしいままにし――と、わたしはかつて復命書に記したことがあります。時移り世の変わるたびに利をしめようとするのは、商人の本性と申せましょう」

「東京を発つときの心組みには、内地人ならあげて協力させられるものと考えていた」

「させるべきでありましょう。利用して侮られないことです」

「うまいことを言う。その策があるのか」

松田の怒りは、伊地知の落ち着きを相手にして少しやわらいでいた。

「いまのところ、どうということではありません。もっと事態が急迫する時がくれば、使いようによっては値打ちがあろう、ということです」

「もっと事態が急迫……？」

「覚悟しておいて悪いことではありません。相手は度しがたい琉球人です」

「そういえば……」

松田は、琉球人の立ちおくれをいまさらのように頭に思い浮かべてみた。そして、琉球人と蒸汽船とを結びつけるのに苦労した。

「大有丸の件、出張所のほうは準備は進んでいるかね」

「はい。間にあうと思います」

大有丸の運営を、直接には内務省出張所の手で行なうことになっていた。琉球藩に払い下げて運営に事欠くことは予想されたし、このような段取りはかねてから考えられていた。

「それぐらいのことに気づかないとは、やはり田舎商人」

松田は、前田屋藤兵衛の醜態を思い出して、こんどは大声で笑った。

前田屋藤兵衛は、さすがに憤りを両肩に負うて帰宅した。

「暑い。ほこりだらけではないか。松島、水をまけ」

いつにない権幕に松島が驚いて手桶を持って表へ飛び出すのを見ながら、前田屋はそれでも思いは、あらぬ方にあった。

(松田大丞め、どうしてくれよう……)

首里評定所では、大有丸の検分は二の次であった。

「給地方《きゆうちかた》物奉行と船手座から誰かひとり、行ってくるとよい。どうせ、検分したってわかるものでもないが、ありがたいような財産をもらったものだ」

富川親方は、それだけ言った。

任官当時あれほど積極的に働こうと意気込んだかれも、眼の前に飛び出して来るものがみな突拍子もない展開ばかり見せるので、いいかげん伊江王子の消極性がわかるような気がしていた。

「それより、御達書条項の処理が肝要」

まったくであった。これだけは正面切って回答を要求されているだけに、いいかげんなことを言ってすますわけにいかなかった。

留学生派遣の件だけはありがたいことだが——とかれらは論じあった。

「問題は藩王上京の件……」

「いや、清国への朝貢禁止の件……」

「それより鎮台分営の件……」

ひとしい比重をもった難問がすさまじい速度で周囲から突進してくるようで、これらのどれをとっても重《おも》し難《かた》しと見たかれらは、

「まず、議論に実態の裏付けがあって、相手の同情にうったえやすいものをさきに……」

と結論をえた。

七月十七日、松田道之のもとに摂政伊江王子が三司官と鎖之側《ざしのそば》をしたがえて、藩王病気の診断書をもたらした。

「近来、思慮その度をすごし、性情抑鬱して伸びず……本年五月、事により大いに驚き、卒然として胸ふたぎ絶食すること両日……補血養心の方を用いて調養すといえど

も、いまだ早急快癒を見ず」

譜久島《ふくしま》、渡嘉敷《とかしき》両侍医の連署による診断書には、地獄の鬼も涙を流すに違いない、と話しあった伊江たちは、

「かようなしだいで、今帰仁王子を名代として上京せしめることを、ぜひお聞き届けくださいますよう」

と陳情書を提出した。

松田は、眉ひとつ動かさずに、陳情書と診断書に見入った。

（憂えていたことが案の定……）

かれは、予想のひとつが当たったことを落胆とともに確認したが、

「この渡嘉敷、譜久島という医師は、確かな筋のものか」

「はい、それはもう。代々侍医をつとめてきた家柄に生をうけ、若くして中国に学び漢方の奥義をきわめた者でございます」

「漢方か。日本では、今日しだいに西洋医学が漢方にとって代わりつつある。漢方は学問的でないのだ」

とはいえ、そのようなことを説いてみたところでこのさい仕方がなかった。そこで、

「藩王がぜひとも上京して朝廷にお礼を申しあげなければならないことは理解してい

るか」

「はい、それはもう、ここに書いてあります通りで」

「それなら、この陳情書に書かれたような〝格別なるお礼を延引しては恐縮につき〟だけでは、言葉が足りぬはず。〝暫時延期を願いたてまつりたき〟旨を書きそえるべきではないか」

よどみがなかった。藩王の病気を理由に上京を断わろうとする企みにまともにひっかかる松田ではなく、「暫時延期」の旨十四字、はっきり眼の前で書き加えさせた。

「刑法、学事修業で上京する者の氏名をはやく提出しなさい」

「はい、すぐ」

「その他の事項はゆっくりでよいというわけでもない。慶賀使派遣のさしとめ、年号年中行事の件、職制改革の件、さっそくお請け申しあげるのが望ましい」

「それはむろん、考えてはおりましたことですが……」

三司官たちは、いっせいに深いため息をつくと、

「ただ、当琉球国にとりましては……」

「琉球国ではないというのに」

「はい。当藩にとりましては、かつてない大事です。わたしども一部の者がなんとか理解しましても、士族全体にこれを納得せしめるのが容易ではありませんので」

「士族全体にすべてを納得せしめることは必要ではなかろう。為政者、指導者の存する理由を、あなたたちも知っているはずだ。あなたたちがこの大事について十分理解しているなら、これを一般民衆に理解せしめる努力をすべきではないか」

「努力しても理解しない者がいるのです」

「はじめからそんなことを言ってはいけないではないか。要するに、あなたたちの覚悟の問題ではないか。わたしとしては、八月上旬に決着することを望んでいる」

八月上旬……と琉球がわは驚いたが、九月の二百十日にはいらぬうちに出航帰任したいという意向を、防ぐすべもなかった。

その午後、評定所が新たな苦渋のいろにみちているとき松田処分官は長嶺少佐に誘われて、真和志間切古波蔵《こはぐら》村あたりを検分して歩いていた。


池城親方は評定所へ出勤すると、さっそく与那原親方を呼ばせた。与那原は、役職についてはいなかったが、東京から帰ってこのかた毎日評定所に詰めなければならなくなっていた。

「鎮台分営を古波蔵村に置かれるようになるらしいよ、与那原親方」

情報が、前夜真和志間切総地頭の識名《しきな》親方を通じて池城親方に届いていた。識名親方は、領地内を徘徊した異様な人物たちの行動の意味を理解しなかったが、池城は報告を受けて存分にうめいたものである。

「もうそこまで手をまわしたのですか」

「しかもきのうは、一日がかりであのへんの仕明地《しあけち》（開墾地）の地価を調べてまわっていたという。仕明地となれば百姓の私有地。識名親方もどうにもならぬもの」

池城は、かすかに笑った。与那原はそれに反応もなく、

「なにもかも、こちらの気がつかないうちに手まわしが進んでいる。この上は、先手をうつ必要もありますね」

「先手をうつ、と言うと？」

「と言っても、大それたことはできはしません。藩王上京の件を泣きおとしにかけても、十四字書きそえて釘をさすなどと手もなく逃げる相手です。だから、野望はおこしますまい。さしあたり、からめ手から向こうの手のうちをのぞいて見ることがよいのではないですか」

「からめ手からね……」

「二、三日うちに、二人で那覇へおりて雑談をしてきましょうよ」

「なんの話をするんだね」

「さあ、追い追い思いつくでしょう」

「あなたは、のんきでいいね」

「そうですか」

与那原は不満であった。なるほど、もともと自分はのんきにできているとは思っている。しかし、いまは違う。十分いろんなことを考えているつもりである。そうでないと、いずれ三司官にもなるかもしれないし、たいへんなことになるかもしれない、と思う。

「少し散歩に出てみようか、与那原親方」

「そうですね、ちょっと気ばらしに」

ふたりは出て、漏刻門のわきに足を運んだ。

「こうして眺めると、しずかなものだね、ご城下も」

池城は扇子をかざして、見わたした。真夏の昼である。風がわたって広袖をゆすった。

「世間の衆もよけいな気をつかわないでくれればと思います」

与那原は言った。世間の無知が時局への理解をあらぬかたへゆがめていくことが、かれには気がかりであった。ヤマトの人を相手にして、先方の言うことを全然聞き誤ることのないかれとして、当然の感想であった。

「しかしね、あまり気をつかってくれないでもさびしいものだよ、こっちだけが空廻りしているようでね」

池城は言った。

ふたりのあいだに、しばらくぶりで軽い笑いがおこった。

「楽しそうですな」

うしろで日本語がした。河原田盛美が立っていた。

「ちょうどよい。ここでお伝えしよう」

池城の顔から、一瞬の間に笑いが失せた。

「大有丸の運営については、内務省出張所ですべて扱うこととなり、出張所ではその準備がととのったから、藩庁ではそのつもりでいるようにということです」

河原田盛美は、すらすらと述べたてたあと、ほっとしたように、かすかな笑顔をつくった。

「そうですか。……ご苦労さまでございました。松田さまをはじめ出張所のみなさまに、よろしくお伝えくださいませ」

池城は、いんぎんに深く頭を下げた。

「それから池城親方……」

河原田は、少しあたりをはばかるような眼つきをしてみせて、

「御達書条項について藩の決議をさまたげる者は、どういうひとたちか……」

「いや、それはいきなり誰とは……」

「松田大丞は、それを気にしておられる。池城親方や与那原親方などは東京ですべてを了解しておられることと思うが、その先覚者の悩みの種となる輩について知りたいと」

「では、大丞が説得してくださるというのですか」

「そういうわけでもあるまいが、大丞がひどくあなたがたに同情しておられる。そのことをお伝えしたい。では、ごめん」

河原田盛美が門の向こうに消えてしまうと、池城はしばらくきょとんとした顔でだまっていたが、やがて言った。

「へんな話だね」

「妙ですね」

与那原親方も、同じことを考えているという声音であった。

河原田盛美の伝えた松田の心境というものが、なにか意味ありげなことは、かすかに読み取れた。

「おだてているのでしょうね」

与那原親方は、おそるおそる、くぼんだ眼をまばたかせて言った。

「しかし与那原親方よ」

池城親方が、とつぜん眼を輝かせた。

「おだてでもよい。乗ってあげようではないか。こんど松田さんを訪ねてね、さっき河原田さんの言われた大有丸の一件について、十分お礼を申しあげるのだよ。それから、いろいろの話をたぐり出すのだな。いやしくも同情していると言明したからには、その言明を裏打ちするだけの協力をしてくれるだろうよ」

池城は、思いつめたように早口でしゃべりあげた。そのとき、評定所の奥のほうから、若い侍たちが十人ばかり、とつぜん出てきて、二人に通りすぎざま一礼すると、足ばやに降って行った。

「今日は、どこで評定だろうかな」

このごろ、首里のそここで結論のつかない評定が、なんとなく雲のように湧いて霧のように散るようすを、二人はむろん聞き知っていた。

「わたしには、まだ納得のいかないことが多いね」

池城は降りて行った群衆の影が消えると言った。

「東京でのことも、ここでのこともね。……だから、衆人が騒ぐのも無理はないと思う」

「衆人がいたずらに騒がなければよいが」

と与那原親方良傑は言う。

「衆人の騒ぐのも無理はない」

と池城親方安規は言う。

が、いちがいに与那原のほうが明るくて池城がうといのだとも言えなかった。げんに池城は、一瞬まえには、与那原より明るい声で松田にいどむ意気を見せたのである。かれらにとって、いずれの自分も真実であった。けっして考えなおしたなどということでもないし、まして自分をあざむくなどということでもなかった。

みずからの気もちをあざむいたことがない、ということがおそらくかれらの唯一の美点であった。進んで他を支配する実力を持たないかれらは、たえず相手の動静を受け身で感じ取っていたし、その刹那刹那の感覚に忠実にふれてみるだけだった。しじゅうおどおどしているから、その感覚は気まぐれに変動した。いままでこうだと思ったものが、なにかのすきま風のようなじゃまがはいるとふと違うような気になった。すると潜伏していた病菌があばれだすように、かれらを手もなくあわてさせるのだった。

そのようなかれらの行動は、じつは行為でなく、たんなる反応にすぎない。かれらはいま、なんとなく松田に会わなければならないような気になっていた。かれらはいま、松田という存在が頭にこびりついて動きがとれないでいるのだが、しかし、相手の松田がみずから頑丈にかまえているわけではなかった。

七月二十二日の午前十時に、池城と与那原は予定どおり松田道之を訪れた。そして予定どおり雑談をしながら、池城親方は質問した。

「明治年号を使え云々とのお達しは返上したと思いましたが」

「なぜだね」

「つまり、東京でそのお達しの公文をお返ししましたからです」

「ばかなことを言いなさい。あのとき、あなたたちが、荷が重すぎて藩へ帰って相談してからでないとわからぬと言ったので、あの場のなりゆきとして荷を軽くしてやっただけの話だ」

「すると、どうせ改めて琉球へその件でお渡りになるから、ということだったのですか」

「あたりまえさ」

「よくわかりました」

池城親方は、真実をこめてうなずいた。東京でのかれから、ひとつの進歩もない。だが、かれはそれを意識していないし、ごくあたりまえの生活でしかなかった。ところが、松田にとってそれは大問題であった。かれは池城らが去ったあと、どなった。

「いくど同じことを言わせるのだ。おだてて内部の事情を探ろうとすれば、恐縮するばかりで語りはしないし……」

池城は、大有丸の件でいんぎんに礼を述べたあと、藩議がなかなかいつまとまるかわからないことを、くどくどと述べた。そして、八月上旬にはとても藩議がまとまるまいから、その間に大有丸をひと航海させたいが、と、うかがうと、松田は渋茶を飲むような顔でそれを許さなければならなかった。

# ただふしぎな蒙昧

辻村の外廓、丘のながれる一角に、バクチャヤーと呼ばれる洞窟がある。昔、徒党幾人かがそのなかで賭博にふけったとの伝えでこの名がついたのだ、という。その昔とはいつのことか、記録にも明らかでないが、とにかくいま生きている人たちでそれを知る者はいなかった。だが、このごろ、この一、二年らい、ふたたびそのなかに人声がする、またバクチをする者が生じた、という噂が立っている。

「世の乱れる兆か」

老人たちは、噂を聞いて、そう語った。その老人たちが、内務省出張所に断髪の役人が到来したとたん、ほとんど外出しなくなったのである。

「世の乱れる兆だとすれば、手入れするいわれもない」

親見世《うえーみし》では、そう話しあった。

ある日、そのうすくらがりのなかに、色の生白い青年がやってきて立った。佐久田元喜である。

「わたしも仲間にいれてくれ」

「佐久田か……」

車座のなかに見知った者がいて、吐き捨てるように言った。

「新米は元手がいるぞ」

「元手などにする金がないから稼ぎに来たのだ」

「なに？」

他のひとりが、気短からしく拳をにぎって腰を浮かした。さきの男がそれをとめて、

「佐久田。ここでは士族も百姓もないのだぞ。金が力の盆座だぞ」

「わかっている。士族など捨ててもよい覚悟ができた」

すると、いまさきかれをねらっていた男が、いきなり大きな声で笑い出した。

「これはいい、これはいい。こんな若い美男子が、そんな気のきいたことを言ったのは、はじめてだぜ。その意気その意気。そのうち戦争だものなあ」

「なに、戦争だと？」

佐久田は、その男につめよった。

「誰が言った」

「なんだ、お前、知らないのか。誰でも言ってるぞ。ヤマトから軍隊が来るのだ。そ

して清国と戦争が始まるのだよ」

「ほんとうか。おい……」

佐久田は、みんなを見まわした。

「おれは、戦争のことはよく知らないけれどもね……」

少し小ずるそうな、年のはかりかねる、きたない小男が言った。

「うちのおやじの話だと、近いうちに国王さまも按司親方部はじめ、士族みんなが領地を召しあげられるんだ、ということだ。お前も、このさい士族を捨てるというのは、賢明な顔回さまというものだ。へへへ……」

この小男は、学があるのか聞きかじりか、見当違いだが気のきいたふうな言いかたをした。

「また来るよ」

佐久田元喜は、洞窟を飛び出した。

「おいどこへ行く」

はじめの男が追って出た。

「心配するな。お前さんたちには関係のないことだ」

佐久田は、男の手をふりはらってかけだした。首里へである。

亀川殿内に、客が集まっていた。

「清国に慶賀使もおくるな、進貢使もおくるな。……つまりは、この琉球を恩知らずにするつもりか」

「いっさいの交通を絶ちきって、琉球をあげてヤマト政府でかすめとろうということでしょう」

「ヤマトは、貪欲の国。薩摩がそうだった。日本政府から冊封を受けて、薩摩の毒手からのがれた、と吹聴したのは誰でした」

「宜野湾親方」

「うまく、だまされおって」

「だまされたのではあるまい。共謀で国を売るのだろう」

「わたしは、そこまで邪推したくはないが、とにかく知恵がなさすぎた。用心が足りない」

「とだけ言っては、すまされますまい。一歩の誤ちで、このような大事だ」

「上様のご病気に遠慮もなく、東京へ上がれという。ヤマトの非情なやから、薩摩から一歩の差もない」

座敷いっぱいに物を散らかしたような、このとりとめもない議論を、亀川盛棟は、すみのほうでまじろぎもせずに聞いていた。

名護《なご》按司、浦添《うらそえ》按司、沢岻《たくし》親方、翁長《おなが》親方、津嘉山《つかざん》親方という大名連——

「亀川親方。この事態をなんとかしなければならないのでは、ありますまいか」

翁長親方が、いつものように、話が一段とぎれると、亀川親方へ水を向けた。孫の盛棟には、どうしてわざわざこうして祖父がかつぎだされるのかわからない。大名家のなかでも最年長だという貫禄からか。旧三司官だという名誉からか。それにしても、かくべつ知能がすぐれているとも思えないから、盛棟としては、なんとしても納得できない。

知能学識といえば、今日の大名家のうち津波古親方を別とすれば、やはり宜野湾親方に指を屈しなければなるまい。その宜野湾がなみいる大名連の恨みつらみの種だとすれば、皮肉なことながら、年齢も地位も高く、宜野湾とはなにかと反目してきた亀川親方をかつぎ出すほかはないのだ。

「うむ。たしかにお国の大事。なんとかせねばなるまいが」

亀川親方は、これもいつものように腕を組む。七月十四日に松田道之が首里城南殿で衆官を集めて朝命を達してから、ほぼ十日。その間に三回も亀川殿内に集まりがある。亀川親方としては、退官いらい忘れ去られたようなところへ、いつのまにか後輩の大名たちが寄りつどうのを、驚きの眼で迎えて、それでもうれしさを禁じえず、素麺の膳などを出させてもてなしたが、さて時局への対策となると、どうしてよいかわからないのだ。

「宜野湾殿内は寝てばかりいる。いちはやく談じこんだのはわたしだが、官をやめますだけで要領をえない。官をやめただけはまず殊勝だが」

ふしぎに亀川親方は元気がない。その理由を盛棟だけがわかっていた。要するに亀川親方は衆の長たる器ではなかった。三司官をつとめたときは事務家であれば足りた。が、いまは、指揮者でなければならないのだ。

「盛棟。与那原殿内を呼ばせないか」

亀川親方は、髯をしごいて言った。

「どうなさいます」

盛棟は、聞きかえした。

「呼ばせるのだ……」

祖父はどなった。

「はい」

盛棟は、心にかすかな痛みを覚えながら、用人を呼んで与那原殿内へつかった。

「盛棟。お祖父さまにお言葉を返すものではないぞ」

盛棟が座にもどると見るや、たしなめたのは、沢岻親方である。

「悪うございました」

盛棟は、頭を下げてあやまりながら、なにかまちがっている、と感じた。たしかに祖父に言葉を返したのは悪い。けれども、ついそのように祖父を制禦したい衝動にかられたのだ。肉親の孫として祖父の行動に危うさを覚えたとき、許されてよいのではないか。それを、さも三歳の童子を扱うように、いましめるのは、どういうことか。

（このひとたちは、祖父をたんにおだてているのだ……）

盛棟は、うなだれたまま考えた。

（だが、何のために？）

そうなると盛棟にはわからなかった。清国への恩義云々との理由だけで、こんなに一堂に会して大騒ぎするほど、熱烈な愛国者たちだとは思えなかった。かれの疑いの前を、議論がしろっぽく飛び交った。

「与那原親方が、お見えになりました」

用人が告げた。そのあとに与那原親方は、用心深い物腰ではいってきた。

「みなさん、おそろいで、ご苦労に存じます」

与那原がていねいに手をつくのへ亀川親方がせきこんでかぶせた。

「池城と二人で那覇に行ったそうだね。なにしに行った」

「はあ、雑談です」

与那原は答えながら少々驚いた。松田を私的に訪問したのは昨日のことだ。私的訪問だから、池城と二人でしのびのつもりであったが、噂のゆきわたるのが早すぎるように思う。これでは、この節うっかりしたことはできない、と一瞬の間に用心した。

はたして、

「まさか、よこしまの相談をされたのであるまいな」

思いがけない声が飛んだ。

「なにを言われます。よこしまとは……」

さすがの与那原も、つい気色ばんでその方を見ようとすると、

「いや。与那原殿内は、そんな人間ではない」

亀川親方がかばった。さらに続けて、

「ただね、与那原。こんなにみなさんが騒いでいる。お国を思う一心だ。ヤマトの言われることを、思いとどまらせたい。あんたはヤマトの言葉も上手だし、向こうの真意も聞き知っているだろう。知恵を貸してくれまいか」

亀川親方にしては落ち着いた論理であるが、その実、いやおうなしに衆の長に推された者の用心深いふるえがひそんでいるのを、孫の盛棟だけが見抜いた。

「それが……」

与那原親方が答えようとしたとき、また用人が来た。

「佐久田筑登之が、眼の色かえて参っておりますが」

「なに、佐久田が」

亀川家の祖父と孫とが、それぞれの反応で緊張した。

「なんの用だ」

亀川親方である。大名連の集まりに軽輩の登場は、やはりうとんずる気もちがあった。

「那覇にいくさがおこりそうだとか申しまして」

用人の声までうろたえていた。

「なに、那覇にいくさが。ここへ通せ」

一も二もなかった。なにしろ容易ならぬ用件であった。用人が嘘をついたのでもない。佐久田が誇張したのでもない。ただ、このような大事についての噂がいつでもそうであるように、せっかちな報告とあわてた受け取りかたが真実を大きくゆがめて伝えがちであった。おかげで佐久田元喜は、大名連のなみいる座敷へ通ることができた。

「那覇にいくさがおこるということではありません。清国とヤマトの軍艦とが、いくさをおこすという噂です。それに、国王さまをはじめ士族全部の領地が召しあげられる、という噂です」

「どこでの噂だ？」

問いかさねられて佐久田は、バクチャヤーで聞いたことだとは言いかねた。

「那覇じゅうの噂です」

佐久田は、答えながら、これはおそらく大きな嘘にはなるまい、と自分をなぐさめていた。バクチャヤーでの衝動は、それほどかれにとって大きかった。かれは、亀川盛棟の冷たい視線を首すじに感じながら、おそるおそる汗をぬぐった。

庭に日がかげった。

「大変なことになった。与那原親方、覚えがありますか」

津嘉山親方が聞くのへ、

「そんなことはない。なにかのまちがいでしょう」

答えながら与那原親方は、自分がいま大きな誤解の渦のなかへ突進していきつつあることを直感した。はたして、

「与那原殿内！」

亀川親方の眉根がしまった。

「よく思い出すがよい。あんたがたが東京へ行って来たのは、大事な国王さまの使節。ヤマト政府のそういう心根は、察しがつかぬことでもないが、もしや東京で政府の動静にあんたがたが不注意で見落としたことがあったとすれば、責任は重大だ」

いかにも、罪が決まったような言いぶりに、与那原親方のみでなく孫の盛棟までが

苦り切った。

するとなみいる連中の口から、

「琉球の士族全部から領地を取りあげ、みんなヤマトの奴隷にするということか」

「わたしらを奴隷にして、清国との戦争の楯にして、琉球のみか清国までわれわれの血であがないとろうということか」

たてつづけに流れ出た、それこそ文字どおりの流言である。

「あ、いや。けっしてそのようなことは」

与那原親方があわてておさえるのを背に聞きながら、亀川盛棟が座敷を出た。それに気づいて佐久田元喜があとを追う。

「里之子！」

楼門をくぐって出ようとするのを、佐久田は思い切って呼んだ。ふり返るのへ、さらに、

「どこへ行かれます」

「あなたに関係はありません」

亀川盛棟は、冷たく言って、そのまま行こうとすると、

「待ってください」

追いすがって、ほとんどくっつくように立つと、袖がふれた。

「あなたは、なぜわたしをさけようとなさるのです。里之子」

佐久田は、とうとう言い出した、と考えた。いつごろから胸のうちにたくわえたわだかまりであることか。

「べつに……」

盛棟は、ほんの一瞬言いよどんだが、

「さけようとしているのではないのです」

「では、わたしに行き先ぐらい教えてくれてもいいでしょう」

「あなたは……」

盛棟は、思いきって佐久田に正面を向けた。

「なぜ、そうわたしにからむのです。なぜ疑うのです。わたしはいま急用を思いついたから出かけるのです」

「お祖父さまがたがあんなに心をいためて心配しておられるとき座をはずされるということが、わたしには納得できません」

「どうとでも解釈されたらよいでしょう。ごめん……」

「待ってください。あなたはきっとわたしが出しゃばったのが気にいらないのだ。なぜでしょう。わたしは出しゃばったのではないのに。わたしはただ、那覇で聞いた噂を確かめにあがっただけなのに」

「では言いましょう。あなたの話は、いたずらに、大名がたをお騒がせしただけです。あなたの話は、なんら信ずべき証拠がない。それなのに大名がたは興奮していらっしゃるから、あなたの話をすぐ信じてしまう」

「では、あなたはわたしの話を嘘だと思うのですか」

「そうは思いませぬ。あなたは誰かに聞いたでしょう。しかし、その由来を確かめたでしょうか」

「どうして、確かめるのです。ただの世間の噂を」

「あなたは、ただの世間の噂をあなたが伝えることで、天下の平和をみだすことに、責任を感じないのですか」

「わたしは……」

佐久田は、ほとんど泣きたくなった。盛棟が落ち着いて純粋に、理づめで追及してくるのが感情家のかれには耐えられなかった。

「その平和がみだれるかと思って、驚いて教わりにあがったのです。わたしには、亀川親方だけしか尊敬できるお方がありません」

「祖父を尊敬してくださるお気もちはありがたいが、おかげで祖父が道を誤っては、わたしにはうらめしくも思われるのです」

「道を誤る……誤る？　どうしてです」

「そのうちに、お話しする時節もありましょう。今日はこれでかんべんしてください。ほんとうに急ぐのです」

亀川盛棟の口調から冷たさが消えかかっていた。そのかわり、かすかな悲しみのようなものがにじみ出て、情にもろい佐久田の胸にしみた。佐久田がその感じにたじろいだとき、盛棟はもう数歩さきへ行っていた。

佐久田は、たたずんで見送った。が、さきの石垣の角を東へ折れて見えなくなると、思いなおして、あとを追った。与那原殿内が近い。盛棟はその楼門に消えた。

相手の姿が見えなくなると、佐久田は少し落ち着いて考えるのだった。

(やはり、亀川里之子にはかげがある……)

そのかげはなにか。なぜおれに向いてそれが投げられるのか。そしてさしあたり、今日はこれからどうするということか。大事な席を立ってきたこの大名の御曹司は、ほんとうに与那原殿内への用事——おそらく与那原良朝への用事なのだろうが、それだけを足しに行くのか。それを確かめたい。

佐久田は、いましきりにその与那原良朝に会ってみたい衝動にかられたが、それがどういう性質の欲求であるのか、自分でよくは判断できなかった。

佐久田元喜は、なんとなくその場所を立ち去りかねていた。

すると、しばらくして与那原殿内の門から、亀川盛棟と与那原良朝とが連れ立って出てきた。なにを話しているのか、亀川盛棟から念を押されるようにして与那原良朝がうなずき、しばらく西へ行って北と南に分かれると、南のほうへひとり行く良朝のあとを、佐久田は追った。

那覇へおりる。

西村――

内務省出張所の門に、与那原良朝は消えた。

（……？）

佐久田は、さすがに鼻のさきに切っ尖をつきつけられた思いで、踏みとどまった。

（与那原里之子が、単身で内務省出張所にはいっていった……）

佐久田元喜は、それを確認して、なおも遠くのほうから、その門を見つめていた。すぐそばに親見世がある。そこらでうろうろして与那原や大湾、松島らと出会ったのは、つい最近だ。……それをせわしなく思いおこしたりしながら、佐久田は親見世の前を見張る警護の筑佐事にも用心しなければならなかった。

（与那原里之子は、なんのために……？）

疑い続けているうち、日が暮れかけた。まず親見世の表に灯がともった。

と、与那原良朝が出張所の門を出てきた。日暮れの道を急ぐ足どりを、いったんや

りすごしてから、天使館前で佐久田は呼びかけた。与那原はふり返り、

「あなた……」

驚くと同時にあきれ、

「ついてきたのですか」

「里之子。ご意見がうかがいたい。少し話してください」

「困ったな」

良朝はあたりを見まわした。魚小堀《いゆぐむい》の水に、暮色が黒くよどんだ。

「そんなバカな。そんな話を誰がお前にした」

松田道之——朝の間《ま》稽古《げいこ》に庭へ降りて木刀をふっていた。少しおそい起床である。

そこへ伊地知がやってきたと思うと、とたんにおもしろくない話をしたのである。

「与那原のせがれです」

「与那原の……八重山まで軍艦に乗って行ったという小僧か」

「ひとりで乗りこむのが好きらしいです。ゆうべは出張所かぎりですが」

伊地知の冗談をまじえた語り口であるが、それには乗らず、

「利口な小僧だと、きみは言っていたではないか」

「かれがその話を信じているわけではありません。那覇でそんな噂がたっている。そ

れが首里にきのう伝えられて、ここ二、三日うちに首里の騒ぎになると思われるが、その噂は真実であるのか、確かめに来た、というのです」

「自分はそうは思っていないという口ぶりか」

「できるだけ伊地知さんたちを信じたい。どうするか、とまるで脅迫です」

伊地知は笑った。それが松田は気にいらぬ態で、

「きみはどう答えたのだ」

「どなってやりました」

「どなった？」

意外だという顔つきを、松田は見せた。

「どなりました。信じるなら信じろ、信じないなら信じないでよい。ただ、琉球人民の浮説妄説のいかんにかかわらず、日本政府の大綱は決まっているのだ。わざわざこんなところまで足を踏み入れることもあるまい。そう言ってやったのです」

「驚いたろう。仲よしだと思った伊地知にどなられて」

「少し涙ぐんでいました。が、それでは退らないのです」

「まだ、なにか言ったのか」

「信じる。信じるから裏切らないか、と切りこんでくるのです」

「裏切る？」

「兵隊をつれてきても戦争をしないか。藩王以下諸士族の領地を召しあげることをしないか……」

「バカだな、鎮台をおく以上、敵が攻めてくれば戦争をするほかないではないか。そのための鎮台だ」

「しかし、わたしはみんな肯定しておきました。けっきょく、当分のあいだ、清国が攻略してくる気づかいはありませんから」

「それはまあ、そうだ」

「なにもかも安心させておくに限るのです。誤解でもなんでも安心させておくのがよい。わたしは、そう考えますので」

「しかしきみ、大きな皇化の道からいうと……」

「それはあとの問題です。当面の問題は、大丞の任務をすみやかに果たされることでしょう」

「うむ……」

松田道之はつまった。琉球に関するかぎり、伊地知の経験からくる自信には押されがちであった。

それがおもしろくはないが、いま伊地知の言うことは、確かにもっともであった。

「よし、中田と種子島を呼んでくれ。首里へつかいにやる」

松田は、汗をふいた手拭を使丁に投げて渡した。

「良朝、昨夜はどこへ行った」

与那原親方は、朝茶を喫している座敷へ、四男良朝を呼ばせた。長男の親雲上良佐が同席していた。

「昨夜はどこへも行きません」

「なぜ嘘を言う。盛棟が訪ねてきて、それからどこかへ行ったろう」

「あ。それは昼間です。日が暮れるとすぐ帰ってきました」

「ひかえろ、良朝！」

いきなり、長兄から怒声が飛んだ。

「お父さまに口答えをするのか」

おかしい、と良朝は感じた。このような険しい雰囲気は、この家庭にかつてないことであった。なにかあったのだ、と考えながら、とっさには嘘もつけず、

「那覇へおりました」

「なにしに」

「伊地知さんにお会いしてきました」

「ばか者！」

また長兄の叱声であった。

「ま、待て」

父の良傑がとめて、

「盛棟が言ったのか。行ってこいと」

できるだけ心の乱れを見せまいとする、いたましい努力が見えた。

「そんなことはありません。盛棟がきのうの亀川殿内でのご評定の趣を伝えに来たから、二人で相談して、そのほうがいいと思ってしたことです」

「どんなことを話したのだ、伊地知さんに」

良朝は、すらすらとありのままに報告した。

「こんなわけで、伊地知さんには、ひどく怒られました。しかしこちらの誠意は認めてもらったつもりです」

「誠意の問題ではない。手段のよしあしだ!　この時節に」

また長兄であった。

「もう叱るな、良佐」

与那原親方は、まっすぐな四男坊をこれ以上責めることができなかった。できるだけ政治にかかわらせたくない、と思いながら育ててきた息子であった。それがかつては日本海軍の軍艦に乗って八重山まで行ってしまうし、こんどもまさに亀川家と親戚の因縁もくずれるかと憂えられるほどの瀬戸ぎわに、こういう思い切ったことをする。まったく親の負けというものだ。けれども、かれは叱らない。いまさら叱ってもしかたがないと思う。だいいち、息子のほうに理があると思えるふしもある。辛いことだが、問題は自分と亀川親方との調整だけにあるのかもしれない。

亀川親方の焦燥と怒りもわかるような気はする。その生来の性急と頑固さが、与那原親方の外交使節としての知識や面目を理解しようともせずに、周囲の大名連の無秩序な焦りにすっかり乗せられて、ついには与那原に八つ当たりしたのだ。

途中で席を起った、婿の盛棟——

亀川親方の知遇を受けているらしいが、どこの何者ともしれぬ佐久田という軽輩——

与那原は、いよいよ孤独のなかにはいってゆく自分を感じる。

「お城へ行く」

そう言って起った。池城親方にそのことを話してみたかった。

与那原にとって、以前はそれほどのつきあいもなかった池城親方だが、この時局を迎えていらい、いちばん気もちを通じあっている相手のような気がしている。日本政府の気もちを知っているような気がしたり、世間のようすを見ると、その日本についての知識が錯覚であるかのように思われたり、その動きのたびに、自分がこの琉球という故郷で生きる場をあやうく失いそうな不安を覚える。この浮動する心情は、おたがい同士でしか理解しえまい。(願わくは、松田さま以下、ヤマトの方にも理解してほしいものだが……)

ハンタン山のだらだら坂をのぼる。行き交う人たちが、なにがなしに、かつてより忙《いそが》わしく見える。気のせいだろうか。

考えながら久慶門(ほこり御門)をくぐって、しばらく行くと、ふと足をとどめた。

「中田さま……」

瑞泉門の石段を降りきって、いま歓会門のほうへ折れようとする二人連れを見たのだ。与那原の口から、呼びかけるともなく、あいまいな気もちで相手の名が出た。

「あ、与那原親方か」

答えたのは、連れの種子島時恕であった。

「ご苦労さまでございます」

与那原は、できるだけ深く腰を折って、

「今日はまた、どのようなご用件で」

「用件は終始変わらぬわい」

気の短い種子島が、とつぜん大きな声で、吐きすてるように言った。わきを通る者が、驚いて見た。

「与那原親方……」

中田鷗隣が、わずかにとりなすように、

「松田大丞は、こんどひと航海する大有丸で、中間報告の手紙を出される。それで、はっきりいつまでに決着がつく見込みであるのか、藩庁の意向をうかがいに来た」

「で、……」

「池城親方に会ったがね」

落ち着いた中田の言葉も、ぞんざいになった。苛立ちが見える。

「はあ……」

間のつなぎにあいづちを打つ与那原の耳に、種子島の雷のような声が響いた。

「与那原親方。松田大丞は事務のために渡航したのではないぞ。池城親方にもういちどあなたからも念を押しておくんですな。中間報告だけでは、仕様もないわい」

「はい、はい……ご苦心のほど、万々お察し申しあげます」

与那原が深々と頭を下げ、ふたたびおこしたとき、二人の背はもう向こうに見えた。

与那原親方は、石段をかけ登った。大名が道行きに駈けるという風景は、おそらくはじめてであったか、見る者はみな眼を見はったが、与那原親方はそれを気にしてはいられなかった。

「池城親方。いま、下で中田さまに種子島さまが……」

のめるように坐ると、

「あなたも言われたか」

池城の表情は重かった。

ようすを知って、浦添、富川の三司官と鎖之側喜屋武親雲上が集まってきた。

中田鷗隣と種子島時恕の報告は、出張所に笑いをまきおこし、同時にしぶい顔もつくった。

「松田大丞は事務手続きだけのために渡航したのではないぞ、とどなってやりました」

と種子島が得意になっていると、

「それで相手は？」

松田は、真剣な顔でうながす。

「ご苦心のほど、万々承知……」

中田が、しぐさをつくって深々と頭を下げた。

「それが、おもしろいんですね。池城と会って、評定所をさがると、与那原に出会いました。与那原にも同じようなことをどなってやると、与那原も同じように……」

　種子島が、勢いづいてしゃべりまくると、その腰を折って、栗田万次郎という勧業寮から来た、ひょうきんな若いのが、

「ご苦心のほど、万々承知」

　中田の口調をそっくりまねた。

「そう、そう、そう……」

　種子島が手を打ってはやしたてた。

「諸君、待ってくれ」

　いきなり笑いを中断させて、声がかかった。伊地知貞馨である。

「諸君の笑う気もちはわかる。その気もちをかくべつに批判するつもりはない。だが、いまは笑ってばかりもおれない時局だ。琉球人の蒙昧をできるだけはやく切りひらいて、任務を達成しなければならない。そのためには、われわれは、できるだけ強く琉球人の心をつかむ努力をすべきだ」

「それはそうだが……」

　松田が、批判めいたあいづちを打つと、

「わたしが、一両日来、街で聞いた噂があります。ずいぶん多くの浮動の妄説です。一つ、清国の冊封が止められれば、藩王は位なき者となる。二つ、進貢が止まれば中

国へ往来できなくなる。三つ、王以下諸士族の領地は召しあげられる。四つ、人民一般に断髪の令が下る。五つ、兵隊が来れば戦争がおこる、などなど……」

「よくもまた、そのようなでたらめを」

河原田盛美が叫ぶと、それに一瞥をやって、伊地知は続ける。

「まったく感心する。みな同感だろうと思う。大丞がいかに苦心され、いかに慎重な説明で御達書条項についてたびたび琉球藩の重臣たちに伝えられたか、われわれはよく知っている。それにもかかわらず、街ではこの浮説だ。しかも、この浮説は無学な庶民だけではないのだ。那覇、久米の士族もそろっての妄説だ。諸君も聞いていよう、首里での日夜の評定を。これらのことをあわせ考えると、ただふしぎな蒙昧。しかし……」

「もうよい……」

松田がさえぎった。

「まったくだ。いま伊地知君の言うとおり。問題はその蒙昧の実際を認めて、根気よくそれに対決すること。これは要するに、琉球の歴史と対決することだから、かなり〝御苦心万々承知〟というところだが……」

松田が、いまさきまでの固い気もちをほぐして、わずかな笑いをそえながら部下をいましめ、激励する柔軟な態度に、伊地知は満足した。

松田の部下たちはさっそく二、三人ずつの組をつくって、民情研究に出された。だが、これは松田と伊地知との部下教育の目的から行なわれたもので、精神的な心構えからなされたものであるから、それ自体から直接の効果はあがらなかった。つまり、伊地知がもたらしたたぐいの情報をかれらから得ることはできなかった。言葉がまるっきり通じなかったからである。

しかし、一、二の興味ある結果が出た。

「怖がるけれども敵意らしいものは見えない。どうしたことか」

あるいは、

「民情把握にも啓蒙にも島民を使ったほうがいいですよ。われわれの手におえないようで」

それから、

「若い者はまだよいが、年とると、なんとももう度しがたいね。相手にするなら若い者でないと」

等々。直感らしいが切実な響きのあるこれらの感想を、松田と伊地知は胸にたたんだ。覚悟は着々というところである。

二十五日の朝、池城親方が喜屋武親雲上を伴って、中田と種子島の督促にたいする回答のためにやってきたとき、松田は比較的に落ち着いて、

「決着を督促しているのではない。ただ景況を知りたいのだ。中間報告するなら、それなりに、賛成反対の事情内容もくわしく知りたい」

と言い、相手がなおもくどくどと、堂々めぐりの返事をしていると、

「街に多くの誤解が生じている……」

と、伊地知に聞いた浮説のかずかずをもちだして、その無根であることを言いわたしたが、いくらか池城たちに胸をなでおろす思いをさせるほど、静かな応対であった。そして、翌二十六日に池城らがふたたび来て、学事修業に派遣する者の名簿を出したとき、その年齢を指摘し、

「できるだけ、二十歳未満の若者がよいな」

と言った。池城が、

「そうは思うが、遠い旅のことで心もとないから」

と、答えると、

「二十歳をこえると、頭が固くなるからいけない」

松田は、そう言って笑った。

翌二十七日、喜屋武親雲上がやってきて、学事修業派遣の名簿を改訂して提出した。六名のうち三十代の者が消え、十代の者が二人加わっていた。ひとり、津波古子、十八歳というのがあった。津波古親方の息子であった。別欄に刑法取り調べのた

め上京すべき者として二人、これはやむをえず三十三歳と四十歳となっていたが、これを受けて松田は、伊地知に、

「牛の歩みというか。この連中が修業してきて、故郷でどのようなことを伝えるか、待っていて聞いてみたいものだ」

と言った。

（少しは落ち着かれたとみえる……）

伊地知は、松田を見て思った。そして、中間報告の面目が、一部分だけととのった。

七月二十九日正午、大有丸は松田から大久保内務卿へあてた第一次中間報告をのせて錨を抜いた。

松田処分官から最初の達しがあってから二週間目に、ようやくのことで留学生派遣のことのみが解決した。

困難がこれからであることは、双方がよく知っていた。松田は、ひとまず落ち着いた気もちで中間報告を船にのせながら、同じ日に鎮台分営敷地のことで公文を藩庁へ届けていた。それには、分営所を、

「陸軍省官員が別紙絵図面通り検査し、用地一八、六七〇坪三合六勺」

となるから、その買いあげの旨を地主に通達し、地価も考えておけ、と厳命の調子があった。

評定所では、図面を前にして、真和志間切総地頭職名親方が、この上もなく救いがたい表情をした。それが伊江王子の胸をせめて、

「どうする……」

「返事を四、五日待ってもらいましょう。領内の百姓どもの気もちも聞いてみないと」

「百姓どもの気もちを聞いたって仕方がない……」

とはいうものの、そのまま即座にどうという策も浮かばなかった。

「では、とにかくその名目で、五、六日休むことにするか」

そんな相談をして、富川親方と喜屋武親雲上が那覇へおりた。

「吟味中でございますから、来月六日まで猶予をたまわりますよう」

という陳情に、松田は、

「清国謝絶の件なら、清国との関係もあって面倒な考えをめぐらす必要もあろうが、国防施設についてとやかく考えることがあろうか。ことに、この件については、五月七日に単独の達しも届けてあるものを」

といちおう釘をさしたが、富川がいくどか頭を下げると、強くは押さなかった。

八日間の猶予をもらったことになる。けれども、かれらはもう休めなくなってい
た。休んでいるようで、知らず知らず集まってその話しあいをしてしまうのであっ
た。
「けっきょく、これだけの面積が必要なのだ。ただ問題は、場所だ。古波蔵村はよく
耕された土地で、人間の多い場所だし、あれを取られたら食うに困ろう」
このような上層部の見解を、識名親方は自分への同情と見て、眼をうるませた。
代替地はないか——と吟味が運んだとき、
「垣花から南へ、鏡地《かがんじ》、大嶺《おおみね》、瀬長《せなが》一帯の海岸べりを提供しましょう。練兵と射撃な
らそれで十分なはず」
すすんで申し出たのは、小禄《おろく》間切総地頭の小禄親方である。
「なるほど」
議論の余地はなかった。
これほど話の運びがはやいのも珍しい。
「で、地価は？」
「地価など要りませぬ。どうせ兼久《かねく》（干拓地）の痩せ地です」
小禄親方が、献身の喜びにかすかな誇りを示すと、すかさず識名親方が叫んだ。
「そうですとも。わたしだって、かりに、わたしだって、古波蔵村が召しあげられる

としても、ヤマト政府に土地を売って代金を受けることができましょうか」

識名親方の発言は、あながち見栄とはいえなかった。

「これだけでも、ご奉公の誠意を示しておかなければなりますまい」

そのようにつけ加えるかれの気もちは、みんなの考えと容易に通じた。真実の誠意なのではない。

「よく言われた。この誠意はかならず通じましょうよ。そして、いつかは報いもくだされましょうよ」

みんなは、真剣な顔で、識名と小禄をなぐさめた。腹の底では、その誠意で点数をかせいでおけば将来の相手の矛先をにぶらせることもできようか、と考えていた。このあと、藩王上京の件と、清国との交通断絶の件は、思いみるさえ胸のふさがるような憂患であり、その難問へのささやかな努力として、小禄親方や識名親方の犠牲が払われる、という考えが評定の座に感動のようなものを流していた。

だが、かれらの期待は、あまりにもろかった。

五日おいて八月三日に池城と与那原が松田の宿を訪ねて、評定のとおり陳述すると、地代は要らないというくだりで松田は笑い、

「それは感心なこと。その誠意のほどに政府もお喜びになることと思う。けれども、政府へのご恩返しというのは、もともと、きみたちが税を納めるだけで、十分尽くさ

れているわけだ。心配することはない。ただ、いちおう報告しなければならないから、遵奉書にその申請をそえて出したまえ。そして、地価取調書をわたしに出したまえ」

と言った。計画どおり運んだのかどうか、池城や与那原にはよくわからなかったが、当面は善意に解釈しておくつもりで、これを承知し、それから場所の変更について訴えた。

「垣花から小禄間切一帯に変更せよというか」

これには、松田もさっそくの返答をするわけにいかず、その午後長嶺少佐が部下をひきいて、小禄親方、喜屋武親雲上の立ち会いで現場を見てまわったが、その結果、

「海岸に近すぎる。それに狭い。分営敷地には適しないな」

簡単であった。

古波蔵村に鎮台分営所を設置することが、正式に決定した。

一日おいて八月五日、摂政、三司官一同と鎖之側とが久しぶりにそろって内務省出張所にあらわれ、松田大丞を頂上とする正式の議場が設けられたところで、藩王名による公文を提出した。

公文書は三通。そのうちの一通は、鎮台分営設置と刑法研修生の派遣、学事留学生の派遣について、

「右の通りお請け申しあげ候也」と、ほぼ松田が期待したとおりの簡単な請け書であった。

ただ、鎮台分営の条項では、かなり筆をついやし、池城らが東京で達しられたときの経緯から説きおこし、この上はお断わりするわけにもいかないからと言い、しかし、

「当藩の者どもへは、皇国の衆にたいして万端礼を失してはならぬと、かねがね申しつけてありますが、なおもって相慎むようにとくに申し渡しておきますから、兵隊たちへも取り締まりをよろしくお願いしたく、また人数もできるだけ少なくお願いしたく……」

とわざわざ添えたところが、松田の胸を打った。

「こちらの言うことを全然理解しないということでもないようだが……」

藩吏たちを首里へ帰すと、伊地知を呼んで言った。

「ただ、その理解によっても消し去れない恐怖の感情が、琉球の連中の五体にみちている」

「そのとおりです」

伊地知は、はっきりした視線で松田の額を見つめ、それから部屋を見まわした。天井や壁にはった屋久《やく》杉が古い。日暮れに近く、その色がいよいよくすんで見えた。

「この部屋で、ながい年月にわたって、琉球への圧制が布かれたのです。その恐怖が、かれらの骨の髄までしみています」

「その反面、中国が中華の国としての見栄から冊封とか進貢とかの縁を結んでやったら、それを真実の恩だと思いこんだ。台湾生蕃の災いは、たんなる過失にすぎないとでも思っているのかもしれぬ」

「それは少し違うと思います」

伊地知は、軽くさえぎった。

「台湾生蕃の残虐は残虐と、十分認めていましょう。けれども琉球では、これを不幸だと認めるだけです。恨みにまでふくらんでいかない。だから、これを征伐してやっても、いちおうありがたいとは思うけれども、救われたとまでは思わないのでしょう」

「なるほど……」

「外国とのあいだにおこる新しい事態は、いつでも恐怖を伴うのです。中国からは歴史的に恩恵をこうむり、島津からは歴史的に虐待されてきた。日本から兵隊が来ると、どのようなことになるのか、それは心配でもありましょう」

「しかし、ぼくらとしては伊地知君……」

松田は、冷えた茶を飲んで、

「理論的に是非をつくしてやる以上に、かれらの感情に幾百年培われてきたものを、どうすることができようか」

「もちろんです。閣下の全力をあげて、理論の説得につとめられるがよろしゅうございましょう。ただ、その理論が、通り一遍の理づめだけでなく、真実をもって琉球の将来に責任を負うてやれるのは日本だけなのだと、いや、要すれば松田道之だといわんばかりの、熱意をこめることが必要でしょう」

伊地知の口調に、かつてない熱がこもった。

松田の頭に、ある記憶がひらめいた。東京で、最初に琉球使節を引見する前、大久保内務卿との話し合いのなかに、〝熱意〟という言葉が出た。

（だが、あのときの熱意といまの熱意とは、内容が大いに違う……）

松田道之は、眼をとじて考えた。あのときは、ああ考えこう考え、どうとも考えが片付かないのを〝熱意〟でごまかしたのだ。ところがいまの〝熱意〟とは、相手も理論の上ではいちおう納得していることを、さらに腹の奥底までねじこんでやるだけの力のことなのだ。

「つまり、この言い草どもを相手にだな……」

請け書とともに提出された、あと二通の長文の公文書を松田は拳固でたたいた。声の調子だけはたかぶらないように気をつかっていた。

二通のうち一通は、藩王の申し出として、

「皇国にも中国にも、同じように恩がありますから、どうかいままでどおり……」

「両属ですから、年号はそれぞれに使い分けさせていただきますよう……」

「藩制については、前に国体政体永久に相変わらずと仰せられたので、藩内一同安心していますから、どうぞそのまま……」

松田がとうに東京で池城らから聞いていたとおりの変わりばえのしない言い分であった。しかももう一通は摂政、三司官の連名で、同じ趣旨をさらに引きのばしたもので、それには、清国や日本との交渉の歴史を述べたて、「先年池城らが東京へ行ったときにもお願いしましたとおり」などという言葉をはさみ、外務卿副島種臣から言質をもらってあることなど、古い話を、松田が退屈するほど、のんびりと並べてあった。

だが、松田道之はいま、退屈してはならなかった。伊地知の進言をすなおに受け入れたつもりで意を決すると、

「……このたび兵隊入琉の上は前途に士人と兵員との間に生ずる紛糾また予防すべきはもとより至要のことにして貴論ははなはだ適せり。故に拙者帰京の上つまびらかにこの貴論の旨趣を具状しあわせて政府において相当の取り締まり法を施立あらん事を上陳すべし。而して……」

長い対弁書を書いた。

二日がかりで、八月八日の晩にかけて――

分営兵士の取り締まりや地代を断わる理由はないなどという問題だけでなく、〝熱意〟をこめて、琉球の地理風俗を論じ、台湾征伐における清国の冷たい態度についてむしかえし、日本が琉球に藩制をしくのは当然の義務だと改めて強調し、藩制施行のために職制を改めるのだと、日本の行政変革の事情を説明し、かつてない長い公文を書いた。

書きながら、いくども筆をおいて読みかえした。きわめて論理的であり、かつ熱意もこめられているものと、自分でも感じた。

(しかし……)

かれは最後の行に眼をとめて考えた。

「……故にただすみやかに遵奉せらるべし」

これでよいようにも思う。けれども、なにかもの足りないものがある。

(気圧されてはならぬ。あくまでも優位に……。強調を……)

眼をとじて沈思する松田のまぶたに、摂政、三司官たちの姿が浮かんできた。泣いているのか笑っているのか判然とはしないが、それでも松田から一瞬も眼をはなすまいとする真剣な表情であった。松田はその幻をじっと見つめた。すると、それはいつまでも消えなかった。よほど長い時間をそうしていると、松田はふと虚空とたたかっているようなそらおそろしさを感じた。はっとしたとき、相手の幻たちにはかすかな笑いのかげが浮かんだ。気味の悪い余裕がそこに見えた。松田は、その気分をどう解釈しようかと迷った。じっさいに対面していると、余裕など見えない相手が、離れて想像するといかにも余裕たっぷりな表情に見えてくるのである——

松田は、筆をとって一気に書きそえた。

「前陣の条件は政府において確定せるものにして、拙者に委任して当藩に派遣されたる上は、たとい幾度嘆願せらるるも拙者においては決して聴許することを得ず」

「藩議あるいはうかつにして、一度嘆願して聴許を得ざれば再び三度に及び、なお聴許を得ざるときは藩吏上京して直ちに政府に向かって哀願すべし等のことなきにもあらざるか」

「藩吏上京しても政府はすでに拙者に委されたれば、藩吏の上京哀願によって採用あるの理なきのみならず、そもそも拙者においてもその委任の権を以て藩吏の上京を聴許せざるなり」

そして最後に、

「十日間の猶予を与えるから、むだな議論をやめて、十九日午前中に答弁書を出せ。万一の事故があっても二十一日を越えないように」

と結んだ。

夜が深かった。

翌日、この文面を示された伊地知貞馨は、「結構でしょう」と言葉みじかにあいづちを打ったが、内心は、

（大丞の心のなかでは、根気と苛立ちとがたたかっている。どちらも責任感からくるものだから、気の毒ではある……）

と感想をもらしていた。そしてかれは、そろそろかれ自身の考える方法で三司官たちを説得してみようと志した。評定所へ訪問したいと申しこむと、「こちらから参上します」と回答して、三司官がそろって伊地知を訪れた。

伊地知の言いかたは、松田のとかなり異っていた。理屈は理屈でも、琉球と個人的な交際のながいことを盾にとって、磊落《らいらく》にすすめていった。

「官名を改めるというのは、人間のアダ名を変えるようなもので幾度変えても恥にならんじゃないか」

「世論がうるさければ、わたしが教戒に任じてあげようか」

というふうであった。三司官は帰って衆にこれを報告した。が、惜しいことに、伊地知貞馨はあくまでヤマト人としか見られていなかった。

「伊地知さんだとて、われらの側ではないのだ。信用できぬ」

と評定所では簡単に断じた。

同じころ、松田の中間報告第二信が、八月十日出航の鄭竜丸にのって海を渡りつつあったが、それにはつぎのような文があった。

「……このような複雑な情勢に対応する道はただひとつ、琉球への、実質的恩恵を続けるほかにありません」

だがやはりそのころ、かれらの〝恩恵〟を裏切るような情報が、上海から東京へ渡ったことを、むろんかれらは知らなかった。

（下巻につづく）

|著者| 大城立裕　1925年沖縄県中頭郡中城村生まれ。沖縄県立二中を卒業後、上海の東亜同文書院大学予科に入学。敗戦で大学閉鎖のため、学部中退。'47年琉球列島米穀生産土地開拓庁に就職。'48年野嵩（現普天間）高校教師に転職し文学と演劇の指導にあたる。'49年「老翁記」で小説デビュー。'59年「小説琉球処分」連載開始。'67年「カクテル・パーティー」で芥川賞受賞。『恩讐の日本』、『まぼろしの祖国』、『恋を売る家』など著作多数。また沖縄史料編集所所長、沖縄県立博物館館長などを歴任。

小説《しようせつ》　琉球処分《りゆうきゆうしよぶん》(上)

大城立裕《おおしろたつひろ》



2010年8月12日第1刷発行
2025年3月4日第19刷発行

発行者――篠木和久
発行所――株式会社　講談社
東京都文京区音羽2-12-21　〒112-8001
電話　出版（03）5395-3510
　　　販売（03）5395-5817
　　　業務（03）5395-3615

Printed in Japan

講談社文庫
定価はカバーに表示してあります

KODANSHA

デザイン―菊地信義
製版――株式会社新藤慶昌堂
印刷――株式会社KPSプロダクツ
製本――株式会社KPSプロダクツ



ISBN978-4-06-276769-9

# 講談社文庫刊行の辞

二十一世紀の到来を目睫に望みながら、われわれはいま、人類史上かつて例を見ない巨大な転換期をむかえようとしている。

世界も、日本も、激動の予兆に対する期待とおののきを内に蔵して、未知の時代に歩み入ろうとしている。このときにあたり、創業の人野間清治の「ナショナル・エデュケイター」への志を現代に甦らせようと意図して、われわれはここに古今の文芸作品はいうまでもなく、ひろく人文・社会・自然の諸科学から東西の名著を網羅する、新しい綜合文庫の発刊を決意した。

激動の転換期はまた断絶の時代である。われわれは戦後二十五年間の出版文化のありかたへの深い反省をこめて、この断絶の時代にあえて人間的な持続を求めようとする。いたずらに浮薄な商業主義のあだ花を追い求めることなく、長期にわたって良書に生命をあたえようとつとめるところにしか、今後の出版文化の真の繁栄はあり得ないと信じるからである。

同時にわれわれはこの綜合文庫の刊行を通じて、人文・社会・自然の諸科学が、結局人間の学にほかならないことを立証しようと願っている。かつて知識とは、「汝自身を知る」ことにつきていた。現代社会の瑣末な情報の氾濫のなかから、力強い知識の源泉を掘り起し、技術文明のただなかに、生きた人間の姿を復活させること。それこそわれわれの切なる希求である。

われわれは権威に盲従せず、俗流に媚びることなく、渾然一体となって日本の「草の根」をかたちづくる若く新しい世代の人々に、心をこめてこの新しい綜合文庫をおくり届けたい。それは知識の泉であるとともに感受性のふるさとであり、もっとも有機的に組織され、社会に開かれた万人のための大学をめざしている。大方の支援と協力を衷心より切望してやまない。

一九七一年七月

野間省一

# 講談社文庫　目録

神楽坂　淳　うちの旦那が甘ちゃんで５
神楽坂　淳　うちの旦那が甘ちゃんで６
神楽坂　淳　うちの旦那が甘ちゃんで７
神楽坂　淳　うちの旦那が甘ちゃんで８
神楽坂　淳　うちの旦那が甘ちゃんで９
神楽坂　淳　うちの旦那が甘ちゃんで10
神楽坂　淳　うちの旦那が甘ちゃんで〈鼠小僧次郎吉編〉
神楽坂　淳　うちの旦那が甘ちゃんで〈寿司屋台編〉
神楽坂　淳　うちの旦那が甘ちゃんで〈飴どろぼう編〉
神楽坂　淳　帰蝶さまがヤバい１
神楽坂　淳　帰蝶さまがヤバい２
神楽坂　淳　ありんす国の料理人１
神楽坂　淳　あやかし長屋〈嫁は猫又〉
神楽坂　淳　妖怪犯科帳〈あやかし長屋２〉
神楽坂　淳　夫には殺し屋なのは内緒です
神楽坂　淳　夫には殺し屋なのは内緒です２
加藤元浩　捕まえたもん勝ち！〈七夕菊乃の捜査報告書〉
加藤元浩　量子《クオンタム》人間《マン》からの手紙〈捕まえたもん勝ち！〉
加藤元浩　奇科学島の記憶〈捕まえたもん勝ち！〉

梶永正史　銃の啼《な》き声〈潔癖刑事・田島慎吾〉
梶永正史　潔癖刑事　仮面の哄笑《こうしょう》
川内有緒　晴れたら空に骨まいて
柏井　壽《ひさし》　月岡サヨの小鍋茶屋〈京都四条〉
柏井　壽　月岡サヨの板前茶屋〈京都四条〉
神永　学　悪魔と呼ばれた男
神永　学　悪魔を殺した男
神永　学　青の呪い〈心霊探偵八雲〉
神永　学　心霊探偵八雲　INITIAL FILE〈魂の素数〉
神永　学　心霊探偵八雲　INITIAL FILE〈幽霊の定理〉
神永　学　心霊探偵八雲１　完全版〈赤い瞳は知っている〉
神永　学　心霊探偵八雲２　完全版〈魂をつなぐもの〉
神永　学　心霊探偵八雲３　完全版〈闇の先にある光〉
神津凛子　スイート・マイホーム
神津凛子　ママ
神津凛子　サイレント　黙認
加茂隆康　密告の件、Ｍへ
柿原朋哉　匿《とく》名《めい》
川和田恵真　マイスモールランド

垣谷美雨　あきらめません！
岸本英夫　死を見つめる心〈ガンとたたかった十年間〉
北方謙三　試みの地平線〈伝説復活編〉
北方謙三　抱影
菊地秀行　魔界医師メフィスト〈怪屋敷〉
桐野夏生　新装版　顔に降りかかる雨
桐野夏生　新装版　天使に見捨てられた夜
桐野夏生　新装版　ローズガーデン
桐野夏生　ＯＵＴ(上)(下)
桐野夏生　ダーク(上)(下)
桐野夏生　猿の見る夢
京極夏彦　文庫版　姑獲鳥《うぶめ》の夏
京極夏彦　文庫版　魍魎《もうりょう》の匣《はこ》
京極夏彦　文庫版　狂骨《きょうこつ》の夢《ゆめ》
京極夏彦　文庫版　鉄鼠《てっそ》の檻《おり》
京極夏彦　文庫版　絡新婦《じょろうぐも》の理《ことわり》
京極夏彦　文庫版　塗仏《ぬりぼとけ》の宴《うたげ》―宴の支度
京極夏彦　文庫版　塗仏の宴―宴の始末
京極夏彦　文庫版　百鬼夜行―陰

2024年12月13日現在